謎解き広報課
狙います、コンクール優勝！

天祢　涼

幻冬舎文庫

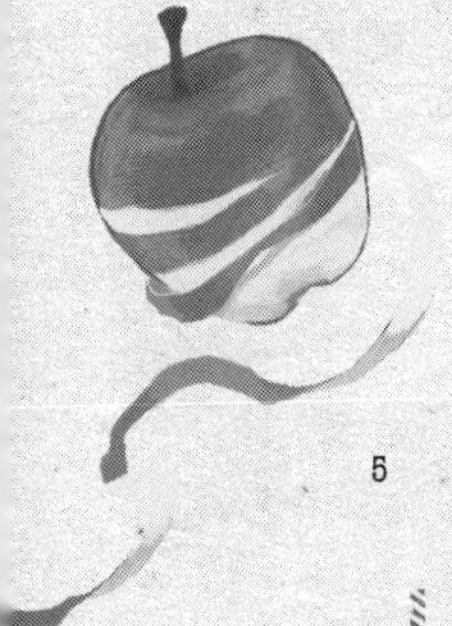

Contents

広報課に関わる愉快な人々。

Character

新藤結子《しんどうゆいこ》

高宝町役場広報課所属の新卒2年目。町の広報紙『こうほう日和』を担当。やる気ゼロでできるだけ楽をしたいのに、なぜか行く先々で事件に巻き込まれる。そのうち、心境に変化が……。

伊達輝政《だててるまさ》

結子の上司。伝説の凄腕広報マン。物腰やわらかだが相当な毒舌家。さわやかな笑顔で結子のプライドをずたずたにする。

羽田茜《はねだあかね》

結子と同い年の同僚。観光課から広報課へ異動になる。『こうほう日和』でイラストの連載を持っている。ちゃっかりした性格だが、なんだか憎めない。

片倉清矢《かたくらせいや》

日京新聞の記者。ぶっきらぼうだが、仕事に情熱を持っている。会社の理不尽な方針に反旗を翻して左遷された。結子に好意を抱いているが、気づいてもらえない。

鬼庭直人《おににわなおと》

高宝町の町長。かつては役場の広報マンで、幼なじみの伊達を一方的にライバル視している。町のことを誰よりも考えているが、誤解される言動が多い。

プロローグ

「お疲れさまでしたー！」

新藤結子《しんどうゆいこ》は満面の笑みを浮かべて三人と乾杯すると、グラスに入ったジンジャーエールを一息で半分ほど飲み干した。そのままの勢いで話し出す。

「わたしにとっては最高の人事だったわ。来月からも『こうほう日和《びより》』をつくれることになって本当によかった！」

まだ一年目だから異動はないと思っていたが、不安はあった。なにしろ結子は廃刊が検討されていた『こうほう日和』を存続させるため、町長の逆鱗《げきりん》に触れる大騒動を引き起こしたのだから。町長は一応納得したものの、内心ではどう思ったかわかったものではない。

それだけに広報課に残留が決まって、ついテンションが高くなってしまう。

片倉清矢《かたくらせいや》が、ビール片手にしみじみと言った。

「本当にうれしそうですね、新藤さん」

片倉は高宝《こうほう》町役場の職員ではなく、日京《にっきょう》新聞の記者である。「人事異動が出て、お疲れさまの飲み会なんですよね？　部外者の私がお邪魔してよいのですか？」と恐縮していたが、町ネタを求めて週に一度は町役場に顔を見せているので、結子が「完全に部外者というわけでもないでしょう」と引っ張ってきた。

「いいよね、結子は幸せそうで……」

結子の隣に座る羽田茜《はねだあかね》が俯《うつむ》きがちに、ぽつりと言った。トレードマークのポニーテールが、力なく垂れているように見える。

結子は笑顔で、茜の肩をばしばしたたいた。

「もっと楽しそうにしてよ。来月から同じ広報課なんだから」

「広報課だから楽しそうにできないんでしょ！」

茜が、青リンゴサワーが入ったジョッキの持ち手を握りしめる。

「まさか私が広報課に回されるなんて。先輩たちが『忙しすぎて人相が変わる地獄の部署』『役場内でアンケートを取ったら行きたくない部署ナンバーワン』と言っていた広報課に……。『こうほう日和』をつくる部署に……」

『こうほう日和』とは、高宝町が毎月発行している自治体広報紙である。

日本にある自治体のほとんどが、行政の施策やイベントなど住民へのお知らせを掲載した冊子を定期的に発行している。これが自治体広報紙だ。多くが「広報○○」というように自治体名の上に「広報」とつけたタイトルで、お知らせのみを掲載する紙面となっている。

しかし中には、特集や連載を掲載したり、市販の雑誌のようなデザインにしたりしている広報紙もある。

高宝町の『こうほう日和』も、その一つだ。

毎月十五日発行で、基本は毎号十六ページ。行政からのお知らせのほか、結子が方々を駆け回って取材し、『今月のこだわり』と名づけた特集ページに加えて、連載も掲載している。

茜は青リンゴサワーに口をつけてから、深いため息をついた。

「こんなことになるなら、『こうほう日和』の連載なんて担当するんじゃなかった。あれのせいで人事課に、広報紙に興味があると判断されたとしか思えない」

「でも茜は、連載を楽しんでるでしょ？」

「それはそうだけど……」

「なら覚悟を決めて、わたしと一緒に伊達《だて》さんにしごかれて地獄を見よう」

「僕はそんな物騒なものを見せた覚えはありませんよ」

日本酒がなみなみと注がれたぐい呑みを片手に、伊達輝政《てるまさ》が首を横に振った。今夜もいつもどおり、黒いスーツをきっちり着こなし、首から下だけを見ればお洒落《しゃれ》だ。

フレームがやけに太くてセンスのない、漫画のキャラクターがかけるような黒縁眼鏡がお洒落を台無しにしていることも、いつもと同じ。

「伊達さんには自覚がないんですね。この一年、わたしがどれだけ虐げられてきたと思っているんですか」

「愛ある指導のつもりだったのですが」

「愛があると理解するまでに時間がかかりました」

茜が「愛があることは認めるんだ」と呟《つぶや》いたが、聞こえなかったふりをして続ける。

「茜のことも、愛の名のもとに徹底的にしごいてやってくださいね」

「それはできません」

聞き違いかと思ったが、伊達は日本酒を飲み干してから続ける。

「僕は来月から広報課の課長です。役場の幹部陣におうかがいを立てつつ、市の広報業務全般を見る立場になります。しかも、若いころから自分の考えを押し通してきたので幹部陣の間で評判が悪いですからね。そのせいで出世が遅れたのですが……それはともかく、上司との折衝《せっしょう》で忙しくなる上に、町長の広報官も命じられて時間がありません」

「広報官？」

「不定期ですが町長に同行して、マスコミや町民にコメントを出す手伝いをすることになりました。町長は言動がいちいち独創的で、周りに真意が伝わらないことがありますから。これまでどおりウェブ関係の広報も担当しますが、割ける時間が減るのでメインは羽田くんにお願いしようと思っています。『こうほう日和』の担当は、引き続き新藤くん一人。なにかあったら相談には乗りますが、僕も自分の仕事であまり余裕はないでしょうね」

「ということは、わたしをしごくこともやめるんですね？」

「はい。基本はお任せします」

伊達さんのしごきから解放される――その喜びが全身に浸透し切る前に、伊達は笑顔で言った。

「ただし、文章のチェックはさせてもらいますよ。住民に読んでもらうものですから、最低限の指摘は絶対に必要です」

全身が凍りついた。

伊達は「最低限の指摘」と言ったが、言葉どおりに受け取っていいはずがない。この一年、伊達は結子が書いた原稿に、毎回、「わたしはなにかお気に障《さわ》ることをしたのでしょうか」と訊ねたくなるほど大量の指摘を書き込んできたのだ。

あれがこの先も続くのか……絶句する結子を見て、茜はわざとらしく高笑いした。

「残念だったわねー、結子。どうやら地獄を見るのは、あなた一人のようね！」

結子が奥歯を嚙みしめていると、店主の綿貫《わたぬき》が小皿を運んできた。

「はい、本日のオススメ。姐《あね》さんのお口に合うといいんですが」

「姐さん」とは結子のことである。いろいろあって綿貫からこう呼ばれるようになり当初は据わりが悪かったものの、何度かこの店──沢庵《たくあん》に通っているうちに慣れた。

小皿に載っていたのは、ほうれん草のようでいてどこか違う、緑色の漬物だった。片倉が物珍しげに見つめる。

「あまり見ない漬物ですね」

「福岡県久留米市《くるめし》の特産品、やましお菜を使った『やましお漬』だよ。知り合いから送られてきたんだ」

綿貫の言葉を聞いた結子は、思わず「久留米か」と呟いた。

「高宝町か、せめてL県の特産品だったら『こうほう日和』で取り上げられたのに」

「す……すみません、姐さん。俺としたことが……許してください！」

「わたしこそ、ごめんなさい、言い方が悪かったです。お料理はおいしくいただきます」

土下座せんばかりの勢いで頭を下げる綿貫に、結子は慌てて言った。

茜があきれ顔になる。

「本当に結子って、いつも『こうほう日和』のことばっかり考えてるんだね」

「うん、そうかも」

結子が認めると、伊達はぐい呑みに日本酒を注ぎ、再び一息で呷《あお》った。

心なしか、いつもより飲むペースが速い。

「最近の新藤くんからは、広報紙への愛をひしひしと感じますね。そこまで愛があるなら、広報コンクールの表彰式に行ってみたらどうですか？　必ず得るものがありますよ」

広報コンクールは、正式名称を全国広報コンクールという。日本広報協会が一九六四年から実施していて、毎年、全国の自治体が手がけた広報作品――広報紙にとどまらず、写真やウェブサイトなど――から優秀なものがいくつか選ばれ、表彰される。広報マンたちにとっての「甲子園」のようなものだ。

伊達からは表彰式に行くよう再三勧められているが、結子は今回も首を横に振った。

「やめておきます。前から言っているように、わたしはコンクールに興味がありません。町の人たちに高宝町を愛してもらうことだけを考えて『こうほう日和』をつくりたいんです」

――そうすればいつか、伊達さんが言っていた『町民を愛している』の意味もわかると思うから。

照れくさいので、その一言は心の中だけで言った。

「そうですか。でも新藤くんなら遠くないうちに、考えが変わると思いますがね。住民に自分の街の広報紙を『すごい』と思ってもらうことも、広報マンにとって大切なことです。コンクールで賞をもらうことは、『すごい』のわかりやすい指標ですからね」

伊達が思わせぶりに言っても「そうですかねえ」と受け流し、深く考えることはなかった。この時点では。

五月号

正しい野球少年のつくり方

1

「写真の位置が決まらない！」

四月一日。新年度開始早々、結子はデスクトップパソコンの前で嘆きの声を上げた。

前年度に続き、高宝町役場の広報課は二階の端にある。ただし伊達の昇進と茜の異動が重なったため、机の配置は変わった。伊達は窓際に移動、その前、大人一人通れるスペースを挟んで結子と茜の机が向かい合う形で置かれている。

結子の机には、ファッション誌やデザインの解説書などが、所狭しと広げられていた。

「どうしたの？」

昼休みから戻ってきた茜が訊ねてくる。結子は、ディスプレイを見つめたまま答えた。

「『今月のこだわり』のデザインを考えてるの。大体はできたんだけど、写真をどこに配置すれば見やすくなるかで迷ってる」

「そういうのは、印刷所のデザイナーさんに任せてるんじゃなかったっけ？」

「三月号まではね。四月号からは、拒否された」

昨年度――つまりは先月までの『こうほう日和』の紙面デザインは、茜の言うとおり町内にある印刷所に依頼していた。結子は用意した記事と写真を見せて、「こういう方向性にしたい」「この写真が目立つようにしたい」などとデザイナーに相談するだけでよかった。

しかし町の財政難を理由に、今年度から『こうほう日和』の予算は五十万円減らされてしまった。当然、印刷所に支払う料金にも影響が出る。なんとか減額をお願いできないか交渉したが、「そんな金額ではやってられない」と断られてしまったのだ。

結果、先方にはデザインまできっちりつくった完成版のデータを送って、印刷だけしてもらうことになった。早い話、

「今年度から、わたしが取材も記事の執筆も写真撮影もデザインも、なにもかも一人でやることになったの」

「デザインって、素人にできることじゃないでしょ。急にやるのは無理なんじゃない？」

「急ではないから大丈夫。こういう事態に備えて、半年前からデザインの勉強をしてきたから。昔、伊達さんがつくっていた『こうほう日和』も参考にさせてもらうし」

結子は机に広げた冊子の中から伊達時代の『こうほう日和』を取り上げた。

「伊達さんは一人で全部つくってたんだもん。わたしにだって、できないはずがない。これを機に、紙面デザインのリニューアルもするつもり。全体的に無駄な装飾をなくして、すっきりしたデザインにしたい」

実はリニューアルの一環で、記事をすべて横書きにすることも考えた。自治体広報紙は郵便番号や電話番号、金額など数字を掲載することが多いからだ。数字は横書きの方が読みやすい。インターネットや携帯電話で横書きの文章を読む機会が増えている昨今なら町民も受け入れてくれると踏んだが、町長にとめられた。「日本人は、大事なことは縦書きで書いたり読んだりしないとだめなんだ」という。

説得しようとしたが、町長は元広報マンだけに、文章に並々ならぬこだわりを持っている。「大事なことは縦書き、大事なことは縦書き、大事なことは縦書き」と顔を合わせる度《たび》に言われ、結子の方が折れた。

「自分でデザインまでつくることになった分、制作費を安く抑えられてカラーページを増やすことができた。印刷所にデータを送る締め切りも延ばしてもらえた。いまはちょっと苦戦してるけど、長い目で見たらいいことずくめだよ」

今月十五日に発行する四月号の『今月のこだわり』は「春から変わる？　みんなの新生活」。新年度から変更になる町の制度について解説した特集だ。制度に関する特集は、地味で読みにくいものになりがちだが、ロゴを大きくしたり、見出しの位置を変えたりと気になるところをその場で調整しながらつくっているので、我ながらいい特集になりそうだ。

自分の席に座った茜は、結子をまじまじと見つめてきた。

「なに？」

「結子は、一年前とは別人みたいになったって改めて思ったの。あのころの結子は、新卒のくせにホラー映画のゾンビに交じっていても違和感がないくらい覇気がなかった。人より大きな目はブラックホールみたいで、見ているとこっちまでやる気を吸い取られそうだった」

「あはははは」

笑ってごまかしていると、机に置かれた電話が鳴った。これ幸いと受話器を手に取る。

「はい。高宝町役場広報課、新藤です」

〈もしもし。高宝ジェネレーションズの監督をしている長門《ながと》と申します〉

若々しく、引き締まった男性の声が聞こえてきた。電話を待っていた相手だ。受話器を持つ手に力がこもる。

〈『こうほう日和』の新藤さんでしょうか〉

「はい、そうです。お世話になっております」

〈FAXを拝見しました。『こうほう日和』に取材してもらえるのは光栄なことなので、ぜひお受けしたいと思います。よろしくお願いします〉

「ありがとうございます。こちらこそ、よろしくお願いします！」

長門には見えないとわかっていても頭を下げずにはいられなかった。『こうほう日和』の担当になって一年が経つが、取材を依頼するときや受けてもらえるかどうかの返事を聞くときは独特の緊張感があって、いまも全然慣れない。

電話をかけてきた長門和也《かずや》は、少年野球チーム、高宝ジェネレーションズの監督だ。大学三年生の夏に怪我をしてプロにはなれなかったものの、学生野球では名選手として名を馳せていたらしい。

現在は医療機器メーカーに勤務していて、昨年から高宝ジェネレーションズの監督に就任。それからチームはめきめきと力をつけ、県大会で優勝も果たした。今年度はL県を飛び出し、東北地方の他県との試合も増やす予定だという。

ちなみに少年野球の監督は、長門のように本業を持っている人がほとんどで、休みの日に子どもたちのため時間を割いているらしい。

「今年から六年生になる高宝ジェネレーションズのピッチャーが、球が速い上にコントロール抜群で、相手チームに点を取らせないんです。『こうほう日和』で取り上げたら盛り上がるのではないでしょうか」と片倉に教えてもらって取材依頼のＦＡＸを送ったのが三日前、三月二十九日のこと。それからずっと、返事を待っていたのだ。

自治体広報紙なので、当然、野球のルールを知らない人も読む。あまり専門的なことは書けない。それを理由に断られるかもしれないと思っていただけに、胸を撫《な》で下ろした。

〈せっかくなので、実際に試合しているところを取材してほしいのですが〉

「わかりました。でも、練習風景も取材させていただけませんか」

お互いのスケジュールをすり合わせた結果、四月十日に練習を、十七日に試合を取材させてもらうことになった。どちらも土曜日だ。休日出勤になるが、仕事がなくても『こうほう日和』のネタをさがし回っているのだから、たいして変わらない。

この日程で取材できれば五月十五日発行の五月号に余裕で間に合うので、ありがたくもあった。

〈では、まずは十日、高宝小学校のグラウンドでお待ちしています。スポーツ紙レベルのページを期待してますよ、昔のように〉

長門は一昔前の青春ドラマに登場する教師のような、さわやかな笑い声を上げて言った。

「はい、もちろん――」

うん？　昔のように？

「伊達さんが『こうほう日和』を担当していた時代、町内の少年野球チームだけじゃなく、ソフトボールチームも強かったそうですね。というより、強くなったそうですね」

新人のオリエンテーションを終えて席に戻った伊達の前に立ち、結子は言った。

「試合に勝ったり、活躍したりしたら、『こうほう日和』に載せてもらえる。子どもたちがそれを目標に競うようにがんばって、全体的なレベルが上がった——長門監督から、そう聞きましたよ」

——当時の『こうほう日和』の野球特集はスポーツ雑誌のようで、それはそれはかっこよかったんです。そのころ私は監督をしていなかったので人伝《ひとづて》に聞いたのですが、子どもたちにとっては、あれに載ることが一種のステータスになっていたようですね。

長門はそうも言っていたが、癪《しゃく》なので伊達には伝えないことにする。

伊達はわざとらしく、遠くを見つめる目になった。

「そんなこともありましたねえ」

「忘れていたふりをしないでください。中学校の全国大会で優勝したソフトボールチームを広報紙で紹介したら子どもたちが刺激を受けて、町中のソフトボールチームが強豪校になった自治体があると言ってましたよね。あれは高宝町のことだったんですね」

「それは別の街ですよ。広報紙で街が変わった例は、一つや二つではありません」

「だとしても、うちだって広報紙でスポーツが強くなったんでしょう。どうして教えてくれなかったんですか」

「新藤くんがプレッシャーを感じて実力を発揮できなくなると思ったんです」

「そんなもの感じないから見せてください」

伊達が広報紙の担当になったのは、いまから十六年前。別の部署に異動になったのは十一年前。その五年間の『こうほう日和』は伊達の手許にあり、結子はデザインの参考になりそうなものなど一部の号しか見ていない。「あまり僕の影響を受けても困りますから」という理由らしい。

パソコンに保存されたデータを見たこともあるが、量が多いので、全部に目を通すことはできなかった。

「そこまで言うのでしたら」

伊達は軽く肩をすくめて引き出しを開けた。底が深い引き出しの中には、『こうほう日和』が几帳面《きちようめん》にファイリングされている。

「野球を特集したのは、この号とこの号と……ああ、これもですね。それからこれも。ああ、こっちもそうか。それから……」

伊達が取り出した『こうほう日和』は、十号以上に及んだ。

「こんなに？」

「子どもたちと『大事な試合に勝ったら広報紙に載せる』という約束をしていましたから。このころはいまよりまだ予算に余裕があって、一号につき三十二ページだったんです。だから、第二特集、第三特集で取り上げることもできました」

伊達はさらりと口にしたが、三十二というのはいまの『こうほう日和』の二倍のページ数だ。それを一人でつくっていたのか。

「拝見します」

伊達時代の『こうほう日和』を手にした結子は、自分の席に戻ってページを開いた。ほどなく、目を奪われる。

伊達の特集には、写真が派手に使われていた。バットをボールに当てる瞬間、ボールを投げる瞬間、走る瞬間……選手の一瞬一瞬を見事に切り取った写真ばかりだ。チームの戦績や、選手の打撃成績、投手成績の表まで掲載されている。

「スポーツ雑誌みたい……これに載ることが、子どもたちのステータスだったわけだ……」

癪だから伝えないでいた長門の言葉が、口からこぼれ落ちてしまった。

「当時は町民から『スポーツジャーナリストにでもなったつもりか』というクレームを何度も受けたものです」

伊達の言葉に、茜は同情するように言った。

「忘れてたけど、この広報紙は子どものころ読んで『かっこいい』と思ってました。なのにクレームを受けていたなんて。大変でしたね、伊達さん」

「いえ、ありがたかったですよ。クレームをくれるということは、読んでもらっている証《あかし》ですからね」

「は？」

茜が素《す》っ頓狂《とんきょう》な声を上げたが、結子は顔を上げて頷《うなず》いた。

「さすが伊達さんです。わたしもクレームをもらえるくらい、がんばります」

「結子まで……」

引きつっていく茜の顔が、視界の片隅に見えた。伊達は満足そうに言う。

「新藤くんがプレッシャーを感じるというのは、どうやらいらぬ心配だったようですね」

「正直、プレッシャーは感じますよ。でも、『これくらいのクオリティーにしないといけない』という目標にもなりました。写真だけなら、わたしだって負けてませんしね」

結子は高校まで写真部だった。カメラの腕前に関しては、伊達からも称賛されている。

「それに伊達さんのデザインは、かっこいいけど見出しの使い方がちょっとおじさんっぽいです。もっと細いフォントを使った方が、洗練された感じになります」

「敢えてそうしたんです。高宝町は、高齢化が進んでいる。スポーツ新聞を愛読してきた世代には、これくらいがちょうどいいんです」

「それだと、これからの町を担う若い人に読んでもらえないじゃないですか」

「子どもたちが活躍している写真が載っている時点で、若い人は興味を持ってくれます」

「そうとはかぎらないじゃないですか。わたしがつくるなら、ここの見出しを小さくする代わりに、もっと写真を大きくします」

結子はページを広げた『こうほう日和』を指差しながら、伊達の席まで戻る。

「ほう」

頷いた伊達は傍《そば》にあった紙を手に取ると、ボールペンで紙面の略図を書き込んだ。

「新藤くんの言うとおりにしたら、こうなってバランスが悪くなりますよ」

「確かに。でも、ここをこうすればいいと思います」

結子はボールペンを借りると、伊達が書いた略図に上から書き込みをする。

「なるほど。しかし、それよりはこっちにするべきでしょうね」

「そう言うなら、この方が――」

伊達と代わる代わるボールペンで書き込みをしていると、茜の呟きが聞こえてきた。

「私はやっていけるんだろうか、この部署で……」


四月十日午前十時。結子は愛車の赤い軽自動車に乗って、高宝小学校に向かった。電車やバスの便が悪い高宝町では、生活の足に車が欠かせない。大学を卒業するまで東京に住んでいたので最初は戸惑ったが、慣れてからは徒歩圏内でも車で移動するようになった。

高宝小学校も、結子が住んでいるアパートから徒歩十分もかからないところにあるので、東京に住んでいたころなら歩いて行ったことだろう。

服装は、薄手のジャケットとパンツ。だいたいいつも、こういう恰好《かっこう》だ。動きやすくて楽なので、取材とは関係なくスカートを穿くことはあまりない。

車中から、両脇が桜並木に彩られた農業用水路が見えた。路肩に車をとめ、窓を開ける。今年は例年より開花が早いらしく、桜色の花びらが空一杯に広がっていた。去年のいまごろは、この道を通っても全然きれいだと思わなかった記憶が蘇る。

――来年の四月号に載せる『今月のこだわり』は、この桜並木にしようかな。きれいに整備されているから、心を込めて手入れしている人がいるはず。いろいろな話を聞けそう。

頭の中にメモをして、車を発進させる。それからほどなく、高宝小学校に到着した。三階建ての、古い木造校舎だ。以前は町内にいくつか小学校があったらしいが、統廃合が進み、いまはここを含めて二校しか残っていない。残されたこの学校も、正門から見える窓の三分の一ほどにカーテンが引かれていた。もう使われていない教室なのだろう。

目にしただけでさみしくなる光景だが、それとは裏腹にグラウンドには、白を基調としたユニフォームを着た子どもたちの声が響き渡っていた。子どもたちはキャッチボールをしたり、ノックを受けたりしている。

数は二十人ほど。丸刈りにしている子どもこそいないものの、全員、髪が短い。そのせいですぐにはわからなかったが、少女も何人か交じっていた。事前に調べたところ、「少年野球」という名称であっても少女が一緒にプレーすることは珍しくないらしい。

結子もショートカットにしているので、なんとなく親近感を覚えた。

「新藤結子さんですか」

ユニフォームを着た男性が近づいてきた。見たところ、年齢は三十代後半。引き締まった体軀をしてはいるが、身長は、女性にしては長身の結子より少し高いくらい――おそらく一七〇センチちょっと。スポーツ選手としては大きい方ではないだろう。

「はい、新藤です」

結子が答えると、男性は一昔前の青春ドラマに登場する教師のような、さわやかな笑みを浮かべた。

「監督の長門です」

電話で聞いた笑い声から受けた印象どおりの人だ。

名刺を交換すると、長門は笑みを浮かべたまま言った。

「本日はお休みの日にお越しいただき、ありがとうございます。練習の後で紅白戦をするので、じっくり見ていってくださいね。采配はコーチに任せてあるので、私は新藤さんの傍で子どもたちの解説をさせてもらいます。その方が、記事にしやすいでしょう」

「そうですね。助かります」

子どもたちの個性が書かれていた方が、読み手が感情移入できる。結子は長門に軽く頭を下げてから、グラウンドに目を向けた。

「すごいピッチャーがいると聞いたんですけど、どの子ですか？」

「ああ、それは、その……」

流暢《りゅうちょう》に話していた長門が、急に言葉を濁した。戸惑う結子の後ろから声がする。

「間違いなく、俺のことです」

振り返ると、肩幅の広い少年が立っていた。背丈は結子より低いが、あと数年で追い越されそうな、活力のようなものが漲《みなぎ》っている。中学生かと思ったが、着ているのはほかの子どもたちと同じ、ジェネレーションズのユニフォームだ。

気のせいか、グラウンドに響く子どもたちの声が一回り小さくなった気がした。

少年は、つり気味の目で結子を見上げる。

「善通寺《ぜんつうじ》京一郎《きょういちろう》です」

ほんの少しだけ頭を下げた少年は、投げ遣りな口調で続けた。

「来週の試合も取材してくれるんですよね。でも、うちに勝ち目はありませんよ。相手は格上で、俺も本気で投げるつもりはないですし」

2

月曜日。結子は出勤すると、既に席に着いている伊達に切り出した。

「長門監督は、楽観的すぎると思います」

その一言を皮切りに、一昨日のことを報告する。

＊

本気で投げるつもりはないって、どういうこと？　困惑する結子に、京一郎はどうでもよさそうに続けた。

「来週、試合をする徳条《とくじょう》ブラックナイツはＧ県最強のチームなんですよ。エースピッチャーが肘を痛めているって噂だから、二、三点は取れるかもしれません。でも、そいつが投げなかったらおしまいです。相手が二番手でも、うちの連中が打てるとは思えない。俺が本気を出すだけ無駄です」

「こら、京一郎」

「ブラックナイツは長門監督が育てたんですよ。あっちのエースはいまも監督を信頼しているらしいから、監督としてはうちが負けても――」

「京一郎！」

長門が一喝すると、京一郎はさすがに口を閉ざした。しかし、すぐに肩をすくめると、「練習してきます」と言い残しグラウンドに向かう。

先に練習していた子どもたちの声が、明らかに小さくなった。

京一郎は守備の練習をしている少女三人の脇を通る際、わざとらしく右手を上げた。

「女子なんだから、練習はほどほどにしておけばいいのに」

二人は俯いたが、ただ一人、長身の少女だけは逆に顔を上げた。眉毛が太く、意志の強そうな顔立ちをしている。

「なんなの、その言い方？　私たちは三人ともレギュラーなんだよ」

「それは女子が、男子より成長が早いからってだけだろう。あと一、二年もすれば、全員、男子に追い抜かれる」

「全員とはかぎらないし、いまは違う」

「でもお前は、俺に抜かれたじゃないか」

「またすぐに追い抜いてやる」

「いまのお前には負ける気がしない」

「やめないか、京一郎！」

長門が声を飛ばすと、京一郎は唇を嚙みしめる少女を残し、少年たちに交じってキャッチボールを始めた。

長門が申し訳なさそうに言う。

「見苦しいところをお見せしてしまいました」

「いえ、そんなこと」

結子は首を横に振りつつ、京一郎を横目で見遣る。

結子は一時期バスケットボールをやっていたものの、基本的に運動が苦手で、スポーツ観戦の趣味はない。それでも、京一郎の投げる球がほかの子どもたちとレベルが違うことはわかった。速いし、相手のグローブに収まったときの音も重たい。軽くキャッチボールをしているだけでこうなのだ。試合で投げるときは、どれほどの球になるのか。

長門が、結子の視線を見て取り言った。

「京一郎は、将来プロ野球選手になってもおかしくない逸材です。この一年、チームが勝っているのはあいつの力によるところが大きい。でも、もともと名家の息子で甘やかされていた上に、去年、県大会で優勝してから調子に乗ってしまいまして……。あの大会で、エースで四番の五年生はあいつだけだったから、わからなくはないのですが……」

野球では一般に、一番打てる人が四番バッターになる。ということは、京一郎はバッターとしてもすごいのか。

「罰として試合に出さなかったこともありますが、一向に態度を改めません。あいつを抜本的にどうにかすることが、私の二年目の課題でしょうね」

「一昨年まではブラックナイツの監督をなさっていたんですか」

「そうです。生まれも育ちも高宝町で、会社にもここから通っていたのですが、五年前、G県の支社に転勤になりまして。去年、また転勤になって高宝町に戻ってきたら、前任者が体調を崩したというので、私が監督を引き受けることになりました。まだまだこれからのチームだと思ってます」

「それなのに、ブラックナイツと試合をするんですか。失礼ですけど、京一郎くんの言うとおり、勝つことはなかなか難しいのでは……」

結子が遠慮がちに言うと、長門の口許にさわやかな笑みが戻った。

「自分が育てたチーム相手に言うのもなんですが、胸を借りるつもりで挑みます。負けても得るものが必ずある。ああは言ってましたが、京一郎だってそうです。そこも含めて、新藤さんに取材してほしいんです」

*

一昨日の報告を終えた結子は、一つ息をついてから言った。

「そんなにうまくいくでしょうか。コーチに確認したら、今回の試合は長門監督が先月末に強引に決めたそうなんですけど……」

茜が、向かいの席から声をかけてくる。

「負けたら、京一郎くんが心を入れ替えてくれると信じてるんじゃない？」

「さっきも言ったとおり、楽観的すぎると思う。京一郎くんは、チームメイトを見下しているんだから。チームメイトだって、手を抜く京一郎くんを許さないでしょう。試合が終わっても、チームの雰囲気がますます悪くなるだけなんじゃないかな」

答えながら結子は、京一郎に「負ける気がしない」と言われ、唇を嚙みしめる少女の姿を思い出していた。

紅白戦の最中、長門は予定どおり子どもたちの解説をしてくれた。それによると、あの少女の名前は佐野風花《さのふうか》、小学六年生。去年の夏までは、ジェネレーションズのエースだったらしい。しかし才能が開花した京一郎に、エースの座を奪われてしまった。

ジェネレーションズは長門が「子どもの身体に負担をかけない」という方針を掲げているため、ピッチャーは五十球投げたら交代することになっている。いくら京一郎でもこの球数で一試合を終えることは難しいため、風花が交代して投げる機会は多い。それまでは一塁を守っているらしい。

子どもの世界とはいえ、スポーツが実力至上主義であることはわかる。しかし、追い抜いた者が追い抜かれた者を見下していい理由はないはずだ。これくらいのこと、長門は京一郎に言い聞かせているはず。それでも聞く耳を持たないのだろう。

「どうでしょう、伊達さん。長門監督は楽観的すぎると思いませんか？　それとも、なにか考えがあるんでしょうか？」

「わかりません」

即答されてしまったが、食い下がる。

「伊達さんなら、すぐにわかるでしょう」

これまでも伊達は、結子がトラブルに遭遇する度にいち早く真相を見抜いてきた。事情があって、それを教えてくれないことがほとんどではあったが、いまはもう違うはず。

「もしかして伊達さんはすべてお見通しなのに、わたしを成長させようと思って黙ってるんですか。そうやって、わたしをより高いレベルに導くつもりなんですか」

「そんな導師キャラになった覚えはありませんし、新藤くんが『こうほう日和』に力を注ぐ時間が減るような真似をするつもりもないです。クオリティーが落ちますからね。『こうほう日和』を通して町民に町を愛してほしい僕としては、絶対に避けたい事態ですよ」

「で、でも、伊達さんは名探偵みたいに推理力を発揮してきたじゃないですか」

「買い被《かぶ》りです。話を聞いただけでは、なにもわかりませんよ。課長になったばかりで忙しくて、考えるのが面倒くさ——時間もありませんからね」

「いま『面倒くさい』と言いかけましたよね？」

「はっはっはっはっはっ」

笑ってごまかされてしまった。いろいろ不満はあるが、なにを言っても無駄だろう。長門が、単に楽観的なだけなのか、なにか考えがあるのか、自力で見極めるしかない。それをはっきりさせないまま取材を続けていいのだろうか？「長門の思惑がなんなのか？」という謎を解いた方が……。

「結子、もしかして謎を解こうと思ってない？」

茜が目敏《めざと》く察してきた。

「やめた方がいいよ。謎を解いたらピンチになる、それが結子の運命なんだから」

「運命って、そんな大袈裟《おおげさ》な」

つい言い返してしまったものの、茜がそう言うのも無理はなかった。

この一年、結子は『こうほう日和』の取材をしている最中、さまざまな謎に直面してきた。その度に、いい紙面をつくりたい――時には楽をしたい――一心で頭をフル回転させて謎に挑んだものの、いざ解き明かした後は決まって「取材が全部だめになって締め切りに間に合わないかもしれないピンチ」に陥ってしまったのだ。

今回だって、謎を解いたら同じ目に遭うかもしれない。かと言って、謎を放置したまま取材を進めたら、後々なにが起こるかわからない。それなら、いっそ。

「結子の運命を考えるなら、適当な口実をつくって取材を断るか、延期してもらった方がいいんじゃやない？」

茜の言うとおり、その方が無難だ。心が揺れたが、それは一瞬のことだった。

「そういうわけにはいかないよ。ジェネレーションズの子どもたちが、楽しみにしてくれているんだから」

京一郎は紅白戦が始まってからも終わった後も斜に構えた様子で、結子の方を見ようともしなかった。しかし、ほかの子どもたちは違った。京一郎の目を盗むようにして結子の傍に

来て「取材してくれるんだよね」「がんばるからかっこいい写真をお願いします」などと言う子どもが何人もいた。なにより、

「一生懸命野球をやっている子どもたちの姿を、町の人に伝えたい」


四月十七日の午前七時五十分。結子は愛車で一時間半かけて、L県の隣、G県にある徳条市の運動公園に到着した。ここにあるグラウンドで午前九時半から、ジェネレーションズとブラックナイツの練習試合が行われる。

長門が楽観的なだけなのか、なにか考えがあるのか。あれこれ推理したものの、結局、答えは見つからなかった。ジェネレーションズが善戦して——もちろん、あわよくば勝利して——、試合後、京一郎が心を入れ替えることを願って取材するしかない。

運動公園に併設された駐車場に車をとめる。子どもたちは保護者が運転する車に分乗して、既に到着していた。全員、ユニフォームを着てきたようだ。土曜日なのに保護者さんたちも大変だな、と思いながら車を降りる。

駐車場は、大型バスが何台かとまっても充分余裕がある広さだった。少年野球用と大人用の野球場だけでなく、サッカー場もあるそうだから、利用者も多いのだろう。

「ブラックナイツの平泉《ひらいずみ》、肘の痛みはたいしたことないから普通に投げるらしいぜ。友だち

が言ってた」

「マジで？　すごいピッチャーなんでしょ、そいつ」

「私はそういう相手と対戦できてうれしいけど」

子どもたちを撮影するため結子がカメラを構えると、何人かの保護者が不審そうな目を向けてきた。さりげなく右腕を伸ばし「高宝町広報課」と書かれた腕章が見えるようにすると、保護者たちは「ああ」というような顔をして、子どもたちに視線を戻す。

広報マンが円滑に取材するためのテクニックだ。

子どもたちは、試合前とは思えないほど伸び伸び話をしている。シャッターを切っているうちに、その理由がわかった気がした。

京一郎が、いないのだ。

まさか、やる気がないを通り越して来なかったのか？　辺りを見回していると、長身の少女――佐野風花が近づいてきた。

「もしかして、京一郎をさがしてるんですか。あいつなら、あっちですよ」

風花が指差した先には、横に長い三階建ての建物と、小さくなっていく京一郎の後ろ姿があった。

「G県新聞が、あいつを取材するんだそうです」

まだL県内で少し有名になっただけだと思ったのに、もう県外の新聞から取材の申し込みが来たのか。すごいと思う一方で、余計なお世話ながら心配になった。

「長門監督は一緒じゃないの?」

建物に向かっているのは、京一郎だけだった。一人で取材なんて受けさせたら、なにをしゃべるかわかったものではないのに。

「先に行って待っているみたいです」

「そうなんだ」

心配が消える。それと入れ替わるように、好奇心が芽生えてきた。

新聞記者の知り合いは片倉だけだ。ましてやL県外の記者に会える機会なんて滅多にない。少しでいいから、話をしてみたい。

「教えてくれてありがとう。ちょっとあっちに行ってくるね。今日の試合、がんばって」

結子がカメラを軽く持ち上げて微笑《ほほえ》むと、風花も微笑み返してはくれた。

しかし京一郎に反論した少女とは思えない、どこか弱々しい微笑みだった。なにかあったのか訊ねる前に、風花はほかの子どもに「キャッチボールしよう」と話しかける。

気にはなったものの、結子は駆け足で京一郎の後を追った。

横長の建物は、徳条市の公民館だった。高宝町のそれと違って、外装も内装も白く輝いている。

――お金があるんだろうな。でも『広報とくじょう』は行政からのお知らせしか載ってないし、デザインもいまいちだったな。もったいない。

事前に読んだ広報紙のことを思い出しながら館内案内図を見る。京一郎は結子が追いつく前に中に入ってしまったので、どこにいるかわからない。

案内図によると、建物内には大小さまざまな部屋がいくつもあった。この中のどれかで取材を受けているとなると、見つけようがない。携帯電話の番号を教えてもらっているので長門に連絡しようか迷っていると、二階から声が聞こえてきた。

「わっ！」

そうとしか聞こえない、悲鳴じみた大声だ。咄嗟《とっさ》に階段を駆け上がる。廊下の左端に、肩で大きく息をする京一郎の姿があった。

「どうしたの、京一郎くん？」

結子が急いで駆け寄ると、京一郎はドアから目を離さないまま言った。

「い、いま……この……この中に……いや、なんでもない」

そうは思えない。結子はドアに目を向ける。真ん中より少し上の位置に、二〇一《にいまるいち》号室と書かれたプレートがあった。

「この部屋に、なにかあるの？」

「だから、なにもないですって。ただ、中に――」

京一郎が言い終える前に、二〇一号室のドアが内側から開かれた。室内にいたのは、黒いユニフォームを着た少女――いや、少年か？　どちらか判断に迷う、鼻筋が真っ直ぐで、きれいな顔立ちをした子どもだった。背は、高くも低くもない。そのせいで、余計に性別がわからない。

「随分騒がしいけど、どうしたんですか？」

女子にも、声変わりをしていない男子にも聞こえる声音だった。まだ性別がわからない。

京一郎が目を伏せ、無愛想に応じる。

「別に、どうもしてない」

「そうか。ところで、いまドアを開けた？」

「そうだけど……人がいるとは思わなかったからびっくりして、すぐに閉めた」

「それで大きな声を出したのか」

相手は一つ頷いてから言った。

「高宝ジェネレーションズの人だよね。俺は徳条ブラックナイツの平泉奏太《そうた》、六年生。ポジションはピッチャーです」

　名前を聞いて、ようやく相手が少年だとわかった。ピッチャーで、名前が平泉ということは、この子が噂のエースか。しかもこんな美形とあっては、京一郎以上にちやほやされているに違いない。しかし、

「今日はよろしく。いい試合をしようね」

　微笑む様からは、増長している様子は微塵《みじん》も見られなかった。見た目だけでなく、心もきれいなようだ。

　対して京一郎は、素っ気なく頷いてから言った。

「俺、この部屋に呼ばれて取材を受けることになってるんだけど」

「それはおかしいな。俺が公民館の人に聞いたら、今日この部屋は空いてるから、ちょっとだけなら自由に使っていいと言われたのに」

　通常、子どもが正規の手続きに則《のっと》って公民館の部屋を借りることはできない。公民館のスタッフと奏太が顔なじみで、特別に鍵を貸してくれたのだろう。

「平泉くんは、この部屋でなにをしてたんだよ？」

「着替え。更衣室は狭くて、順番待ちをするのが嫌だから」

「着替えならトイレとかですればいいのに」

「そういう場所は落ち着かないんだ。鍵は閉め忘れていたね。ごめん」

「……まあ、いいけどさ。でも、俺の取材はどうなったんだろう？」

京一郎の疑問に応えるように廊下の反対側の端にあるドアが開き、長門が顔を覗《のぞ》かせた。

「おお、いたいた、京一郎。さっきのすごい声はお前か？　なにがあったんだ？」

長門が、こちらに歩きながら訊ねてくる。

「たいしたことはないです。それより二〇一号室で取材じゃなかったんですか、監督？」

「二〇一？　違う、俺は二〇七《にいまるしち》と言ったんだ」

「二〇一って聞こえましたよ」

京一郎は不満そうに返したが、要は聞き違いというわけか。

結子たちの傍まで来た長門は「おはようございます、新藤さん」と頭を下げてから、奏太に笑顔を向けた。

「直接会うのは久しぶりだな。元気にしていたか」

「はい」

奏太は短く応えただけで、「失礼します」と言い残し足早に去っていく。

「信頼されているという割に、監督に愛想がなかったですね」

奏太が階段を下りてから、京一郎は長門に言った。

「いつもはあんなことないんだけど。今日は敵同士だからかな」

苦笑いする長門になにも言わず、京一郎は階段の方を見つめていた。

3

長門の紹介でG県新聞の記者と名刺を交換してから、結子は仕事に戻った。子どもたちは既にグラウンドでウォーミングアップを始めている。結子がその様子を撮影していると、長門と京一郎がやってきた。取材は、二十分弱で終わったらしい。

「見た、平泉奏太？」「見た。オーラが半端ない」などとはしゃいでいた子どもたちが、京一郎に気づいた途端に静まり返る。長門は険しい顔をしながら、京一郎に言った。

「ストレッチしてから、桃田《ももた》さんとキャッチボールだ」

「はい」

京一郎が小太りの男性――コーチの桃田のもとに行くと、長門は子どもたちに呼びかけた。

「みんなは身体があたたまってきただろう。ノックを始めるぞ」

ジェネレーションズが試合前にグラウンドを使えるのは八時四十五分まで。その後はブラックナイツが使う手筈だ。子どもたちがグラウンドに散らばっていくと、ブラックナイツのユニフォームを着た男性が長門の傍に駆けてきた。年齢は、長門と同じくらい。長門のようなさわやかさはないが、人のよさそうな顔つきの男性だった。

「おはようございます、長門さん。今日はお手柔らかにお願いします」

「それはこっちの台詞《せりふ》だよ。俺がいなくなった後もチームを強くしてくれて感謝している」

長門の口調は、随分くだけていた。男性が結子の方を見て一礼する。

「ブラックナイツの監督をしている古川《ふるかわ》です。長門さんは、大学時代の先輩なんです」

そういう関係かと納得しながら、結子は古川に腕章を見せた。

「高宝町役場広報課の新藤です。本日は『こうほう日和』――広報紙の取材で参りました」

うっかり『こうほう日和』と言ってしまったが、町外の人には通じないので言い直す。古川は「長門さんにうかがってます」と頷いてから続けた。

「試合の取材までするなんて、高宝町の広報紙は熱心ですね。ただ、申し上げにくいのですが、うちの子どもたちの写真を撮るのは控えてもらえますか」

え？

「わざわざ来てもらったのに申し訳ないのですが、保護者の方たちが遠慮してほしいと……すみません」

「気になさらないでください。そういう保護者がいらっしゃるのは、当然ですから」

保護者からすれば、市外どころか県外にある町の広報紙に、自分の子どもの写真が掲載されることになるのだ。不安を覚えるのは仕方がない。とはいえ、

——奏太くんを撮ったらだめなのか。

そう思うと、ついがっかりしてしまった。自分でも驚いたが、意外とイケメン好きらしい。

——そういえば婚約していた彼もイケメンだったな。

嫌なことを思い出しそうになって、結子は慌てて言った。

「ブラックナイツの子たちは撮影しないようにしますね。でも試合の前か後に、ジェネレーションズの子どもたちと一緒に集合写真を撮らせてもらえないでしょうか。G県の強豪チームと戦った記念に、一枚ほしいんです」

奏太とは関係なく、撮りたい写真だった。集合写真なら一人一人の子どもの顔は小さくなり、識別も難しくなる。これなら問題ないだろうと思ったが、古川は唸《うな》った。

「うーん。それもどうだろう……」

「だめですか？」

戸惑う結子に、長門が声を潜めて言った。

「やめた方がいいです。ここだけの話、ブラックナイツの保護者に厳しい人がいるんですよ

——だよな、古川？」

「ええ、実は……すみません」

「そういうことでしたら。こちらこそ、わがままを言って申し訳ありません」

そう言うしかない。ただ、集合写真もだめとなると、思い描いていた紙面構成を変更しなくてはならなくなる。

古川が「よろしくお願いします」と言ってブラックナイツのベンチに戻ると、長門はゆっくりと右肩を回した。

「では、私はノックをしてきます。新藤さんは取材を続けてください」

結子が応じる前に、少女二人が「監督！」と叫びながら走ってきた。先週、風花と一緒に練習していた少女たちだ。

「どうした？」

「風花ちゃんが」

「怪我をしたみたいで」

少女たちが指差した先には、グラウンドに蹲《うずくま》る風花の姿があった。

ノックを桃田とは別のコーチに任せ、長門は風花をおぶってベンチに連れていった。女性が一緒にいた方がいいかもしれないと思って、結子も傍につく。

長門は、風花を座らせてから促した。

「痛いところを見せてみろ」

風花は無言で右足のスパイクを脱ぐとユニフォームパンツの裾をめくり上げ、ソックスを下ろした。

露《あらわ》になった足首は、青紫色に腫れていた。

長門が顔をしかめる。

「いつからこうなんだ？」

「昨日の夜……家で練習してたら捻っちゃって……」

「お父さんとお母さんには言ってないのか？」

「…………」

風花は俯いて答えない。長門は大きく息をついた。

「試合に出たくて、黙っていたんだな」

風花の首が、微《かす》かに縦に動いた。これだけ腫れているのだから、相当痛むのだろう。さっき話したとき元気がないように見えたのは、このせいか。

「熱心なのはいい。でも怪我をしたら元も子もない。いつも言っているはずだ」

長門の言葉はありふれたものだったが、重みがあった。自分が怪我に泣いて、プロになれなかったからに違いない。スポーツチームの監督の中には、勝つことを優先するあまり、選手を平気で使いつぶす人もいると聞いたことがある。しかし長門は、そういうタイプではないようだ。

こんな監督が、単なる楽観論で京一郎が心を入れ替えると期待しているとは思えない。やはり、なにか考えがあるのかもしれない。

それがなんなのか、さっぱりわからないのだけれど……。

風花が、潤んだ目で長門を見上げる。

「見た目ほど痛くないんです。京一郎が五十球投げたら、私が代わりに――」

「わがまま言って監督を困らせるな」

いつの間にか近くに来ていた京一郎が、ベンチを覗き込んで言い放った。風花が睨《にら》みつけても、京一郎は意に介することなく肩をすくめる。

「どうせ昨日の夜も、投球練習しまくってたんだろう。お前は無理しすぎなんだよ。この前も言ったじゃないか。女子なんだから練習はほどほどにしておけばいいのに、ってさ」

確かに京一郎は、そう言っていた。風花の反感を買うような言い方だったし、練習量と女子であることは関係ないはずだ。でも、

――京一郎くんなりに、風花ちゃんのことを心配していたの？

風花が、京一郎を睨みつけたまま言う。

「あんたを追い抜くためには、それくらい必要なの」

「お前はそんなことのために練習してるの？　俺は違うよ。自分自身がうまくなりたくてやっている。コンディションを考えながら、やるときはやるし、休むときは休んできた。そうこうしているうちに、お前よりすごいピッチャーになったんだ」

風花が口を閉ざすと、京一郎は鼻を鳴らした。

「やっぱりいまのお前には負ける気がしない。女にしてはいいピッチャーなのに、もったいないな」

風花の目が、ますます潤んでいく。

京一郎が女子を見下していることも、増長していることも確かだ。

でも野球に対して真摯《しんし》であることも、確かなようだった。

長門が長いため息をつく。

「お前は真っ当なことを言うときもあるが、言い方がきつすぎる」

「いいでしょ、これくらい。エースなんだから」

「エースになる前の方が、まだマシだった。風花とも仲がよかったしな」

長門が言った途端、京一郎と風花はほとんど同時に口を開いた。

「風花みたいな生意気な女と仲よしなわけないってば！」

「京一郎みたいなガキと仲よしなわけないってば！」

――いや、仲よしじゃん！

この二人はエースの座を巡ってすれ違っているだけで、もともとは周りから「恋人同士」「つき合ってる」などとからかわれるような関係なのでは？

長門は少しだけ苦笑してから、風花に言った。

「風花が怪我するまで練習していたことに気づかなかったのは、俺のミスだ。本当にすまない。それでも、試合に出すわけにはいかない。今日はベンチだ」

「……ブラックナイツと対戦したかったのに」

風花が絞り出すように呟くと、京一郎は首を横に振った。

「怪我を押してまで戦う相手じゃないだろ」

「最初からやる気がないあんたに言われたくない！」

風花が再び、京一郎を睨みつける。

「うちのチームだとブラックナイツに勝てないから、最初から手を抜くつもりなんでしょ。やるときはやるし、休むときは休むらしいから、今日の試合は『休むとき』なんでしょ」

「そうだよ」

京一郎は悪びれることなく応じた。反射的に立ち上がりかけた風花だったが、短い悲鳴を上げてバランスを崩す。結子は咄嗟に手を伸ばし、風花を支えた。

長門の目が尖る。

「風花は試合に出たくても出られないんだぞ。なのにお前は、本気で言っているのか？」

「もちろん本気ですよ。でも、平泉にだけは全力を出します。俺のことを舐めてるかもしれませんからね、あいつ」

結子は思わず口を挟んだ。

「そうは見えなかったよ！」

あんなさわやかイケメン少年にかぎってありえない、という私情が入って、つい強い口調になってしまう。いまのいままで目を尖らせていた長門が苦笑した。

「そうは見えなかった、ですか」

「いや、その……」

つくり笑いでごまかしていると、京一郎は「俺には見えたんですよ」と言い残し、グラウンドに戻っていった。

ジェネレーションズとブラックナイツの試合は、予定どおり午前九時半から始まった。

プロ野球や高校野球は先攻と後攻に分かれた攻防が九回《イニング》繰り返され、点数が多かったチームの勝利となるが、少年野球ではイニング数が少なくなり、試合時間の制限もある。公式戦でない場合は、双方の合意で自由に決めてよいことにもなっている。

この試合は六イニング制で、試合時間は九十分。九十分をすぎたら次のイニングには進まず、その時点で点数の多いチームが勝利となるルールだ。先攻はジェネレーションズ、後攻はブラックナイツ。審判は、奇数イニングをジェネレーションズの、偶数イニングをブラックナイツの保護者が担当する。

ほかの保護者は、観客席に思い思いに座って観戦していた。ジェネレーションズ側の客席には十人ほどしかいないが、ブラックナイツの方は地元の強豪チームだけあってかなりの人数——もしかしたら五十人以上いる。

「行くぞ！」

試合が始まると京一郎がチームメイトに呼びかけたが、返ってきた声はまばらな上に小さかった。内野席でカメラを構える結子は、集中してファインダーを覗くことができない。

京一郎は、奏太相手には全力を出すと言った。裏を返せば、ほかの相手には予告どおり手を抜くということ。このままでは大敗して、チームの雰囲気はますます悪くなりそうだ。

長門には、なにか考えがあるはずなのだが……。

一回の表、ジェネレーションズの攻撃の前に、マウンドに上がった奏太が投球練習を始める。その第一球がキャッチャーに届く前に——いや、大袈裟でなくボールが奏太の右手から離れるのとほとんど同時に、結子は悟った。

平泉奏太が、京一郎以上のピッチャーであることを。

京一郎の投げる球だって、速くて重かった。しかし奏太の球には、速さや重さ以外のなにかがある。うまく表現できないが、「ちょっとやそっとのことでは打たれない迫力のようなもの」といったところか。

野球経験のない結子ですら、一球見ただけで理解したのだ。ジェネレーションズの子どもたちはレベルの差を痛感して、とても打てないのでは？

結子の不安は的中し、一回の表はバットがボールにかすりもせず、ジェネレーションズは三者三振に抑えられてしまった。高宝町民なのだから、ジェネレーションズを応援したい気持ちはある。それでも結子は、当然のような顔をしてベンチに引き上げていく奏太に感嘆の息をついた。

「なんてきれいな投げ方なんだろう」

撮影を禁止されていなかったら容姿とは関係なく、奏太の写真を撮りまくっていたに違いない。

「いいよねえ、彼」

ベンチに腰を下ろす奏太を目で追っていると、右隣から声をかけられた。いつの間にか、恰幅《かっぷく》のいい中年男性が隣に座っている。つり気味の目が、京一郎そっくりだった。

「どうも、善通寺です。京一郎の父親です」

思ったとおりだ。先ほど、駐車場で見かけた気がする。長門から善通寺家が名家と聞いたからかもしれないが、着ているグレーのジャージが高級なブランド物に見えた。

「高宝町役場広報課の新藤です」

「知ってます知ってます。東京から来たお嬢ちゃんでしょ」

善通寺の年代から見れば新卒二年目の結子なんて「お嬢ちゃん」に違いないが、面と向かって呼ばれると引っかかる。それを笑顔で隠していると、善通寺はブラックナイツのベンチを指差した。

「それより、さっきの話。いいよねえ、彼。敵ながらほれぼれするよ。双子で才能があるっていうんだから、漫画みたいだよねえ」

「奏太くんは双子なんですか？」

「そうだよ。男と女の双子。妹の方は女子だけの野球チームに所属していて、そこのエース。この辺に住んでいる女子は、みんなそっちのチームに行っているらしい」

そういえばブラックナイツには男子しかいない。

「私も動画で一度観ただけなんだけど、とにかく球が速いんだ。先週の日曜日も一人で一試合投げ切って、去年の県大会優勝チームに完封勝ちしたらしい。何度も点を取られそうになって楽な勝ち方ではなかったようだけど、たいしたもんだ。しかも、結構かわいいんだよ」

善通寺は結子が頼んでもいないのに、携帯電話を見せてきた。ディスプレイには、奏太そっくりの顔が映っている。G県の地元紙の記事のようだった。名前は平泉奏《かなで》。

「女にしてはすごいよね。ご両親にとっては自慢の双子で、地元のテレビで取材も受けていたらしい」

「……そうなんですか」

「女にしては」という一言に、笑みが引きつってしまう。善通寺はそれに気づく様子もなく「そうだよ」と大きく頷いた。

「女なのに、あんな速い球を投げるんだ。男ならもっとだっただろうね。いやあ、女にしておくのはもったいない！」

一般に、男性の方が女性より身体能力が高いことは確かだし、善通寺になんの悪気もないこともわかる。それでも、こうも「女なのに」「女にしては」などと連呼されると、さすがにいい気はしなかった。

――京一郎くんが『女のくせに』と風花ちゃんたちを見下しているのは、お父さんの影響なんじゃないですか。気をつけた方がいいですよ。

ぴしゃりとそう言えたら気分爽快だろうが、初対面の相手にそんなことを言って許されるのは漫画やドラマのヒロインくらいであって、社会人、ましてや公務員には不可能だ。

「自慢の双子なら、親御さんは今日も熱心に応援しているんでしょうね」

「知り合いから、平泉さんご夫婦は仕事で来ていないと聞いたよ。女にしてはすごい子どもを育てているんだから、ぜひ話をしてみたかったんだが」

結子が別の話題を振っても、「女にしては」に戻ってしまう。曖昧《あいまい》に笑っていると、前の方から女性の声が飛んできた。

「広報の人ー、写真を撮るならこっちの方がいいよー」

ネット際、グラウンドに一番近い席で、女性が手を振っている。

「ありがとうございます」

結子はカメラを掲げつつ「行ってきます」という一言を残し、善通寺から離れた。女性の傍まで行くと、ちょうどブラックナイツの攻撃が始まり、一番バッターがベンチから出てくるところだった。

この女性と面識はないが、善通寺同様、先ほど駐車場で見かけた。善通寺と違い、見るからに安そうな赤いジャージを着ている。年齢は三十代半ばといったところか。

「いきなり声をかけられてびっくりしたでしょ。私、生駒真智子《いこまままちこ》っていいます」

「広報課の新藤結子です」

結子が自己紹介し終えるのとほとんど同時に、真智子は小声ながら早口で捲《まく》し立てた。

「善通寺さんは声が大きいから、こっちにまで聞こえちゃった。大変そうだったね、新藤さん。あの人は悪い人ではないんだけど、当たり前のように女を下に見ているんだよねえ。本当にもう、昭和かっていうの。いまどきあんなことをテレビで言ったら速攻で炎上でしょ。これだから田舎のおっちゃんはだめなんだよね。新藤さんから見たら、私みたいな田舎の若者も似たようなもんだろうけど。あ、新藤さんから見たら、私は田舎のおばちゃんか」

「いろんな考えの人がいますから」

返答次第では自分が炎上しそうなので当たり障りのない答えを返すと、真智子は一層早口になった。

「ごめんなさい、余計なことを言って。取材の邪魔だよね。もう黙っているから、いい写真を撮ってね。期待してます。新しくなった『こうほう日和』、ものすごくよかったから」

「読んでくださったんですかっ⁉」

構えかけたカメラを下ろして訊ねた。結子がデザインまで担当した新生『こうほう日和』

は、一昨日発行したばかり。読んだ町民に会うのは初めてだ。

「読んだよ。デザインが変わって、ものすごくおしゃれになってた。すごいわ、新藤さん。あれだけのものをつくるには、さぞかしお金がかかってるんでしょうねえ」

——お金はかけられないから、手間をかけました！

力一杯そう主張したかった。本当は今月号の編集後記に「予算不足で印刷所に逃げられたので、わたしが全部一人でつくることになりました」と書きたかったのだが、無難に「リニューアルしました」だけにしたのだ。自分がいかにがんばったか、少しくらい話しても罰は当たらないはず。

「実は、お金は——」

「うちの子はキャッチャーをやってるの。バッティングは下手なんだけど、身体が大きくて、京一郎くんの球を捕れるのはうちの子だけなんだよ。すごいでしょ？」

結子が話し出すのとほとんど同時に、真智子は息子の話を始めた。『こうほう日和』のリニューアルには、そこまで関心がないのかもしれない。結子は急いで笑顔をつくる。

「……すごいですね」

「でしょう？　うちの子も『こうほう日和』でかっこよく紹介してね。楽しみにしている——この試合をすることが、いいことなのかわからないけど」

　真智子が不意に顔を曇らせ、マウンドの京一郎に目を向けた。この人も、試合が終わった後ジェネレーションズがどうなるのか不安なのだ。いろいろ聞いてみたかったが、もう試合は始まっているのでカメラを構え直す。

　一回の裏は、京一郎も相手チームを三人で抑えた。見事なピッチングだったが、本人は納得いかないらしく、唇を噛みながらベンチに戻っていく。奏太と違って、最初のバッターからしか三振を奪えなかったことが原因だろうか。

　二回の表。四番の京一郎が右バッターボックスに入った。バットを構えた京一郎は、ただでさえつり気味の目をさらにつり上げ、マウンドの奏太を睨みつける。予告どおり、奏太相手には全力を出すつもりらしい。

　奏太の方は少しも表情を変えず、第一球を投げた。京一郎がバットを振る。辛うじて当ったものの、ボールはキャッチャーの後ろに転がりファウルとなった。

「当たったぞ！」

「いけるんじゃないか、京一郎！」

　観客席から声援が上がった。結子の隣にいる真智子も、京一郎に思うところはあるのだろうが拍手して、「ぶっ放《ぱな》せー、京一郎！」と叫ぶ。先ほどのイニングは誰も奏太の球にかすりもしなかったから、期待するのはわかる。

しかし結子には、とても京一郎が打てる気はしなかった。

予感は的中し、その後はバットがボールにかすりもせず、京一郎は三振に倒れた。結子はカメラをズームして、京一郎の表情に寄る。顔をくしゃりと歪《ゆが》め悔しがっていた。

全力を出すと宣言したとはいえ、まだ試合が始まったばかりなのに、ここまで感情を露にするなんて。

舐められているかもしれないと言い出したことといい、奏太への態度が普通ではない。

京一郎に続くバッター二人もあっけなく三振に倒れ、二回表のジェネレーションズの攻撃は終わった。

二回の裏。バッターボックスに立ったブラックナイツの四番バッターは、奏太だった。京一郎も奏太も、どちらもエースで四番というわけか。先ほど三振に抑えられただけに、京一郎は絶対に負けたくないだろう。結子は、隣の真智子に顔を向けた。

「奏太くんはすごいピッチャーだと思いますけど、バッターとしてはどうなんですか」

「私も詳しくは知らない。でも子どもの話によると――」

カキーン
真智子の声をかき消すように、小気味よい音が鳴り響いた。結子がグラウンドに顔を戻すと、白いボールが宙を切り裂くように一直線に飛んでいくところだった。そのままスタンドに入る。

　ホームランだ。

「……それはもう、すごいらしいよ」

　真智子は先ほど早口で話していたことが嘘のような、ぼんやりした声で言った。

「……そうみたいですね」

　ブラックナイツ側の観客席から歓声が上がる中、奏太は悠々とベースを回ってベンチに戻った。古川を始め、子どもたちは奏太に群がるように集まり、何人かは頭や背中をたたいて手荒な祝福をする。奏太はその手を、まとめて払いのけた。払いのけられた方は当惑した様子だったが、奏太はそちらを見向きもせずベンチの隅に座る。

　古川が傍に行ってなにか言うと、奏太はチームメイトに向かって頭を下げた。古川に注意され、謝ったようだ。

　でも祝福してくれた仲間に、どうしてあんな態度を取ったのだろう？　結子は首を傾げながら、マウンドの京一郎にカメラを向ける。

　顔が真っ赤になり、肩で大きく息をしていた。

その後もジェネレーションズは、奏太に完全に抑え込まれた。ほとんどの子が三振に倒れ、そうでない子も当たり損ねのゴロを打つのが精一杯。四回の表が終わった時点で、ヒットは一本だけ。それも打ったゴロが守っている人がいないところにたまたま転がっただけの、幸運なヒットだった。

京一郎の方は、ヒットを打たれながらもなんとか追加点を取られずに切り抜けてきたが、四回の裏、奏太との二度目の対決で二塁打を打たれると、そこから突如、球威がなくなって連打を浴び、最後には満塁ホームランを打たれてしまった。

これで5－0。

ブラックナイツのベンチはお祭り騒ぎで、子どもたちはホームランを打ったチームメイトを奏太のときのように手荒く祝福した。先ほどは嫌そうにしていた奏太も、傍に行って拍手している。

それと対をなすように、京一郎は両腕をだらりと下げて立ち尽くしていた。

長門が審判にピッチャーの交代を告げ、京一郎はベンチに下がった。

代わってマウンドに上がったピッチャーはブラックナイツの猛攻に遭い、何本もヒットを打たれた。あまりに点差が開くとコールドゲームとされ、試合終了となってしまう。しかしジェネレーションズは懸命に守り、なんとか点を取られなかった。

そのまま5－0で、試合終了。

ジェネレーションズの最後のバッターが三振に倒れると、善通寺が立ち上がって叫んだ。

「相手はブラックナイツなんだ。よくがんばった！」

「女にしては」発言には苦笑していた真智子も、ほかの保護者たちも、善通寺と一緒に拍手と声援を送る。確かに格上のチーム相手に、ジェネレーションズは健闘した。特に京一郎がマウンドを降りた後の粘りは立派だった。長門の言うとおり、負けても得るものはあったはずだ――とはいえ、

「京一郎くんが、なんて言うかなあ」

真智子が呟いたのと同じ不安を、結子も抱いていた。

試合終了後、ジェネレーションズの子どもたちはグラウンドで、長門を中心に輪になって集まった。結子はグラウンドに下りて、輪の傍に立つ。

「今日は残念だったけど、強いチームと戦って得るものがあったと思う。それに、みんながここまでやれるとは思わなかった。よくがんばった」

長門が拍手すると、子どもたちは「ありがとうございました！」と返して頭を下げた。一方で、輪の外に立つ京一郎の様子をうかがっている子どもも多い。京一郎がなんと言うか。

それ次第で、この場の雰囲気はがらりと変わりそうだった。中には、京一郎を露骨に睨みつける子どももいる。

結子がはらはらしながら見ていると、京一郎が輪の方に一歩近づいた。チームメイトの視線が集まる中、京一郎は目を閉じ、深々と頭を下げた。

「俺がホームランを打たれなかったら、あんな一方的な試合にはならなかった。ごめん」

子どもたちの目が一斉に丸くなる。

長門が言った。

「野球はチームプレーだ。お前一人で勝てもしなければ負けもしない」

「……それでも俺には、もっとできることがありました」

京一郎は頭を下げたまま返す。ほかの子どもたちは丸くなった目で京一郎を見つめたまま無言だったが、誰かがぽつりと言った。

「勝ち負けはともかく、ブラックナイツ相手によくやったよな、俺たち」

その一言で金縛りが解けたかのように、子どもたちは次々に口を開く。

「平泉奏太の球は、マジでヤバかったね」

「ブラックナイツはあいつ以外もすごかったよ」

子どもたちは段々と笑顔になり、声が大きくなっていった。どうやら長門の言うとおり、負けても得たものがあるらしい。

——みんな、いい顔だ。

結子が子どもたちを写真に収めていると、ベンチに座っていた風花が右足を引きずりながら京一郎の傍まで来た。

「随分と態度が変わったね。全力でやって平泉奏太に負けたことが、そんなにショックだったの？」

「負けたとか、そういう次元の話じゃない。俺はあいつの眼中になかった」

「向こうがそんな風に思っているようには見えなかったけど」

「だって——」

なにか言いかけた京一郎だったが、口を閉ざすと風花の顔を真っ直ぐに見つめた。

「足が治ったら練習につき合ってくれないか。お前はこのチームで、俺の次にいいピッチャーだから。コントロールは、俺よりいいかもしれないから」

京一郎は風花のことを「いいピッチャー」とだけ言った。

試合が始まる前は、「女にしては」という一言がついていたのに。

風花の頬が、ほんのり赤く染まる。

「……まあ、いいけど」

——そういう話は人がいないところでやってよね、お二人さん。

つい、にやにやしてしまう。終わってみれば、長門の言ったとおりになった。おかげで、いい『今月のこだわり』ができそうだ。

——余計なことは考えない、余計なことは考えない。

自分に言い聞かせながら、結子はシャッターを切り続けた。


「お疲れさまでした」

駐車場で長門と向かい合った結子は、ねぎらいの言葉をかけた。子どもたちは試合後のグラウンド整備を終えてから、保護者の車で近場のファミレスに向かった。結子も同行して、昼食をとりながら話を聞くことになっている。

その前にどうしても長門に確かめたいことがあって、残ってもらったのだ。

長門は、さわやかな笑みを浮かべる。

「新藤さんこそ、お疲れさまでした。さっきも古川が驚いてましたよ。試合の後まで取材するなんて高宝町の広報マンは本当に熱心だ、と」

自分でも熱心だとは思う。しかしこれからする話次第では、熱心にやったことがすべて無駄になってしまう。

それでも確かめないわけにはいかなくて、結子はこの一言を告げた。

「あの奏太くんは、本当に奏太くんだったんでしょうか」

4

「ええと……どういうことでしょうか？」

まごつく長門に、結子は話し始める。

「監督の言ったとおり、京一郎くんは負けたことで得るものがあったようですね。でも、もともと格上の相手で、負けて当然だと思っていたんです。いくら奏太くんには全力でぶつかったとはいえ、試合後の態度が変わりすぎだと思いました。そもそも、奏太くんにだけ全力を出すと言い出したことも引っかかるんです。奏太くんは、京一郎くんを舐めている様子なんて全然なかったのに。監督も、おかしいと思いませんでしたか？」

「それは、まあ……」

「ですよね。だからわたしは、こう考えました。『今日投げたのは、奏太くんの双子の妹の奏ちゃんだったのではないか。京一郎くんは、それに気づいていたのではないか』と」

「ありえない！」

長門は即座に否定したが、結子は続ける。

「奏太くんは、肘を痛めているという噂があったそうですね。ただの噂じゃなくて、事実だったんです。今日は練習試合だし、休むことも考えたでしょう。でも、チームの士気にかかわると考えたのか、肘の痛みがたいしたことないと周りに思わせたかったのか、理由はいくら考えてもわかりませんでしたが、とにかく奏太くんは、奏ちゃんに代わってもらうことにしたんです」

長門が警戒するような、うかがうような目つきになった。代わってもらった理由が「わからない」と言いながら堂々と話す結子を、どうとらえていいかわからないのだろう。

「奏ちゃんのことは、善通寺さんに教えてもらいました。テレビの取材を受けるくらいすごい、少女野球チームのエースだそうですね。しかも顔は、奏太くんそっくり。まだ小学生ですから、男女で体格差もそれほどない。一試合くらいなら、チームメイトの目もごまかせるはず。さすがに親には気づかれるでしょうが、ご両親とも今日は仕事で応援に来られないから、家の外で入れ替わればばれる心配もない。だから奏ちゃんは家ではなく、公民館の部屋を借りてユニフォームに着替えたんです」

「本当は女子だったなら、更衣室を使うわけにはいかなかったでしょうね。でも、それならトイレを使えばよかったのでは？」

「奏ちゃんは小学生とはいえ六年生ですから胸の膨らみが気になって、サラシか幅のある包帯か、そういう布状のものを胸許に巻くことにしたのでしょう。そのためにはある程度の広さが必要だし、時間もかかりそうだから公民館の部屋を借りたんです。でも奏ちゃんは布状のものを巻くことに注意が行きすぎて、鍵をかけ忘れてしまった。そこに、二《に》〇七号室《いまるしち》を二〇一号室《まるいち》と聞き違えた京一郎くんがやって来て、ドアを開けてしまったんです。二人とも驚いたでしょうね。奏ちゃんは咄嗟に胸を隠し、京一郎くんは悲鳴を上げてドアを閉めた。わたしが聞いたのは、その声だったんです」

駆けつけた結子がなにがあったのか訊ねても、京一郎はなんでもないと言い張った。女子の着替えを見てしまったと思ったのであれば、無理もない。

「ただ、部屋から出てきた奏ちゃんは奏太だと名乗り、着替えを見られたのに動揺している様子を微塵も見せませんでした。京一郎くんは混乱したでしょう。部屋の中を覗いたのは一瞬でしょうから、見間違いだったと思ったかもしれません。でも奏太くんに双子の妹がいることを考えれば、目の前にいるのが奏太くんのふりをした奏ちゃんの可能性も否定できなかった」

父親があんなに騒いでいたのだから、当然、京一郎も奏のことは知っているはずだ。

「長門さんが来ると、奏ちゃんは一言挨拶しただけで去っていきましたよね。長門さんは、今日は敵同士だから愛想がないと言っていましたが、京一郎くんは、奏太くんではないと見抜かれると思って逃げたと考えました。その時点で、確信を持てないまでも相手が奏ちゃんである可能性は高いと思ったのでしょう。女子を見下している京一郎くんからすれば、男のふりをして試合で投げるなんて許せないこと。だから、自分のことを舐めているかもしれない、なんて言ったんです」

長門は、目だけで先を促してくる。

「一回の表、奏ちゃんはジェネレーションズを三者三振に抑えました。それを見て、京一郎くんは焦りました。自分も三者三振に抑えないと女に負けることになる。でも一回の裏、京一郎くんは一人からしか三振を奪えなかった。それが悔しくて、三者凡退で抑えたのに唇を嚙んでいたんです。しかも二回の裏、奏ちゃんにホームランを打たれてしまった。あの後で京一郎くんは、奏ちゃんが奏太くんのふりをしていると確信したんだと思います」

「どうして？」

「ベンチに戻った奏ちゃんは、味方から頭や背中をたたかれ祝福されていました。その手をまとめて払いのけたからです。払いのけられた子たちは、戸惑っている様子でした。普段はそんなことはされないということ。奏ちゃんは男子に身体を触られて、思わず手を払いのけてしまったのでしょう。それをごまかすためチームメイトから離れて、ベンチの隅に座った。

その様子を、京一郎くんも見ていたんです」

小学六年生は思春期の入口に立つ年ごろだ。異性に触られることに過剰反応してしまうこともあるだろう。

ホームランを打たれた後の京一郎は、顔が真っ赤になり、肩で大きく息をしていた。自分より下の存在であるはずの女子にホームランを打たれたのだ。同情はまったくできないが、さぞ悔しかったに違いない。

「四回の裏、京一郎くんは奏ちゃんに、今度は二塁打を打たれてしまいました。またしても女子に負けたショックで京一郎くんは球に力がなくなって連続してヒットを、最後には満塁ホームランを打たれてしまった。京一郎くんのプライドはずたずたになったはず」

両腕をだらりと下げた京一郎の姿が思い浮かぶ。

「でもそのおかげで、京一郎くんは自分がいかに調子に乗っていたかに気づくことができたんです。だから試合の後、みんなに謝った。風花ちゃんのことも、女とかそういうことは関係なく、一人のピッチャーとして認めた。逆に言えば、相手が奏ちゃんでなかったら、負けて当たり前だと思っていた京一郎くんが目を覚ますことはなかったでしょう。結果的には監督が言っていたとおり、京一郎くんは負けたことで得るものがありました。でも偶然が重なっただけで、監督にとっては運がよかったと言えるでしょうね」

「それが新藤さんの考えですか」

「はい」

頷いた結子は、間髪を容《い》れず続ける。

「この考えで間違いないと思っていました——試合が終わって、しばらくの間は」

長門の身体が強張ったことが見て取れた。

「その言い方からすると、いまは違うということですか？」

「はい。冷静になると、この考えはおかしいんです。奏太くんが奏ちゃんに代わってもらった理由は、肘が痛むから。要は、自分が怪我をしないようにするためです。でも奏ちゃんは先週の日曜日、一人で一試合投げ切っています」

これも善通寺に教えてもらったことだ。

「奏ちゃんは何度も点を取られかけたそうですから、何球も投げたはず。それなのに一週間も空けずにまた投げたら、怪我をするリスクが大きくなります。いくら奏太くんが怪我をしたくないからといって、妹にそんなことをさせるとは思えません。怪我に人一倍気を遣っている長門さんに知られたら、怒られるだけでは済まないでしょうしね」

「では、新藤さんは……」

「はい、やっぱり今日投げたのは奏太くんで、奏ちゃんと代わってはいないという結論になりました」

奏太が奏に代わってもらった理由はなんなのか、いくら考えても思いつかなかったが当然だった。前提が間違っていて、そもそも代わってなどいなかったのだから。

「ただ、公民館で着替えたことといい、ホームランを打った後でチームメイトの手を振り払ったことといい、奏太くんの行動に不可解な点があることは事実です。そのせいで京一郎くんは、奏ちゃんが奏太くんのふりをしていると誤解してしまいました。でも、それこそが奏太くんの目的だったのではないでしょうか」

身体をさらに強張らせる長門に、結子は告げる。

「奏太くんは、自分が奏ちゃんであると京一郎くんに思わせようとした。というより監督が計画を考えて、奏太くんに協力してもらったんですよね」

長門は口を開きかけたが、なにも言わなかった。結子は、自分の考えが正しいことを確信する。

「監督は、ただブラックナイツに負けただけでは京一郎くんが変わらないと思って、奏太くんに、奏太くんのふりをしている奏ちゃんのふりをしてもらうことにした。そのために、取材を受ける部屋を『二〇七《にいまるしち》』ではなく、『二〇一《にいまるいち》』と京一郎くんに伝えたんです。そして奏太くんが布状のものを胸に巻いているところを、京一郎くんに目撃させた」

京一郎は「二〇一って聞こえましたよ」と不満そうだったが、聞こえたもなにも、長門は本当に「二〇一」と言ったのだ。

「その後、奏太くんが監督とまともに話をしなかったのも、身体に触れるチームメイトの手を振り払ったのも、監督の指示です。奏太くんが肘を痛めているという話も、監督が流したデマ。奏太くんは監督を信頼しているそうですから、力を貸してくれたのでしょう」

京一郎が心を入れ替えたのは、偶然が重なった結果などではない。すべて、長門の計画どおりだったのだ。

「京一郎くんを取材したG県新聞の記者も、監督の仲間ですよね。京一郎くんを一人だけ公民館に呼び出すために、協力してもらったんです」

L県内で少し有名になっただけの京一郎が、いきなり県外の新聞から取材を申し込まれるなんて妙だと思ったのだ。

「古川さんも、監督の協力者です。ブラックナイツの子どもたちを撮影しないでほしいと言ってきたのは、後から京一郎くんが奏太くんの写真を見て、やっぱり男だったと気づくのを防ぐため。わたしが集合写真を撮らせてほしいと頼んだときは、オーケーしていいかわからなくて困ったと思います。だから咄嗟に監督が助け船を出して、厳しい保護者がいるから集合写真もだめだと言った」

長門は、楽観的だったわけではない。京一郎の目を覚まさせるため、綿密な計画を立てて実行していたのだ。

「……新藤さんの話はすべて憶測で、証拠はありませんよね」

長門がようやく声を発した。

「そうですね。でも写真のことをブラックナイツの保護者に聞けば、監督と古川さんの話が本当か嘘かわかります。嘘だった場合、どうして集合写真すら撮らせてくれなかったのか、説明できますか？」

「それは……」

言葉を切った長門は、うな垂れるように頭を下げた。

「申し訳ありませんでした。でも、すべて私が考えてやらせたことです。奏太たちを責めないでください」

「責めるつもりなんてありませんよ」

結子は慌てて言った。

「ただ、監督の計画に気づいているのに知らん顔をして『こうほう日和』をつくるのは町民を裏切ることになると思って、指摘させてもらっただけです」

「……そうでしたか。新藤さんの立場からすれば、当然のことですよね」

長門の口許に、力のない笑みが浮かぶ。

「京一郎は増長してはいますが、必死に練習してうまくなったことは事実。それだけに、ちょっとやそっとのことでは目を覚ましそうにない。だから、こんな計画を立ててしまいました。実行するかどうか、最後まで迷っていたのですが……実は、奏太が背中を押してくれたんです。あいつ自身、以前は才能にあぐらをかいて増長していたからかもしれません」

「奏太くんが？」

信じられなかったが、長門は頷いた。

「当時のあいつは、いまの京一郎より性質《たち》が悪かったですよ。私だけじゃない、両親や奏と何度も話し合って、少しずつ変わっていきましたがね」

そう言われても信じられなかったが、奏太が自分のことを舐めているかもしれない、という京一郎の言葉を結子が否定したとき、長門が苦笑いしていたことを思い出した。

「なんにせよ、裏でこんなことを目論《もくろ》んで、ご迷惑をおかけしました。理由はどうあれ、私は京一郎を騙したことになる。そんな試合を『こうほう日和』に載せてもらうわけにはいかないでしょう。せっかく取材いただいたのに恐縮ですが、掲載は辞退しなくては——」

「なるほど。これが今回のピンチか」

「は？」

「なんでもありません」

長門を受け流し、結子は心の中でため息をついた。

茜が言うところの謎を解いたらピンチになる運命は、今回も変わらなかった。

結子がなにか妙だと気づいたのは、試合後、劇的に変わった京一郎を目の当たりにしたときだった。でも、余計なことは考えるなと自分に言い聞かせ、シャッターを切り続けた。このまま取材を続ければ、いい『今月のこだわり』ができるからだ。

その思いとは裏腹に、シャッターを切れば切るほど推理が進み、長門の企みを見抜いてしまった。

それでも知らん顔をして取材を続けようか迷ったが、長門に言ったとおり、町民を裏切ることになりかねない。だから推理を披露はしたものの、長門は犯罪に手を染めたわけではない。掲載することに問題はないと思っている……というより、ブラックナイツ相手に健闘したジェネレーションズの姿を、なんとしても掲載したい。

しかし長門は、頑なに拒否してきそうだ。

――どうにかして長門さんを説得しないと。でもこれまでのパターンからして、わたしがなにを言っても聞く耳を持ってくれないんだろうな。どうすれば……。

長門は、必死に考えを巡らせる結子を不審そうに見つめていたが、「そうですか」という一言を挟んで言った。

「では、改めて言わせてもらいます。せっかく取材いただいたのに恐縮ですが、掲載は辞退しなくてはならないと思います。でも私の計画には気づかなかったことにして、『こうほう日和』に載せてもらうわけにはいかないでしょうか」

「なんですとっ⁉」

駐車場全体に鳴り響くような声を上げてしまった。長門がたじろぐ。

「お……おこがましいですよね。失礼しました」

「い、いえ……。そ……そうじゃなくて……」

事態を呑み込めない結子は、何度も深呼吸を繰り返してから訊ねた。

「載せてもいいんですか？」

長門は当惑しながら頷く。

「こちらとしては、お願いできるのであればぜひ。もともと今回の計画は、新藤さんに取材依頼をいただいたことがきっかけで考えたのですから」

ブラックナイツとの試合は、長門が三月末に急に決めたとコーチが言っていた。結子が取材依頼したのは三月二十九日。時期が一致する。

でも、どうして？　結子の疑問に答えるように、長門は説明する。

「一昨年《おととし》まで、町の広報紙は『広報こうほう』で、ほとんど読まれていなかったようですね。でも『こうほう日和』に戻ってから毎月楽しみにしている町民が多いんです。しかも、どんどんすごいものになっている」

胸が瞬時に熱くなった。

「子どもたちは『こうほう日和』に、それも特集ページの『今月のこだわり』に載りたいはず。たとえ負けた試合でも励みになるし、京一郎にとっては自分への戒めとなる。だから新藤さんには申し訳ないのですが、なにも知らなかったことにして載せてほしいんです。お願いします」

謎を解いてもピンチにならないどころか、こんなことを言ってもらえるなんて……。

じんわり熱を帯びた両目を慌てて拭い、結子は言った。

「もともとわたしは、予定どおり掲載させてほしいとお願いするつもりでしたから」

長門が顔を上げた。口許に、さわやかな笑みが戻っている。

「ありがとうございます。よろしくお願いします。新藤さんが計画を見抜いたことは、もちろん誰にも言いません。新藤さんも、秘密にしてくれますよね」

「はい。ただ、念のため上司には報告させていただきます」

「上司ですか……大丈夫でしょうか？」

長門の顔が曇ったが、結子は笑顔で頷いた。

「大丈夫です。こういうことが大好きな上司ですから」


〈いいですよ〉

長門に先にファミレスに行ってもらってから、結子はその場で伊達に電話をかけた。土曜日なのに町長に同行して隣の市に行っていると聞いていたので、すぐに出てくれないことはわかっていた。案の定、三度目の電話でつながってから事情を説明し、それでも結子が『今月のこだわり』をジェネレーションズの試合にしたいことを伝えると、軽い調子で返ってきた答えがこれである。

「よかったです。でも、まだ信じられません。わたしが謎を解いたのにピンチにならないで、あっさり記事を書けるなんて」

〈記事はあっさり書けるかもしれませんが、書き上げた後、僕の大量の指摘を反映して修正することが大変ですよ〉

「この先も、謎を解いてもピンチにならないといいなあ」

話を逸らすと、受話口の向こうから笑い声が聞こえてきた。

〈まさか、新藤くんが謎を解いてもピンチにならないとは。『こうほう日和』を通して町民に町を愛してほしいと本気で願うようになったから、神さまがご褒美をくれたのかもしれませんね。ただの偶然であって、この先どうなるかは僕にもわかりませんが〉

ただの偶然、という言い方が引っかかりはする。でも、

――伊達さんはわたしのことを、そんな風に見てくれているんだ。

伊達には見えないことがわかっていても、再び熱を帯びた両目を急いで拭った。

「町民に町を愛してほしいとは思っているけど、伊達さんの言う『町民を愛する』ということの意味は、まだよくわかりません。それでも、がんばります。長門監督に、子どもたちは『こうほう日和』に載りたいはずだと言ってもらえましたから」

〈そんなことを言ってもらえたのですか。それだけ新藤くんがつくる『こうほう日和』を、すごい広報紙だと思ってくれているということですね〉

すごい広報紙か。手にした携帯電話を、自然と握りしめる。

「もっとたくさんの町民に『こうほう日和』をすごいと思って、喜んでもらうには……対外的な評価も、大切ですよね」

この一言だけで、伊達は結子がなにを言いたいのか察したらしい。

〈広報コンクールに興味が出てきたんですね？〉

――『こうほう日和』に戻ってから毎月楽しみにしている町民が多いんです。しかも、どんどんすごいものになっている。

長門の言葉を思い出しながら、結子は答えた。

「はい。広報コンクールの表彰式に、行ってみたいです」

やっぱり伊達さんは、わたしを高いレベルに導いてくれる導師キャラです、と心の中でつけ加えた。


五月号の『今月のこだわり』のタイトルは「新世代の勇者たち」。ジェネレーションズの子どもたちの写真をふんだんに用いた、スポーツ雑誌のような紙面にすることができた。最初から最後まで順調だった――伊達の予告どおり、原稿に大量の指摘を入れられたことを除けば。

そして、編集後記。迷ったが、結子はこの一文を末尾に添えた。

〈賞がすべてではありませんが、広報コンクールで入賞できる『こうほう日和』をつくる。それが今年度の目標です〉

町民が引くかもしれないと思って言葉を選んだが、本当はこう書きたかった。

――狙います、コンクール優勝！

六月号

表彰式は
不正疑惑とともに

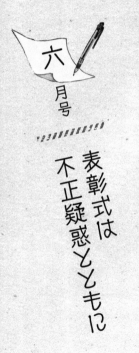

1

「使われなくなった校舎を人が集《つど》うにぎやかな場所にするために、どうか新藤さんの力を貸していただきたい。『こうほう日和』で取り上げていただきたい」

ソファに腰を下ろした仲宗《なかそ》根《ね》重守《しげもり》は膝に手を突くと、真っ白な頭を深々と下げた。自分より半世紀以上は生きていそうな人にこんな丁寧な態度を取られるとは思わず、結子は慌てて首と手を横に振る。

「お顔を上げてください。電話のとおり、前向きに検討させていただきますから」

「ありがたい！」

顔を上げた仲宗根は、満面の笑みを浮かべた。『こうほう日和』で取り上げると言っただけで、こんなに喜んでもらえるなんて……頬が緩んだことをごまかすため、手許のＡ４用紙に視線を落とした。

仲宗根が持ってきた企画書である。タイトルは「高宝南中学校再生プロジェクト（高南中《こうなんちゅう》プロジェクト）」。

廃校になった高宝南中学校、通称「高南中」の校舎を、町民の集いの場に生まれ変わらせる計画を進めている。そのことをたくさんの人に知ってもらうために、『こうほう日和』で取材してほしい――そんな電話が仲宗根からかかってきたのは、二日前、五月二十六日の夕方だった。

田舎の自治体の多くは、人口減少に喘《あえ》いでいる。高宝町も、総人口が一万人を切って久しい。当然、子どもの数も減っており、町内の小中学校は統廃合が繰り返されている。

町の南部に位置する高南中も、十五年前に廃校になった。すぐに校舎を解体する話も持ち上がったが、費用の捻出が難しい。更地にした後の使い道も決まっていないので、有志の管理のもと、ひとまず保存されることになって現在に至る。

この建物を改修し、誰もが安価でお店を出したり、ワークショップを開催したり、映画の撮影に使ったりできる施設にしたい。そうすれば高宝町の活性化につながる。そのために参加者を募りたい――それがプロジェクトの趣旨だった。

詳しい話を聞くため、今日は仲宗根に広報課に来てもらい、テーブルと横長のソファが置かれたパーティションで区切られた空間、通称「応接スペース」で話を聞いている。

企画書には、ほかの自治体で行われている同様の取り組みや、それがもたらした経済効果、人口の流入数、高宝町で実施された場合に見込まれる効果などが、こと細かな数字とともに書かれていた。

——やっぱり数字を扱う文章は、横書きの方が読みやすいな。

ワープロソフトで横書きされた文章を読みながら思う結子に、仲宗根は言った。

「高南中は、高宝町の中心地——と言ってもシャッター商店街ですが——からそれほど離れていないし、アクセスは悪くありません。町民の集いの場にすれば、高宝町は元気になる。傍目《はため》にはお先真っ暗な片田舎に見えるかもしれんが、高宝町はまだまだやれる……いや、我々がやらなくてはならんのです。未来の高宝っ子のためにも！」

「高宝っ子？」

結子の知らない言葉だった。

「生まれも育ちも高宝町の人たちを指す言葉です。私もその一人で、後に続く高宝っ子を育ててきました。高南中で国語教師をしたことも、校長を務めたこともあります。若いころは休みの日に道場で合気道を教えて、高宝っ子たちを鍛えていたものです」

合気道をやっていたのか。長身な上に肩幅が広いのは、その影響かもしれない。

「高宝っ子たちのために町をなんとかしたいと思っているのは、私だけではない。たくさんの人々が、このプロジェクトに賛同してくれている。町議会議員になった教え子も何人もいるのですが、彼らの協力も得られた。既に教育委員会の許可は取って、行政上の手続きはクリアしました。あとは完成を目指して突き進むだけです」

話が進むにつれ興奮してきたのか、仲宗根の声は大きくなっていった。しかし不快感はなく、むしろ包み込むような、独特の心地よさがある声だ。こういう言い方は失礼かもしれないが、年齢の割に滑舌もいい。

仲宗根の話を聞きながら、結子は企画書の最後のページを見る。そこには、現在の校舎の写真が掲載されていた。正面にある三角屋根の昇降口を中心に、左右対称に窓が並んだ木造二階建ての校舎だ。

写真の下には、外装が白く塗られた完成予想図のイラストが掲載されていた。色あせた木目が剝き出しになっているいまの外観より人目を引くし、高南中が生まれ変わったと印象づけることもできるだろう。でも、こんなにきれいに塗れるのだろうか？　この白さをきれいに保つことも楽ではないのでは？

内装も、電灯を増やしたり、一部の窓をつくり直して全面ガラス張りにしたりと、全体的に明るくなるという完成予想図が描かれているが、予算が足りないのではないか？　心許なかったが、仲宗根は熱弁を振るい続ける。

「改修費は寄附で集めました。不測の事態が起こった場合でも充分対応できる額を、既に確保しています。高南中は、昔は夏祭りや餅つき大会の会場として使われていたから、高宝っ子の思い出が詰まっている。協力者も金も集まらないはずがないのです」

仲宗根の言葉を裏づけるように、企画書の最後には協力者の名前がずらりと並んでいた。ざっと見ただけで三十以上ある。個人だけでなく、企業の名前もあった。

これだけの人たちが廃校の校舎を、町のために再生しようとしている——。

「新藤さんには、ぜひ我々の活動を取材していただきたい。高宝町民に最も影響力のあるメディアは『こうほう日和』です。町民に高南中プロジェクトのことを知ってもらうには、その力を借りるのが一番なのです」

ここまで言ってもらえるなんて……。大きく息を吸い込んでから、結子は口を開いた。

「わかりました、取材させていただきます。ただ、一度の取材だけで終わらせるのはもったいないと思います」

怪訝《けげん》そうに眉根を寄せる仲宗根に、結子は続ける。

「プロジェクトに協力している人や校舎を改修していく様子を、何度か取材させていただけないでしょうか。それをまとめる形で、十二月号の『今月のこだわり』でページを増やして掲載させてください」

長期間にわたって取材し、ページを増やした特集を掲載する広報紙は珍しくない。時間と手間がかかるだけ、読み応えのあるものになる。

今年の広報コンクールで最優秀賞にあたる内閣総理大臣賞を受賞した——要は優勝した

──『広報わんだ』も、地元の米農家に一年間密着取材した特集を掲載していた。

「ページを増やして……」

呟いた仲宗根の顔が、見る見る綻んでいく。

「願ってもないことです。十二月五日に開館式をやる予定なので、タイミングもぴったりだ。ぜひ、そうしてください」

「開館式ですか」

「はい。日曜日なので関係者を集めて、生まれ変わった高南中の記念すべき船出として盛大に開催する予定です」

その日がプロジェクト準備期間のクライマックスということだろう。それまでにほかのページを全部つくっておき、開館式の様子を記事にして六日の朝までに印刷所に送れば、十五日発行の十二月号にぎりぎり間に合う。

「では、開館式まで取材させてください。それも特集に入れたいと思います」

「ありがたい！」

仲宗根の声が、少しびっくりするくらい大きくなった。それでも心地よい響きに変わりはなかったが、仲宗根は「すみません」と照れくさそうに笑ってから言う。

「ページを増やすということは、この号を広報コンクールに出品するおつもりなんですか？

五月号の編集後記に書いてましたよね、入賞できる広報紙をつくりたい、と」

編集後記まで読んでくれたのか。隠しても仕方ないので、「はい」とすなおに認めた。

「力を合わせて高南中を復活させる町民の姿は、たくさんの人の胸を打つはずです。町内にとどまらず、一人でも多くの人に知ってほしい。そのために、わたしはコンクールの入賞を目指して全力で『こうほう日和』をつくります。ですから、なんでも言ってください」

「ありがとう、新藤さん。我々にこそ、なんでも言っていただきたい！」

身を乗り出した仲宗根は、結子の手を握りしめた。大きなその手を、結子は握り返す。

「わかりました。なんでも言わせてもらいますし、なんでもします。広報コンクールの表彰式では先輩広報マンに話を聞いて、『今月のこだわり』をよくするためのヒントをもらってきますね」

「表彰式？　そんなものが？」

「はい。来月、東京で開催されます」

「わざわざ東京まで行くのですか？」

「そうです。自腹で」

うっかり本当のことを言ってしまった。

「自腹……？」

結子の手を握りしめたまま、仲宗根の目が丸くなる。

広報コンクールの表彰式は、全国広報広聴研究大会、通称「全国大会」のプログラムの一環で行われる。自治体にもよるが、入賞して表彰される広報マンが表彰式に出席する場合は公休扱いになり、旅費も出してもらえることが多いようだ。そうでない広報マンが出席する場合は有休を取らなくてはならず、当然、旅費は自腹となる。

実家の母からは「せっかく東京に来るんだから少しゆっくりしていけば？」と言われたが、取材があるので次の日には高宝町に戻らなくてはならない。ただ表彰式に参加するためだけの自腹だ。

全国大会が開催される会場は毎年異なり、L県だったこともあるらしい。今年もそうだったら、旅費がかからずに済んだのに……などと嘆いても仕方がない。

「早速ですけど、仲宗根先生がこのプロジェクトを始めようと思ったきっかけについて、お話を聞かせてもらえないでしょうか。その後で、写真も撮らせてください」

自腹の話を続けると苦労自慢になってしまいそうなので、結子はすぐさま本題に入った。

仲宗根は結子から手を放すと、はにかみながら言う。

「いきなり取材してもらえるとは思わなかった、と言いたいところですが、実はレジュメを用意しておりまして」

仲宗根は鞄から取り出したＡ４用紙を握りしめると、まだ結子が質問していないのに、視線を左右に動かしながらゆっくりと言った。

「私《わたくし》、仲宗根重守がこのプロジェクトを始めたいと思ったきっかけは、高宝っ子たちの未来のため、町に活気をもたらしたいと――」

レジュメに書いてある文章を読み上げているらしい。仲宗根の声は応接スペースに朗々と響いた。

その日の午後。朝から他部署との会議に出ていた伊達が広報課に戻ってくるなり、結子は切り出した。

「『今月のこだわり』のことで相談があるんですけど、お時間をいただけませんか」

「僕は面倒な会議から戻ってきたばかりなんですよ」

「だったら後にしますか」

「とんでもない。早く気持ちを切り替えたいから、相談に乗るに決まっているではありませんか」

そう言うと思いました、と返しかけた結子だったが、茜は「乗るに決まってるんだ……」と呟いた。

伊達の席まで行って仲宗根の企画書を見せながら、このプロジェクトをコンクール向けの広報紙に掲載したいことを説明する。

「さっき、仲宗根先生に少し取材したんです。先生は奥さんの希望で、十年前に仙台に引っ越しました。その奥さんが亡くなったのを機に、去年、高宝町に戻ってきた。自分が引っ越す前よりさらにさびれてしまった高宝町を見てなんとかしたいと思って、このプロジェクトを立ち上げたそうですよ」

結子の説明を聞いた伊達は、企画書に目を落としたまま言った。

「仲宗根先生は僕が中学生のころ高南中で教師をされていたから、少し知っています。生徒からも保護者からも慕われてましたよ。高宝町をなんとかしたい気持ちは本物でしょう」

「でしたら、取材してもいいですよね」

「もちろんです。沢庵で飲んだときに話したとおり、今年度の『こうほう日和』は新藤くんにお任せしていますから」

やった、と拳を握りしめる結子に、伊達は「ただし」と言葉を継ぐ。

「新しくなった高南中が開館するまで半年強。その間、継続的に取材した末に失敗したのでは広報コンクールどころではありません。ですから――」

「話は聞かせてもらった！」

あまり聞きたくない声が、広報課に響き渡った。顔をしかめつつ振り返ると、来客用の受付カウンターの向こうに男性が立っていた。小柄で、身長は結子よりも低い。頭髪は薄く、動く度に「ぎょろり」という音が聞こえてきそうな大きな目。

鬼庭直人《おににわなおと》町長である。

「その顔はなんだ、新藤？　町長であるこの私が、君のような二年目の駆け出しの様子を見にきてやったんだぞ。もっとうれしそうにしたまえ」

相変わらずパワハラめいたことを言う人だ。でも少々発言に問題があるだけで、町民のためを思って町長になった人ではある。その証拠に、鬼庭は受付カウンターの脇を通ると、目を爛々《らんらん》と輝かせながら結子に迫ってきた。

「仲宗根先生のプロジェクトは、私としても応援したいと思っていた。高宝町には、老若男女問わずに集まれる場所が少ないからな。『こうほう日和』で取り上げることは、プロジェクトの援護射撃になる。ぜひやりなさい。仲宗根先生なら人望が厚いから、『こうほう日和』に写真が載っているだけで読んでくれる町民も多いはずだ」

「そんなにすごい人なんですか？」

「厳しさの中に優しさもある、すばらしい先生だった。高南中では、喫煙の常習犯だった私た――不良連中を更生させるため、何度も叱っていた」

いま「私たち」と言おうとしなかったか？

「当時の教師としては珍しいことに、仲宗根先生は決して体罰はしなかった。その代わり、不良連中一人一人と、しつこいくらい懇々《こんこん》と話し合いを続けた。おかげでどいつもこいつも、正しい道に戻ることができたんだ。なあ、輝《てる》ちゃん？」

鬼庭に話を振られた輝ちゃんこと伊達は、肩をすくめた。

「そういう記憶はありませんね。僕は仲宗根先生とは、試験問題を巡る駆け引きをしていた印象が強いですから」

「なんだ、それは？」

「先生が授業で古典に時間を割くのでそこを重点的に勉強していったら、現代文を中心に出題されたことがありましてね。その逆もしかり。一年の秋に先生の傾向を見切った僕は、みんなにそれを教えてクラスの平均点を上げることに成功したんです。それに気づいた先生は対策を打ってきて、僕がさらにそれを見切って……と、いま思うと楽しい時間でしたね、中学の国語は」

絶対に国語本来の楽しみ方ではない。

「そもそも僕は、喫煙に興味がありません。自ら肺を汚す、緩慢な自殺のようなものですから」

「私に対する嫌味だな、それは。中学のときタバコを吸ってなかったからって偉そうに！」

いろいろ言いたいことはあるが、面倒なことになりそうなので黙ることにした。茜は顔をひきつらせ、伊達と鬼庭を交互に見ている。一触即発なのではと心配しているのだろうが、鬼庭が伊達に一言も口をきかなかった一年前に較べれば、ずっとましだ。

あのころの鬼庭なら、伊達を広報官にすることも絶対になかっただろう。

鬼庭はいまにも地団駄を踏みそうな顔をして伊達を睨んでいたが、大きく息をつくと結子に顔を向けた。

「仲宗根先生を取材したなら、写真も撮っただろう。ぜひ見せてくれ」

「はい」

自分の席に戻った結子は、デジタル一眼レフカメラのディスプレイに先ほど撮影した写真を表示させ、鬼庭に見せた。

「変わってないなあ、先生」

鬼庭の両目が、なつかしそうに細められる。

「先生には生活態度以外にも、大切なことをいくつも教えてもらったよ。国語の授業でも厳しく指導されたな。私の文章は、文体も言葉選びも書式も、なにもかも先生の影響を受けている」

『こうほう日和』に掲載する記事は、伊達の指摘を反映した後で鬼庭にも確認してもらっている。鬼庭の指摘は、伊達のように数は多くないが、なぜその指摘を入れたのかという詳細な説明がついてくるので勉強になる。

仲宗根がいなかったら、あれはなかったということか。

「仲宗根先生のために立派な『今月のこだわり』にしてくれよ、新藤。私もいつも以上に気合いを入れて、君の書いた記事をチェックさせてもらおう。ハーッハッハッハッハッ！」

鬼庭は高笑いを残し、広報課から去っていった。茜が呆然と呟く。

「なんで最後に高笑いしたの、町長？」

「深い意味なんてない、ただの雰囲気づくりでしょ。変な人だよね」

どうでもいいので受け流す結子を、茜はまじまじと見つめてくる。

「なに？」

「いや……変な人をあっさり受け流す結子も、充分変じゃないかと思って」

うっ……！

「町長も結子のことを同類だと思ってるから、なんのかんのでかわいがってくれてるんじゃない？」

これ以上この話が続いたら茜のこめかみを両側から拳でぐりぐりしてしまいそうなので、

伊達に話しかけた。

「町長が現れる前に、なにか言いかけてましたよね。なんですか？」

「広報コンクール入賞を目指す新藤くんに、伝えなくてはならないことを伝えようとしたんですよ。長くなりそうなので、会議室に行きましょう」

「え？」

身構えてしまう。ちょっとした打ち合わせなら、いつもこの場ですぐ始めるのに。

——三十分後。

広報課の隣にある小会議室を出た結子は、引きつった顔をして席に戻った。

「あれを全部やるのか」

ぽつりと呟いた結子に、伊達は当然のように頷く。

「広報コンクールで入賞したいなら、これくらいはしないといけません」

「でも全部やったら、負担が増えるどころじゃない……」

「広報紙は、愛ですから」

にっこり微笑んで言われても、答えになっていない。

「やる気になっている結子がここまで顔を強張らせるなんて……一体なにをやらされる——いや、教えてくれなくていい。巻き込まれるのはごめんだもん」

茜に言われても、なんと返していいのかわからない。ただただ、これからのことを考えて眩暈《めまい》がした。


六月四日。『こうほう日和』六月号のデータをすべて印刷所に送った結子は、L駅から始発の新幹線に乗って東京に来ていた。

全国大会では広報コンクールの表彰式のほか、自治体の広報広聴のあり方をテーマにした講演やパネルディスカッションなどが行われるようだ。毎年、各地の自治体広報マンが参加しているが、中には異動になった後も休暇を取って参加する人もいる。伊達もその一人だ
――今年はさすがに忙しいので、来なかったが。

大会の後は、広報マン同士で親睦を深めるための飲み会が行われることが恒例だという。

――飲み会こそが本番です。公の場では言えない、本音に満ちた情報を得ることができます。新藤くんも、ぜひ参加してきてください。ただし、お酒を飲んではだめですよ。新藤くんはお酒を飲むと記憶が飛んで大変なことになると、片倉さんから聞いています。

伊達がそう言っていたことを思い出しながら、結子は会場となる施設の傍まで来た。高宝町では決して目にすることのない、ガラスがふんだんに使われた現代的なデザインの建物だった。いわゆる文化施設で、普段は演劇やコンサートが催されているらしい。本日の全国大

会は、ここの二階にある中ホールで行われる。

一体どんな広報マンたちがいるのだろう？　期待と不安で、結子の心臓はとくとく音を立てていた。普段はあまり着ないパンツスーツに身を包んでいるから、余計に緊張しているのかもしれない。

腕時計を見ると、十時になったところだった。受付開始までまだ三十分以上あるが、とりあえず施設に入ることにした。伊達によると、会場の受付ロビーにはコンクールで受賞した広報作品が展示されているという。見れば勉強になるはずだと思って施設に向かいかけた結子の足は、すぐにとまった。

施設の前はちょっとした広場になっていて、大きな木が何本も生えている。そのうちの一つの陰から、女性がそっと施設を覗いていたからだ。

――あんな漫画みたいな隠れ方をする人が、現実にいるなんて。

本人がどういうつもりなのか知らないが、却って目立つ。無視して通りすぎようかと思ったが、女性が繰り返したため息をついているのでつい声をかけてしまう。

「どうかしましたか？」

「わっ！」

女性は声を上げ、誇張ではなく飛び上がった。それから結子の方を、おそるおそる振り返る。結子より少し目線が下にあるだけだから、女性にしては背が高い方だろう。スカートスーツを纏っているのできっちりした印象を受けるが、ほんのり垂れた目がかわいらしく、子どもっぽくも見えた。

女性は口を開きかけたが、「あの……」「その……」などと繰り返すばかりで話が始まらない。仕方なく、結子の方から名乗った。

「そこの施設で開かれる会に参加するためにL県から来た、新藤といいます」

「その会って……全国広報広聴研究大会のことですか？」

「はい。あなたも広報関係者ですよね」

そうでなかったら、全国広報広聴研究大会という名前は出てこないだろう。案の定、女性は頷くと俯き加減に名乗った。

「G県海野《うみの》市役所広報課の福智楓《ふくちかえで》と申します」

海野市は、高宝町から車で四十分ほどで行ける場所にある。しかも見たところ、楓の年齢は二十代前半。結子と同世代だ。自然と頰が緩む。

「わたしは高宝町役場で広報マンをしています。福智さんも全国大会に出るために来たんですよね。よかった、年が近そうな人がいて。初参加だから緊張してたんですよ」

「……私は、大会に出ないんです」

結子とは正反対の、沈んだ声が返ってきた。

「大会に出ないなら、どうしてここに？」

「――つかむため、です」

前半が小声すぎて聞き取れなかった。

「ごめんなさい、もう一度言ってもらえますか」

楓はますます俯いてしまったが、今度ははっきりと言う。

「不正の証拠を、つかむためです」

2

「不正の証拠ですか。大変そうだけど、がんばってつかんでくださいね！」と言って立ち去れればどんなに楽だろうと思いつつ、結子は楓を近くのカフェに連れていった。トラブルに首を突っ込むような真似はしたくなかったが、放っておくと高いところから飛び降りそうな顔をしているのだから仕方がない。

店内は満席だったので、結子はホットミルクを、楓は紅茶を買ってテラス席に着いた。余計な話をしても仕方がないので、前置きなく本題に入る。

「不正の証拠をつかむために来たって、どういうことですか？　そもそも、なんの不正です？」

「県コンの――G県広報コンクールの、不正です」

楓は先ほどに続き、俯き加減に答えた。

広報コンクールは、まず都道府県ごとにコンクールが行われる。L県とG県の場合、県主催のコンクール（県コン）で市の部、町村の部ごとに新聞記者やタウン誌の編集者が審査して優秀作が選ばれ、その二作が全国広報コンクール（全コン）に推薦される。時には、市の部から二作、町村の部から二作が選ばれることもある。

全コンに推薦された広報紙は、大学教授や写真家、デザイナーなどその道の大家《たいか》によって審査され、受賞作が決められる仕組みだ。なお、今年のL県のコンクールには伊達が昨年九月号の『こうほう日和』を勝手に出品したが、落選した。

「私が県コンに出品した広報紙は、自分で言うのもなんだけどクオリティーが高かったんです。なのに……なんの賞も取れず落選してしまいました。県コンで最優秀賞を取った『広報わんだ』がだめだと言っているわけではないんです。今年の内閣総理大臣賞を取ってますからね。それでも……私がつくった広報紙があれより劣っているとはどうしても思えなくて……私だけじゃない、役所の人も市民も、みんなそう言ってくれています。だから、その……おこがましい言い方ですけど、自分の広報紙が全コンに進出していたらと思うと、あきらめられなくて……県コンで不正があったんじゃないかという思いを捨て切れなくて……表彰式に行けば、そういうことに詳しい広報マンがいるのではないかと……」

鬱憤《うっぷん》が溜まっていたのだろう、楓は途切れがちではあるものの、最初に口ごもっていたことが嘘のように話し出した。おかげで事情はわかったが、結子はこう思ってしまう。

――福智さんの広報紙は、客観的に見たらたいしたことなかったんじゃないですか。役所の人も市民も、気を遣ってくれているだけなんじゃないですか。

言葉を選んで伝えるべきか迷っていると、楓は鞄から冊子を取り出した。

「これが、私が県コンに出品した『広報うみの』です。もしよかったら、ご覧いただければ……」

差し出された『広報うみの』を受け取る前に、結子は自分の考えが間違っているかもしれないと思った。

分厚かったからだ。

『こうほう日和』は基本的に毎号十六ページだが、その二倍……いや、明らかにもっとある。

「この号は総力特集号で、六十四ページにしたんです」

「六十四!?」

大きな声を上げてしまった。慌てて口を閉じ、反射的に辺りを見回すと、背を向け離れていく、ものすごい癖毛の男性の姿が見えた。うるさい女だと思われてしまったのかもしれない。消え入りたくなる結子に、楓は恥ずかしそうにしながらも、初めてにっこり笑った。

「はい」

すごい、と呟きながら、結子は受け取った『広報うみの』のページをめくる。

美麗だった。

特集名は「海野の海」。海岸に面する海野市は、昔から生活も産業も、海とは切っても切れない関係にある。そのことが、海を写した美しい写真とともに綴られていた。海の恵みやよいところだけでなく、かつては高潮や津波の被害をもたらしたこと、それを先人が知恵を振り絞って克服してきたことにも触れられている。

文章は簡潔で読みやすく、すんなり頭に入ってきた。

——海野団子《だんご》？　そんな和菓子があるのか。へえ、海岸沿いは和菓子街になってるんだ。昔ながらの雰囲気があるお店ばっかりじゃない。これは行かないと！

「あの……新藤さん？」

名前を呼ばれて、自分が『広報うみの』を読み耽《ふけ》っていることに気づいた。顔を上げた結子に、楓は期待と不安が入り交じった上目遣いで訊ねてくる。

「……どうでしょうか、うちの広報紙は」

「すばらしいです」

すなおな感想だった。内閣総理大臣賞を受賞した『広報わんだ』と較べてどうなのかはわからない。しかし、クオリティーが高いことは間違いない。少なくとも、県コンで入賞もできないレベルではない。

「ありがとうございます」とうれしそうに微笑む楓に、結子は訊ねる。

「講評はどうだったんですか？」

コンクールに出品した広報紙には、審査結果とともに講評が送られてくる。楓は、紅茶に口をつけてから答えた。

「『住民に寄り添っていない』と一言だけ……。G県の講評はいつも短いから、例年どおりと言えばそうなんですけど……。うちの広報課には、代々、海をきれいに撮影したり、紙面で見せたりする技が受け継がれているんです。私はいま広報マン四年目で、自分なりにその技を習得したと思っていて……集大成のつもりでつくったのに……」

これだけのものをつくってそんな講評では、確かに納得できない。不正を疑いたくなって当然だ。

ただ、これ以上はかかわらない方がいい気もしていた。

いくら納得できなくても、わざわざ仕事を休んで上京してくるなんて、さすがに執念深すぎないか？

「不正があったか絶対に確かめたい、と思っていたのに、いざ会場に来たら赤池《あかいけ》さん――『広報わんだ』の広報マンを見かけて、怖じ気づいてしまって……目が合った気がするから、余計に……『なにしに来たんだ』と思われてそうで……」

ならこのままお帰りいただいた方がお互いのためかも、と結子が思っていると、楓は深いため息をついた。

「この『広報うみの』は、市民のためだけじゃない、私に広報紙のすべてを教えてくれた先輩に応えたい気持ちもあってつくったんです。先輩はまだ若かったんですけど、二年前に急な病気で亡くなって……だから、先輩に教えられたすべてを注ぎ込んだのに……」

広報紙のすべてを教えてくれた先輩の死。その状況を、自分に置き換えてみる。

少し想像しただけで、鳥肌が立った。

〈それで福智さんの代わりに、不正があったかどうかさぐる約束をしてしまったというわけですか〉

顔は見えなくても、電話の向こうで伊達があきれ顔になっていることがわかった。

「ええ、まあ。福智さんには夜まで時間をつぶしてもらって、飲み会が終わってから落ち合うことになっています」

〈お人好しですね、新藤くんは。僕が死んだらと想像して、福智さんに同情したことはわかりますが〉

「それは違います」

きっぱりと否定する。

「いま伊達さんに死なれたら、伊達さんがやっている仕事の再分配やらお葬式やらで、思うように『こうほう日和』をつくれなくなる。そのことにぞっとした自分にぞっとした勢いで、つい福智さんに約束してしまっただけです」

〈上司が死んでも広報紙を優先するとは。ひどい部下ですねえ〉

言葉とは裏腹に、伊達は愉快そうに笑った。

〈新藤くんの状況はわかりましたが、僕に電話をしてきた理由は？〉

「福智さんの話をどう思うか、伊達さんの意見を聞きたいと思ったからです」

いま結子は、会場の隣にある公園のベンチに座っていた。それほど大きな公園ではないし、平日の午前中ということもあってか、周囲に人はいない。

伊達の負担を増やしたくないので、電話をかけるべきか迷いはした。しかし結子は、広報コンクールのことをなにも知らない。不正をさぐると楓に約束した以上、伊達の力を借りるしかなかった。

〈不正と――有《あ》り体《てい》に――〉

携帯電話から聞こえる伊達の声が、ぶつ切れになる。

「もしもし？　伊達さん？」

〈失礼――いま――〉

しばらくの沈黙を挟んで、伊達の声が聞こえてきた。

〈失礼しました。別館にいたので、電波が切れかけていたようです。いま外に出ました〉

別館というのは、高宝町役場の敷地内に立つ二階建ての建物である。一階は物置、二階はすぐに使う予定のない資料の保管場所として使われている。時折、携帯電話の電波が入らなくなることで職員の間では有名だ。

「朝からそんなところで、なにをしているんです？」

〈歴代町長の資料を読んでいました。傍目にはなんの仕事をしているかわからないでしょうね〉

伊達は呑気な笑い声を上げて続ける。

〈それより、不正ということは有り体に言えば今年の受賞者、赤池くんが県コンの審査員に

なんらかの形で便宜を図ったということですよね。それはさすがにありえません〉

「どうしてそう言い切れるんですか？」

〈我々は公務員なんですよ。一部の例外を除いて、何年か経ったら異動になります。ずっと広報紙をつくり続けるわけではないのに審査員を買収するなんて、発覚したときのデメリットが大きすぎると思いませんか？〉

それは、確かに。

〈審査員を買収しないと県コンを勝ち抜けない程度の広報紙が、内閣総理大臣賞を受賞できるとも思えませんしね〉

「じゃあ、やっぱり福智さんの思い込みということですね」

これで解決だと思った結子だったが、伊達は言った。

〈そうですね、普通に考えれば〉

「含みのある言い方ですね」

〈はい。なにしろ相手は、赤池櫂《かい》くんですから〉

伊達の声が、わずかに低くなる。

〈彼とは一度話したことがあるだけですが、僕の言おうとしていることを先読みするような鋭さがありました。優秀な人物です。去年、彼がつくった広報紙も、内閣総理大臣賞こそ逃

したものの、いいところまで行きましたしね〉

「どんな広報紙だったんですか？」

〈認知症の特集です。認知症患者とそのご家族を取材した、骨太な内容でしたよ。当事者の顔と名前が掲載されていたことには、僕も驚きました〉

高齢化が進む日本にとって、認知症の問題は避けて通れない。しかし、それを自治体広報紙で取り上げるとなると切り口が難しい。ましてや、当事者の顔と名前を載せるなんて。

〈あれは、僕には決してつくれない特集でしたね〉

「伊達さんにつくれない特集なんてありませんっ！」

つい声に力がこもってしまった。さすがに恥ずかしくなったが、伊達は〈とにかく僕が言いたいのは〉と、結子を無視して話を進める。

……珍しくすなおに、尊敬の念を見せたのに。

〈『常識で考えれば審査員を買収するはずはないが、赤池くんなら予想外の行動に出ることもありうる』ということです。彼には油断しないように〉

――伊達さんが、ここまで言うなんて。

「わかりました」

緊張で身体を硬くしながら応じた。

〈今日は一日、別館で資料を読んでいます。いつでも連絡をください〉

電話の最後に伊達はそう言ってくれたが、あまり迷惑はかけたくない。「ありがとうございます」と応じたものの、あとは自力でなんとかするつもりで会場となるホールに入った。

前方にあるステージを座席が半円状に取り囲む、大きな部屋だった。今日は開放されていないが、二階席もある。

ステージの上には、日本国旗を中心に、向かって右に東京都旗が、左に「全国広報広聴研究大会」と書かれた旗が掲げられていた。全国大会に来た、という感じがして身震いする。

しかし、それより結子の目を引いたのは、ホール内で談笑するスーツ姿の男女だった。数は、百人は優に超える。もしかしたらその倍……二百人はいるかもしれない。

——ここにいる人たちは、みんな自治体広報マンなんだ。

楓と会う前の再現のように、心臓がとくとく音を立てる。どこに座ろうか見回していると、茶髪の男性が結子の傍まで来て言った。

「入賞作の自治体の人ですか？」

茶髪に目を奪われ気づかなかったが、男性は意外と年配だった。もしかしたら、定年が近いかもしれない。

「違います。勉強のために、自費で来ました」

「そうでしたか。そういう人は、空いている席に自由に座っていいんですよ」

男性の言い方からすると、入賞作の広報マンは座る席が指定されているのだろう。よく見ると前方の席の背には、自治体名が書かれた紙が貼られていた。

「あなたのように自費で来る熱心な広報マンとは、ぜひご挨拶しておきたいですね」

男性はにこやかな笑みを浮かべ、名刺を差し出してきた。結子も同じようにして、名刺を交換する。相手の名刺には「Z県瓦《かわら》市広報課　塔本慎之介《とうもとしんのすけ》」と書かれていた。Z県はG県同様、L県に隣接する県だ。

それだけなら特筆するところはないが、名前の傍らには「長老」という単語があった。

結子がそれをまじまじと見つめていると、塔本は笑い声を上げた。

「今日のために特別に用意した名刺です。『長老』は、私の二つ名なんですよ」

「二つ名？」

「ちょっとかっこつけた言い方をしましたが、要は広報マン同士でつけたあだ名ですね。いろいろあるんですよ。『師匠《シショー》』とか『天才』とか『愛の伝道師』とか」

「ええと……広報マンのあだ名なんですよね？」

「そう言ったじゃないですか」

塔本は再び笑い声を上げたが、結子は理解が追いつかない。

「そういうあだ名がついて当然の、すごい広報マンたちなんですよ。私の『長老』は、若いころから老け顔だったせいでつけられただけですがね。でも定年退職後、嘱託で広報紙担当に戻ってきたから、本当に長老になってしまいました」

ということは、定年が近いどころか、すぎているのか。

「ちなみに伊達くんの二つ名は『神』でした」

「伊達さんをご存じなんですか？」

「ご存じもなにも、仲よしです。新藤さんのことも少し聞いています。でも個人的に話をしたことがなくても、この会場にいる人のほとんどが伊達くんのことを知っていると思いますよ。内閣総理大臣賞を二回も受賞した『神』ですから。飲み会には参加しますか？」

「そのつもりです」

「幹事としてはうれしいですね。きっと飲み会の最中は伊達くんの話を聞くために、新藤さんのところにたくさんの広報マンが集まってくるでしょう」

塔本は「では、後ほど」と頭を下げると、前方の席に向かって歩いていった。瓦市の広報紙もコンクールで入賞していたことを思い出す。

——ここにいる広報マンのほとんどが、伊達さんのことを知っているのか。

なんだかくすぐったくなって、つい笑みが浮かんでしまう。

ただ、それはそれとして。

――絶対にあの人を『神』なんて呼んでたまるか！

呼んだら最後、「では、新藤くんは僕の命令に絶対服従の信者というわけですね」などと言って、どんな無理難題を吹っかけてくるかわからない。決意を固め適当な席をさがしていると、右横の壁際で話をする男性三人組の姿が目に入った。

一人は、銀縁フレームの眼鏡をかけた男性だった。眼光が鋭い。頬から顎《あご》にかけてのラインがしゅっと締まっているので、余計にそう見えるのかもしれない。

それ以上に結子の目を引いたのは、男性の髪だった。寝癖を直さずに来たのではと思うほどの、ものすごい癖毛だ。

先ほどカフェで結子が大きな声を出したとき、遠ざかっていった男性だった。

あのとき結子たちは、テラス席にいた。もしも話を聞かれていたとしたら、気まずい。

好都合なことに、三人組の傍の席は空いていた。結子はそこに座り、様子をうかがうため会話に聞き耳を立てる。癖毛の男性が、苦笑しながら言った。

「――そんな感じでいろいろ忙しかったから、スピーチの練習なんて全然してないんですよ。ただでさえプレッシャーがかかるのに、ちょっとヤバい」

「でも、赤池さんならなんとかするでしょ」

「優秀ですもんねえ」

どうやらこの癖毛の男性が、『広報わんだ』を発行する湾田《わんだ》市役所の赤池櫂らしい。スピーチというのは、内閣総理大臣賞の受賞者挨拶のことに違いない。

楓との話を聞かれたかもしれない相手が、よりにもよって……！

「もちろん、形にはしますよ。でも成功するためには応援が不可欠だ。頼んだぞ、ミヤゾン、教授」

赤池の口調が、途中から変わった。ミヤゾンと教授というのは、二人のあだ名なのだろう。

赤池の言葉を受け、男性二人は大きく頷いた。

「任せておけ、タロー」

「失敗してもタローの骨は拾ってやるよ」

タローというのは、赤池のあだ名か。フルネームは赤池櫂なのに、どこをどういじれば「タロー」になるのだろう？　自治体広報マンの世界は、よくわからない。

ミヤゾンと教授は笑顔で手を振り、赤池から離れていった。赤池は、結子が思ったとおり塔本の方、受賞者たちが座る席へと歩を進める。

――福智さんとの話を聞かれたか、確認しておきたい。

結子は席を立つと、赤池に「あの」と声をかけた。

「失礼ですけど、先ほどの話が聞こえてしまって。内閣総理大臣賞を受賞した『広報わんだ』の方ですよね。L県高宝町の新藤と申します」

結子は尊敬の眼差しを送るふりをして、赤池の顔をまじまじと見つめた。不正を疑われている相手にこんな風に挨拶されたなら、少しは動揺するはず。

果たして、赤池は。

「高宝町って、伊達さんがいるところですよね。初めまして」

満面の笑みで、名刺を差し出してきた。却って結子の方が動揺しながら、名刺を交換する。

「伊達さんとは去年少し話しただけですが、本当にイケオジですよね。私もああいうオジサマに――」

〈間もなく、開会いたします。みなさま、ご着席の上、お待ちくださいませ〉

場内アナウンスが、赤池の声をかき消した。赤池は結子に軽く頭を下げると、席に向かって歩いていく。

動揺しているようには見えなかった。すなおに考えれば、楓との会話は聞かれていないと見ていい。

伊達が「油断しないように」と言っていたので、決めつけることはできないが……。

午前十一時。全国大会が始まった。まずは開会式として、日本広報協会や東京都、総務省に所属する偉い人たちの挨拶が続く。

〈本来は本人が自ら来るべきところなのですが、どうしてもはずせない用事ができてしまったので、代理として秘書であるこの私がご挨拶させていただきます。誠に、誠に申し訳ございません〉

都知事の秘書だという男性は司会者台に両手をつくと、切腹するつもりなのではと心配になるほど神妙に頭を下げた。

見るからにまじめそうな堅物――「侍」という言葉がしっくり来る――なので、本気で申し訳ないと思っているのだろう。

しかしこの手の式典では、組織のトップが欠席することは珍しくない。大抵は理由をつけて、代理の人がやって来る。

――そう考えると、あの人は異例だな。

結子は、ステージ上の来賓席に座る小柄な初老男性――岡本修蔵《おかもとしゅうぞう》総務大臣に目を向けた。

広報コンクールを管轄する省庁は総務省で、内閣総理大臣賞に次ぐ賞として総務大臣賞が用意されている。一応、総務大臣が選ぶという体裁を取ってはいるが、実際に選考にかかわっているとは思えない。下手をしたら、広報コンクールの存在すら知らないのではないか。

そう思っていただけに、岡本大臣が来ていることは意外だった。

結子は、昨年末の内閣改造で岡本が総務大臣に就任した際、たまたまテレビでインタビューを見たことがある。お隣のG県出身というからチャンネルを変えずにいると、岡本は「離婚して独り暮らしで家にいてもさみしいから、できるだけ国民のみなさんと接する機会をつくりたい」と笑いながら話していた。

眼鏡の向こうにある鋭い目が少しも笑っていなかったので嘘だと決めつけていたが、それを実践しているのだろうか？

内心で首を傾げつつ岡本を見ていると、ふと、誰かに似ている気がしてきた。テレビで見たときは、そんな発想を一度も抱かなかったのに。誰と似ているのか思い出せないでいるうちに開会式が終わり、広報コンクールの表彰が始まった。

「内閣総理大臣賞を受賞された湾田市役所広報課の赤池さま、壇上までお上がりください」

「はい」

司会の呼びかけに応じた赤池がステージに登壇した。内閣府の職員が赤池の前まで来て、受賞理由を読み上げ賞状を手渡す。その瞬間、ホール全体に割れんばかりの拍手が鳴り響いた。それが小さくなってから、司会者が言う。

「では赤池さま、受賞の言葉をお願いします」

赤池がマイクスタンドの前に立った。これが先ほど話していたスピーチか。果たして、なにを語るのだろう。楓が疑っているとおり不正を働いたなら、少しくらい後ろめたさを感じられそうだが。

「えー、まともにしゃべれるかわかりませんが、お許しください」

赤池は軽い調子で、第一声を口にした。会場から笑いが起こると、赤池の口許に笑みが浮かぶ。緊張している様子はまったくない。

しかし赤池はすぐには話し出さず、顎を何度も撫で始めた。見た目とは裏腹に、実は緊張しているのだろうか？　そう思って見ていると、赤池は審査員や広報紙づくりに協力的な役所の仲間、湾田市民への感謝の言葉を口にした。その後で続ける。

「今回の特集で取材させてくださった高野《たかの》さんは、まるで父親のように私に接してくれました。大雨や猪による被害でせっかく育てた米がだめになりそうなピンチが何度もあって、それどころではなかっただろうに……取材している最中も、息子と話すように、気安く……」

第一声が嘘のように声を詰まらせた赤池は、深呼吸してから言葉を継ぐ。

「そんな高野さんの気持ちに応えたい一心でつくった広報紙ではありますが、このような評価をいただけたことが未だ信じられません。高野さんには、心の底から感謝しています。本当にありがとうございました。また一緒に米を食べたいです」

赤池が深々と頭を下げると、先ほど以上に大きな拍手が沸き起こった。両手で顔を覆う塔本の後ろ姿が、結子の視界の片隅に映った。涙ぐんでいるようだ。「長老」だけに、若者の躍進がうれしいのかもしれない。

気がつけば結子も楓のことを忘れ、全力で手を打ち鳴らしていた。伊達がこの拍手を二度も浴びたのかと思うと、胸が熱くなる。同時に、こうも思った。

――わたしもコンクールで優勝して、この拍手を浴びたい。できれば伊達さんの力を借りず、自分一人でつくり上げた『こうほう日和』で。

そのために高南中プロジェクトの特集が、うまくいけばいいのだけれど。

赤池がステージを下りてからも、しばらく拍手は鳴りやまなかった。続いて総務大臣賞の表彰が始まり、岡本が細い顎を撫でながら席を立つ。その姿を見た結子の中に、ある疑念が芽生えた。

胸が熱いままだったので、最初は疑念の正体に気づかなかった。

でも、もしかして……これなら不正につながったとしても……県コンどころか、全コンも……。

3

全国大会は、表彰式の後で昼食を挟み講演、事例発表、パネルディスカッションが行われ、午後五時半、閉会となった。

ここからは飲み会だ。

「はい、行きますよ」

ホールを出たところで幹事の塔本が手をたたいて注目を集め、歩き出した。大勢の広報マンたちが、それに続く。結子もその流れに乗り、近くの居酒屋に移動した。今夜の飲み会は、二階の座敷で貸し切りで行われるのだという。大会に参加した広報マンのうち、かなりの人数が参加するようだ。

――さぐりを入れるためにも、赤池さんの隣に座りたい。

狙いを定めていた結子だったが周囲の波に呑まれているうちに赤池を見失い、中央付近の席に座らされてしまった。ほかの席にも、広報マンたちが続々腰を下ろしていく。ざっと見たところ、百人近くいた。

――強引でもなんでも、『内閣総理大臣賞を取った赤池さんのお話を聞きたい』とか適当な口実をつくって近づかないと。

焦っていると運がいいことに、赤池がすぐ後ろに座ってくれた。聞き耳を立てれば会話が聞こえるし、適当な口実をつくって声をかけることもできる——と思ったが、

「結子ちゃーん！」

隣に座った女性が、いきなり下の名前で呼びかけてきた。年齢は結子と同じくらいだが、髪が長く、全体的に妖艶な雰囲気で、タイプはまるで違う。

「ええと……」

記憶にないが、どこかで会ったことが？　戸惑う結子に、女性はにっこり笑った。

「初めましてですよ。Z県遠宮《とおみや》市の島田由衣香《しまだゆいか》です。結子ちゃんのことは、さっき塔本さんから聞きました。近くで見ると、思った以上に目がぱっちりしてて大きいね！」

由衣香のテンションは、もう酔っているのかと疑いたくなるほど高かった。あと、馴れ馴れしい。なんと言っていいかわからないでいると、由衣香は結子の右腕にぺたぺた触れた。

「『自治体広報紙をつくっている』というだけで仲間だもん。しかも私と結子ちゃんは名前も似てるからね。仲よくしましょう」

「……そうですね」

笑みを浮かべはしたものの、このノリにはついていけそうにない——と思ってから三十分

後。

「こっちがいいと思った写真に、相手からNGを出されることってあるよね」

由衣香の言葉に、結子は何度も頷いた。

「ある。しかも『こっちの方がいい』って相手が指定してきた写真が、たいしてよくなかったりする！」

「それ、私もある！」

乾杯をしてからずっと、結子と由衣香はこの調子で話をしていた。

「結子ちゃんのところは、上司があの伊達さんなんだよね。チェックも大変なんじゃない？」

「大変だよ。あの人、わたしのことを親の仇かなにかだと勘違いしているんじゃないかと思うくらい、原稿に指摘を入れてくるし。由衣香ちゃんのところは？」

しかも気がつけば、結子の方も由衣香のことを下の名前で呼んでいた。

考えてみると、広報紙の制作について同世代と語り合うのは初めてだ。由衣香と違って結子はアルコールを一口も飲んでいないのに、テンションが猛烈に高くなっている。

「うちは上司がチェックしなすぎて嫌」

由衣香は顔をしかめた後、すぐにまたにっこり笑った。

「Z県とL県は近いし、この先なにかあったらどんどん協力し合おう。自治体の境界線は地図上にはあるけど、陸上にはないんだから」

「いい言葉。使わせてもらう！」

「どんどん使いたまえ。私も先輩の受け売りで言っただけだから」

由衣香は笑い声を上げると、「お手洗い」と言って立ち上がり、座敷から出ていった。足取りが少しおぼつかない。あまりアルコールに強くないのかもしれない。

――由衣香ちゃんは、つい飲みすぎちゃったんだろうな。福智さんも参加すればよかったのに。

そう思ってから、楓のことをすっかり忘れていたことに気づいた。慌てて後ろの席に聞き耳を立てる。座敷は、あちらこちらで笑い声が沸き起こり、飲み会特有の喧騒に包まれていた。そのせいで聞き取りづらかったが、女性がこう言ったことがわかった。

「確かに岡本大臣は身内に甘くて有名だけど、私はあいつの身内じゃない。だから実力で総務大臣賞を取ったんだってば！」

言い方こそきつかったが、女性は怒っているわけではなく、むしろ楽しそうだった。

今年の総務大臣賞を取った広報紙は、街の知られざる偉人を紹介した特集で、「住民に街の新たな価値を提供した」と評価されていた。彼女が、あの広報紙をつくったのか。

赤池ではない男性が言う。

「タローとしてはどう思う？」

「コメントしようがないから、この話はやめておこう」

「なんだよ、自分から話を振ったくせに！」

「そうよ。タローは総理大臣賞を取ったからって、私を見下してるんじゃない？」

赤池の席もかなり盛り上がっているようだった。なんとか話に割って入れないかうかがっていると、由衣香が座っていた席に男性がどかりと腰を下ろした。

塔本だった。

「新藤、あんたはすごい！」

ホールで会ったときは「新藤さん」だったのに、いきなり呼び捨てにされた。酔っ払っているのかと思ったが、顔色は先ほどとまったく変わっていない。

「東京から高宝町なんて田舎に行って、広報マンになって、町民に取材しまくって、いい広報紙をつくるなんて。田舎にはよそ者を簡単には受け入れない連中もいるだろうに、本当にすごい！」

どう返していいかわからず、咄嗟に話を逸らした。

「ありがとうございます。塔本さんも――」

「俺は塔本さんではない」

は？

「この場での俺は『長老』だ。そう呼んでくれ。俺の二つ名なんだから」

「あー、長老が来ちゃったねえ」

トイレから戻ってきた由衣香が肩をすくめた。

「長老は酔っているようには見えなくても、ビール一杯で泥酔するから。そうなったら、『塔本さん』と呼ぶと怒るから」

「俺は塔本さんではない、長老だ！」

「ほらね――では、長老。今度また、飲み会のしきりをお願いしまーす」

「若いのに、そうやって年寄りに飲み会の幹事を押しつけるな。俺は若いころから幹事ばかりやらされて大変だったんだぞ。それがこの年まで続いてるんだぞ」

微妙に会話が嚙み合ってない。

「じゃあ、結子ちゃん。あとは任せた」

由衣香は自分のコップを手に取ると、右手をひらひら振って離れていった。

「ちょっと、由衣香ちゃん！」

「伊達の話だ」

慌てて呼びとめる結子を無視して、塔本が話しかけてくる。

「あいつの弟子は久しぶりだから、みんな、新藤のことをうらやましがってるぞ」

「弟子？」

「知らないのか。自治体広報紙は徒弟制度の世界なんだ」

塔本は、ビール片手に説明を始める。

自治体広報紙の制作は、新聞や雑誌の編集作業と似ている。しかし、最初からそんなスキルを持っている公務員はほとんどいない。結果、広報課に異動になった者は、右も左もわからない状態で広報紙をつくることになる。外注している場合は別として、当然できあがった広報紙はクオリティーが低く、住民に読んでもらえない。

この状態をなんとかしたいと思う者は、名を馳せた広報マンのもとを訪れ教えを請う。請われた方も、必要とあれば自分の持つ知識や技術を惜しむことなく伝授する。昔からそういう風潮が、この業界にはある——。

——確かに、徒弟制度に似ているかも。

話を聞いて納得する結子に、塔本は続ける。

「伊達は面倒見がいい男で、全国に弟子がいた。俺たちの間では『伊達塾』なんて言われていたもんだ」

「でも伊達氏は広報課から異動になった後、弟子を取らなくなっちゃったんだよねえ」

左隣から男性の声がした。気づかないうちに結子と塔本の周りに、人が集まっている。

塔本が、伊達の話を聞くため結子の周りに人が集まると言っていたことを思い出した。

「伊達さんの噂は聞いていたから、僕も弟子にしてほしかったんだけど断られた」

「私も。異動になった後も弟子を取る広報マンだっているのに」

「去年、広報課に復帰した後に頼んでみたけど、『忙しいからもう弟子は取らない』と言われたよ」

「そんな伊達さんに見出されたんだから、新藤さんは才能があるんだろうなあ」

「……ははは」

笑ってごまかすしかない。

結子が広報課に配属されたのは役場内で渦巻いていた『こうほう日和』存廃を巡る駆け引きに巻き込まれただけであって、才能は関係ないのだ。

「俺も伊達さんの弟子になりたかったなあ」

「新藤さんは期待の新星だよ」

「広報マンとしての将来は約束されたようなもんだね」

——もうやめてくれ……。

どんどん肩身が狭くなっていく一方で、疑問が浮かんだ。

「伊達さんは広報課から異動になった後、『こうほう日和』の——高宝町の広報紙のクオリティーを保てなかったと言っていました」

だから十一年前、伊達が異動になった後しばらくしてから、高宝町の広報紙はタイトルが『広報こうほう』になり、行政からのお知らせを羅列するだけの冊子になった。その時代は、昨年、伊達が再び広報課に異動になるまで続いた。

「いくら伊達さんが弟子を取るのをやめたとはいえ、自分の町の広報マンの指導くらいできたはずです。どうしてクオリティーを保てなかったんでしょう？」

伊達に育てられた広報マンもいるらしいし、結子への指導を見るかぎり、教え方が下手というわけでもなさそうだ——笑顔で皮肉を飛ばしてくるので、心をへし折られそうにはなるけれど。

結子を取り囲む広報マンたちは顔を見合わせた後、そろって首を傾げた。最初に結子に声をかけてきた左隣の男性が、塔本に訊ねる。

「長老なら伊達氏と仲がいいし、なにか知っているんじゃありませんか」

塔本は腕組みをして数秒考えた後、首を横に振った。

「わかりません。ただ、伊達くんにもできないことがあったということでしょう。その点、私はちゃんとクオリティーを引き継ぐことができましたからね。長老は神を超えたということです」

「どこの世界にそんなすごい長老がいるんですか！」

女性がツッコミを入れると、みんな一斉に笑った。結子も釣られて笑う。

ただ、酔っ払った塔本は「伊達」と呼んでいたのに、このときは午前中と同じように「伊達くん」になったことが、少しだけ気になった。口調もあのときのものに戻っている。

塔本にツッコミを入れた女性が、笑いながら言う。

「伊達さんにできなかったことと言えば、夫婦円満もそうかもね。広報紙の仕事に夢中になりすぎて、奥さんに逃げられたという噂があるし。聞いたことない、新藤さん？」

「そうですね。聞いたことな――」

は？

奥さんに逃げられた？　逃げられるためには事前に奥さんがいないといけないわけで、つまり……。

「伊達さんって結婚してたんですかっ!?」

「そういう話、伊達さんとしたことないの？」

「あ……あり……あり、ありま……」

うまくしゃべることができない。結子にとって伊達輝政は「伊達さん」という生き物であって、結婚とかそういうプライベートが存在するなんて考えたこともなかった。

烏龍茶《ウーロン》を喉に流し込んでから、なんとか言い直す。

「ありません。プライベートをまったく見せない人ですから」

「じゃあ、逃げられたという噂は本当なのかも。昔はよく、奥さんのことをのろけていたらしいし」

「伊達さんが、のろけ……」

生まれたての赤ん坊が数学の未解決問題をすらすら解いてしまうくらい、想像できない姿だった。なにかの間違いなんじゃないか？　本人に確かめたいところだが、「そんなことを知りたいなんて、意外と余裕があるんですねえ」などと言われて仕事を増やされてはたまらない。触れないでおいた方が幸せだろう。

——そうだ。わたしは余計な仕事を増やされたくないから、触れないだけだ。

なんだかそわそわするのは、うっかり伊達さんにこの話をしてしまった場合に起こる事態におそれおののいているからに違いない。うん、きっとそうだ。

「それを言ったら俺だって、夫婦円満に失敗したぞ」

塔本が酔っ払い口調に戻り、なぜか自慢気に言った。

「若いころ、家庭を顧みず広報紙をつくっていたせいで、妻が子どもを連れて出ていってしまったんだ。でもそれはそれで、男の勲章だ」

「考え方が昭和すぎますよ」

ツッコミが飛んできたが、塔本は動じない。

「妻に甘えていたことは認める。でも俺は、広報紙づくりに全力を注ぎたかったんだ。息子も、そんな俺の背中を見て育ち――」

「それはないでしょう、塔《とう》さん」

塔本を制したのは、赤池だった。結子が気づかないうちに、話の輪に加わっていたらしい。

「塔さん」というのは、塔本の別のあだ名なのだろう。この呼び方はいいのかと思ったが、塔本はきっぱりと言った。

「いまは長老と呼べ」

だめだったらしい。

「おっと。こいつは失礼」

赤池が大仰に頭を下げると、どっと笑い声が起こった。塔本も大袈裟に頷いたが、一転してしんみりした声で言う。

「でも確かに、仕事だけして家庭を顧みない男なんて最低だよな。きっと昭和の女性も我慢していただけだよな。反省しなくちゃいけないよな」

そのとおりです、長老が悪い、などと冗談交じりの批判が飛び交う中、結子はチャンスだと思って席を立ち、赤池の傍に寄ろうとした。しかし別の輪から来た女性が「久しぶり」と、先に赤池に話しかけてしまう。所在なげに立っていると、いつの間にか戻っていた由衣香が声をかけてきた。

「随分と酔ってるみたいだね、赤池さん」

「そうなの？」

頬が少し赤く染まっているくらいに見えるが。

「そうだよ。飲み会で長老のことを名前で呼んだことなんてないのに。ましてや『塔さん』なんて呼び方、初めて聞いた。きっと伊達さんの話が出たから、酔いが回ったんだと思う。赤池さんは伊達さんの大ファンで、弟子になりたがっていたから」

「伊達さんは、赤池さんは自分にはつくれない特集をつくったと絶賛していたけど」

「それとこれとは話が別なんじゃない？　去年、伊達さんがこの飲み会に来たときも、赤池さんは弟子にしてほしいと言おうとしたんだよ。少し話しただけで『いまの伊達さんに弟子を取るつもりはなさそうだ』と判断してあきらめたみたいだけど」

そういうことがあったから伊達は赤池のことを、先読みするような鋭さがあると評したのだろう。

「でもあきらめたのは、ちょっと意外だったな。それだけ伊達さんの決意が固いと思ったのかもしれないけど、赤池さんって、よく言えば粘り強い、悪く言えばあきらめが悪いから」

「そうなの？」

「そうじゃなかったら、米農家に一年間も密着取材しないでしょ」

確かに。

由衣香と話しているうちに、赤池は女性に伴われ奥の席に移動した。そちらで飲んでいる人たちから拍手と歓声が上がる。内閣総理大臣賞受賞者だけあって、赤池と話したい人はたくさんいるようだ。赤池はおどけた調子で手を振っている。

伊達は赤池のことを「油断しないように」とも言っていたが、テンションが上がっていて、本当に酔っているように見えた。

――不正があったかどうか、ある程度は見えてきたけど、赤池さんからも話を聞いておきたい。いまの赤池さんからなら、いろいろ聞き出せそう。

今度こそ赤池の傍に行こうとした結子を引き留めるように、塔本が声をかけてきた。

「新藤がつくった広報紙を読ませてもらった。県コンに出した、夏の高宝火《こうほうか》礼祭《れいさい》……だったかな？　あの特集は写真の使い方が秀逸だったな。しかし」

ベテラン広報マンから意見をもらえる――そう思うや否や、結子は塔本の隣にすとんと正座した。

「『しかし』なんですか？　気になることがあったらなんでも言ってください！」

メモを取るため携帯電話を取り出すと、「さすが伊達さんの弟子だ」と誰かが呟くのが聞こえた。塔本は苦笑いを浮かべる。

「たいしたことじゃない。ただ、来年も広報コンクールに出品するなら、あの路線はやめた方がいいと忠告したかっただけだ」

高宝火礼祭は、毎年八月、二日間にわたって開催される高宝町の一大イベントだ。一日目は、土をこねてつくられた作品およそ千点を特設会場の窯で一晩かけて焼き上げながら、各種イベントを開催。二日目には、完成した作品の審査が行われる。

「二年連続で同じネタは、それだけで印象がよくない」

「そういうものなんですか？」

「表立って言われることは少ないがな。ただ、ヒット曲の名前をもじった特集名を連続して使っただけで、『よほどこの曲が好きなのか』みたいな講評を喰らった広報マンもいる。私見だが、同じような特集は三、四年は間を空けた方がいいと思う」

——なるほど。

「わかりました。ありがとうございます！」

「そこまで感謝されるようなことを言った覚えはないんだけどな」

深々と一礼する結子に、塔本の苦笑が濃くなる。

しかし結子としては、いくらお礼を言っても足りないくらいだった。

4

飲み会を終えた結子が楓の宿泊するホテルの部屋を訪れたのは、午後十時を回ってからだった。

赤池とは最後まで言葉を交わすことはできなかったが、その分、ほかの広報マンたちと話し込んだ。学生時代の飲み会とも、高宝町で茜たちと飲むときともまた違う、楽しい時間だった。「私、広報マン同士で飲むの好きなんだよね。広報紙づくりって役所の中では特殊な仕事で、なかなか理解してくれる人に会えないから」という由衣香の言葉は、結子にも――いや、ほかの広報マンたちにも当てはまるのかもしれない。

そのせいで居酒屋を出た後も路上で長々と話し込み、すっかり遅くなってしまった。二次会にも誘われたが、楓をこれ以上待たせるわけにはいかないので後ろ髪を引かれる思いで断った。

狭いシングルルームで、楓はベッドに、結子は椅子に腰を下ろして向かい合う。結子を待っていたからか、楓はスカートスーツを纏っていた。ずっとこの服だったのか、結子が「これから行く」と連絡してから着替えたのかはわからないが、まじめな人だ。

「ごめんなさい、遅くなって」

「ううん、私の方こそ、飲み会の後にわざわざごめんなさい。それで、どうでした？」

待ちわびていたのだろう、楓は早速本題に入ってくる。

「結論から言うと、赤池さんが不正をした証拠は見つけられませんでした。でも、『広報うみの』が県コンで落選した理由は見つかりました」

結子は単刀直入に告げた。ここに来るまでさんざん迷ったが、その方がお互いのためだと判断したのだ。

楓が胸の前で、両手をきつく握りしめる。

「それって……一体どういう意味……？」

「福智さんがつくった『広報うみの』がすばらしかったことは間違いないです。県コン突破はもちろん、全コンで上位に入賞してもおかしくない出来栄えでした。でもそれは、単品で見たらの話。大きな観点で見たら、致命的な問題を抱えていたんです」

「なんですか、それは？」

身を乗り出してきた楓の眼差しは、教師に教えを請う生徒を思わせた。先ほど結子も、塔本に同じ目を向けていたかもしれない。

結子は、なるべく重くならない口調を心がけて言う。

「海の特集が繰り返されていることです」

「繰り返されている――」

思い当たる節があるのだろう、楓の顔は少しずつ引きつっていった。

「そうです。『広報うみの』には、代々、海をきれいに撮影したり、紙面で見せたりする技が受け継がれているんですよね。それはつまり、海をテーマにした特集が何度も組まれているということではありませんか」

「……はい」

「さっき飲み会で先輩広報マンが、同じような特集は三、四年は間を空けた方がいいと言っていました。『広報うみの』が海の特集を掲載するのは――」

「二年どころか、三年連続です……」

楓が俯き加減に言った。

「切り口は変えているつもりだったんですけど……コンクールに出品したのは大増ページだったから、去年や一昨年とネタが被っているページがあったかも……うん、あった……」

「それだと市民は、同じものを読むことになってしまいますよね。今年の総務大臣賞を受賞した広報紙は『住民に街の新たな価値を提供した』と評価されていました。『広報うみの』はそれができていなかったから、県コンの講評は『住民に寄り添っていない』だったんだと思います」

「そういうことか……」

楓は完全に俯いてしまった。

同じ特集を繰り返したのは、楓の失敗だ。とはいえ、問題点を明記しなかった講評にも非はある。G県の県コンはいつも講評が短いらしいが、改めるべきだと思う。

それに楓には、広報紙のことを教えてくれた先輩が急死したという不運もあった。先輩が存命だったら、こんな失敗はしなかったはずだ。

楓は俯いたまま、独り言のように呟く。

「そんな基本的なこともわかってなかったのに不正を疑うなんて……最低だな、私」

「顔を上げて、楓ちゃん」

敢えて下の名前を「ちゃん」づけして、結子は呼んだ。戸惑いながらも顔を上げた楓のほんのり垂れた目を、結子は真っ直ぐに見つめる。

「今回はたまたま、わたしが楓ちゃんの失敗に気づいた。でも、逆のこともあると思う。だから、これからも情報交換していこう。なにかあったら協力し合おう。自治体の境界線は地図上にはあるけど、陸上にはないんだから」

「陸上にはない……」

楓は呆《ほう》けたように呟いた後、淡くはあるが笑みを浮かべた。

「いい言葉だね」

「まあね」

早速使わせてもらったよ、と心の中で由衣香に報告する。

「さっきの飲み会で、わたしたちと同世代の女性と仲よくなったの。その人とも連携していきたいな。来年は表彰式にも飲み会にも三人で参加しよう。ね？」

「……そうだね」

楓は瞳を潤ませながらこくりと頷き、続けて言った。

「ありがとう、結子ちゃん、いい、結子ちゃん」

「うん」

結子が笑顔で頷き返すと、楓は吹っ切れたように大きく伸びをした。

「結子ちゃんのおかげで、全部すっきりした。疑ったりして、赤池さんにも悪いことをしたな。いつか本人に事情を話して謝りたい」

「その必要はないと思うよ」

結子は自然と渋い顔になる。

「あっちはあっちで、好き放題やってたんだから」


次の日の午前八時。結子は、赤池が宿泊するホテルを訪れた。ロビーで座って待っていると、赤池がやって来て向かいのソファに座る。

「お待たせしました。新藤さんは、観光ツアーには行かないんですよね」

「はい。仕事が溜まってますし、就職するまで東京に住んでいたから、あまり興味もないんです」

昨夜の飲み会に参加した広報マンたちは、今日は東京の観光名所を見て回るらしい。赤池もその一人だというので、連絡先を知っているという楓に仲介してもらい、この時間にアポを取ったのだ。

赤池は寝癖のような癖毛をかき上げ、天を仰いだ。

「残念。ツアーの最中、伊達さんのことをいろいろ聞きたかったのに。でも、こうして会う機会をつくってくれたのはうれしいな。隣同士の県なんだし、今度、伊達さんのことをいろいろ教えてもらっていいですか？」

「海野市の福智楓ちゃんが、Ｇ県の県コンで不正があったのではと疑っていました」

赤池の質問には答えず、結子は楓の事情を説明した。話していいと、本人から許可はもらっている。

結子の説明が終わると、赤池は眼鏡の向こうにある双眸《そうぼう》を心外そうに大きくした。

「福智さんみたいなまじめそうな人に、そんな風に思われていたなんて。ショックです」

「それに関しては同情します。でも赤池さんは、疑われていることにとっくに気づいていたんですよね」

「え？　なにを言ってるんです？」

赤池は双眸を大きくしたまま首を傾げた。白々しいと思いながら、結子は言う。

「昨日、楓ちゃんは会場に入る前に、赤池さんと目が合った気がすると言っていました。『気がする』ではなく、本当に合っていたんですよね。赤池さんは当然、楓ちゃんが全国大会に参加すると思ったでしょう。でも、会場に近づきすらせず、木の陰でこそこそしているから気になったはずです」

あのときの楓は、隠れているつもりだったのかもしれないが却って目立っていた。

「赤池さんは、楓ちゃんの様子をうかがっていて、わたしと一緒にカフェに入るところも見ていたのでしょう。わたしたちがテラス席に着いたので会話を盗み聞きして、自分が不正を疑われていることも知った」

「へえ。新藤さんは、福智さんとお茶してたんだ。交ぜてもらえばよかったですね」

「ごまかさないでください。わたしが大きな声を出してしまって辺りを見回したとき、ものすごい癖毛の人が離れていくのを見ましたよ。あれは赤池さんだったんですよね」

結子は、赤池の癖毛を見据える。

「不正なんて、赤池さんにはまったく身に覚えがなかった。でもこの状況を利用して、なかった不正をあったとわたしに思わせることにしたんです」

「えー、俺がそんなことをする意味ないじゃないですかー」

赤池がわざとらしく、駄々っ子のような声を上げた。昨日と違って、一人称が「俺」になっている。

「それ以前に、なかった不正をあったと思わせるなんて、簡単にできることじゃありませんよね？」

「そうですね。準備の時間もほとんどない。でも赤池さんには、岡本総務大臣と顔が似ているという特徴がありました。これを活かして、自分が大臣の息子で、そのコネを使って県コンも全コンも勝ち抜いたと見せかけようとしたんです」

銀縁眼鏡の向こうにある赤池の眼光は鋭く、頬から顎にかけてのラインがしゅっと締まっている。一方、岡本も眼鏡の向こうにある目は鋭く、顎が細い。雰囲気は似ている。しかも岡本は離婚しているので、名字が違っていてもおかしくはない。

「ホールに入ったわたしがすぐ傍の席に座るのを見た赤池さんは、話をしていた広報マン二人のあだ名を呼ぶことで、自分のあだ名も呼ばせました。あの時点では、どうして赤池さんのあだ名が『タロー』なのかわかりませんでした」

「その言い方だと、いまはわかってるんですか？」

「はい。『タロー』は、岡本大臣に似ていることと、岡本太郎《たろう》から来ているんですよね」

岡本太郎は、第二次世界大戦後の日本の現代美術を牽引した芸術家だ。作品は絵画や彫刻、写真など多岐にわたる。一九七〇年に開催された大阪万博の「太陽の塔」は特に有名で、いまも万博記念公園に残されている。

「確かに『タロー』のあだ名の由来は、新藤さんの言うとおりですよ。結構気に入ってるあだ名だから、つい周りに呼ばせたくなっちゃうんですよね」

赤池は他人事のように言った。白々しい上に、ふてぶてしい。結子が最初に挨拶したときだってそうだ。自分が不正を疑われていると知りながら、まるで動揺を見せなかったのだから。

「来賓席に座る岡本大臣を見たわたしは、誰かに似ている気がしました。去年テレビで見たときはそんな風に思わなかったので、不思議でしたよ。でもその後で大臣が顎を撫でているのを見て、赤池さんに似ているからだと気づいたんです。赤池さんはスピーチの最中、顎を何度も撫でてましたよね。あれは自分の顔が大臣と似ていることを、わたしに印象づけるためだった。わたしは自分の考えが誘導されているなんて夢にも思わず、『タロー』のあだ名の由来にも気づき、赤池さんが岡本大臣の息子ではないかと思い始めていました」

軽くではあるが、歯嚙みしてしまう。

「総務大臣なら、息子のために審査員に命令して、ライバルである『広報うみの』を県コンで落とし、内閣総理大臣賞を受賞させたという推理が成り立つ。わざわざ全国大会に出席したのは、息子の晴れ姿を見るため。飲み会で岡本大臣は身内に甘いという話を聞かされたことで、いよいよわたしは、自分の推理が正しい——とまでは言わなくても、検討する価値はあると思ってしまいました」

飲み会で結子のすぐ後ろに赤池が座ったのも、計算の上での行動だったのだろう。そして由衣香が席を立ち、結子が聞き耳を立てるタイミングを見計らって、岡本は身内に甘いという話を周りに振った。

「あのままだとわたしは楓ちゃんに、自分の推理を話していたと思います。伊達さんは、赤池さんのことを『油断しないように』と言っていました。それなのにわたしは、まんまと騙されてしまったんです。でも、本当は違う。不正なんてなかった」

「へえ。伊達さんは俺のことを、そんな風に言ってたんだ」

赤池がうれしそうに微笑む。

この人の笑顔を、初めて見た気がした。

しかし赤池は、すぐに困ったように眉根を寄せた。

「誘導もなにも、俺は本当に岡本大臣の息子かもしれませんよ？　審査員が大臣の命令に従ったのかもしれませんよ？　コンクールで不正があったのかもしれませんよ？」

なんで追及されている側が不正があったような言い方をしているんだと思いつつ、結子は「ありえません」と首を横に振った。

「赤池さんのお父さんは、塔本さんなんですから」

さすがに少しは動揺すると思ったが、赤池の表情は変わらなかった。

「どうしてそう思うんです？」

「昨日の飲み会で、赤池さんが塔本さんのことを『塔さん』と呼んだからです。長老とは別の塔本さんのあだ名なのかと思いましたが、そんな呼び方は初めて聞いたと言っている人がいました。だから思ったんです。赤池さんは塔本さんのことを、父親という意味で『父さん』と呼んだのではないか、と」

その瞬間に結子は、自分の推理が間違っていて、不正はなかった可能性に思い至ったのだ。

そのことを確かめるため赤池と話したかったが、昨夜は人が多くて無理だった。しかし塔本から同じ特集を続けて載せると広報コンクールには不利になると教えてもらい、楓の広報紙が県コンで落選したことにれっきとした理由があることがわかった。一方で赤池は、自分が岡本と似ていることを結子に印象づけたり、岡本が身内に甘いという話を聞かせたりしている。

だから話すまでもなく、自分が赤池に騙されていると確信した。

「あのとき塔本さんは、家庭を顧みなかった自分を正当化するようなことを言いました。塔本さんに悪気があったとは思えません。息子である赤池さんが内閣総理大臣賞を受賞したことがうれしくて、つい、自分の背中を見て育ったと口にしてしまっただけだと思います。でも酔っていた赤池さんは我慢できなくて、つい『父さん』と呼んでしまいました。お二人は自分たちが親子であることを秘密にしている。だから塔本さんは咄嗟に『長老と呼べ』と返しましたが、その後で反省の言葉を口にした」

「あくまで一般論として言うけど、ああいう場で親子だと知られたら、周りに気を遣われそうで面倒ですよね。それに塔本さんは、若いころから飲み会の幹事を押しつけられて大変だった。俺が息子だとわかったら、『父親もやっているんだから』なんて言われて同じ目に遭うかもと心配して内緒にしたがるでしょう」

やはり他人事のように肩をすくめてから、赤池は芝居がかった調子で首を傾げた。

「話の筋は通ってますね。さすが伊達さんの弟子だ。でも、俺がそんなことをする理由なんてあるんですか？」

本当に白々しくて、ふてぶてしい。結子は深呼吸してから突きつける。

「わたしに疑われ、不快な思いをさせられたことを口実に、伊達さんの弟子にしてもらうためではありませんか」

赤池の口から「おお」という歓声のような声が漏れた。

「赤池さんは伊達さんのことが大好きで、一年前、弟子入りしようとしたそうですね。少し話しただけで伊達さんが弟子を取りそうにないことがわかったけれど、どうしてもあきらめられない。そんなときに自分が不正を疑われていることを知って、わたしを利用することにしたのではありませんか」

由衣香は、赤池が伊達への弟子入りをあきらめたことを意外に思っていたが、そもそもあきらめてなんかいなかった。虎視眈々《こしたんたん》と、機会をうかがっていたのだ。

伊達の言うとおり、赤池は油断してはいけない人物だった。

「いやー、すごいですね、新藤さん」

結子に企みを見抜かれたにもかかわらず、赤池は笑顔で拍手した。

「新藤さんの話で全部説明がつく。でも、証拠はなに一つない。俺が否定したら、そこで手詰まりだ。そんなことはわかっているはず。そもそも、俺にいまの推理を伝える必要自体ありませんでしたよね。なのにわざわざ話をしに来たのは、なにか理由があるんですよね」

そのとおりだ。

「わたしの推理が正しいなら、赤池さんは伊達さんの弟子になるために、これからもいろいろ動くはず。でも、やめてほしいんです。少なくとも、今年度一杯は」

「却下」

笑顔のまま即答されてしまった。

「去年に較べれば、伊達さんは余裕があるはず。新藤さんが去年の前半つくった広報紙は、伊達さんが手直しした跡が見て取れるものばかりでした。さすがの伊達さんも、指導するのに苦労したと思います。無理に弟子入りするのは迷惑そうだから遠慮していましたが、去年の半ばくらいからどんどんよくなって、新藤さんの独自色が出てきた。リニューアルされた後もかなりよくて、期待ができる。伊達さんの負担は随分減ったでしょう」

赤池さんは『こうほう日和』を読んでくれているんだ。しかも、ほめてくれた——状況を忘れて感激しかけたが、結子は慌てて首を横に振った。

「伊達さんは、別の仕事で忙しいんです。今年から広報課の課長になりましたし、町長の広報官もしています。それから、その――」

迷いながらも、伊達が当面手がける仕事をできるかぎりすべて伝えると、赤池の顔から笑みが消えた。

「マジか……」

呟いた赤池は、ソファの背に身体を預け天を仰ぐ。

「伊達さんは、そんなことまで……人間の仕事量じゃない。新藤さんは、すごい上司を持って幸せですね」

「はい」

結子は迷うことなく答えた。

赤池は結子に顔を向け、再び笑みを浮かべる。

「そこまで忙しいなら仕方がない。わかりました。少なくとも今年度は、伊達さんの弟子になることはあきらめます。ついでに、新藤さんの推理が正しいことも認めますよ」

赤池は言葉を切ると、やわらかく、いたわるような声で言った。

「俺の言質《げんち》を取るために、わざわざ来るなんて。新藤さんのような部下を持って、伊達さんも幸せですね。きっと喜びますよ」

「……そ、そうでしょうか」

伊達の喜ぶ顔が頭に浮かぶと、しどろもどろになってしまった。赤池は笑顔で頷いてから、腕時計に視線を落とす。

「そろそろツアーの集合時間だから行きます。楽しかったよ、新藤さん。そのうちまた会いましょう」

「あ、待ってください」

颯爽《さっそう》と立ち上がった赤池を、結子は引き留めた。

「一つ教えてください。赤池さんは受賞のスピーチで、父親のように接してくれた取材相手への感謝の言葉を口にしましたよね」

「しましたね。それがなにか？」

「あのとき、塔本さんは涙ぐんでいました。いま思えば、自分が赤池さんに父親らしいことをしてあげられなかったからでしょう。あの姿を見たことも、お二人が親子だと気づいたきっかけなんです。わたしにヒントを与えることになる可能性に、赤池さんが気づかなかったとは思えません。なのに、どうしてスピーチで話したんですか？」

「予想はできたけど、どうでもよかったんですよ。取材相手──高野さんへの感謝を口にしたかったから」

思いがけない答えだった。

「俺が日本一の広報紙をつくれたのは、日本一の米農家がいてくれたからなんだ。あの場で感謝の言葉を言わないわけにはいかないですよ」

赤池は当然のことのように言うと、結子に手を振りながらエントランスへと歩いていった。その後ろ姿から、目が離せない。

本当に、油断したらいけない人だった。

――わたしも仲宗根さんと、あんな言葉を言える関係になれたらいいな。

六月号の『今月のこだわり』は「雨の日のすごし方」で、編集後記はそれに関連したことを書いている。既に印刷所にデータを送ってもいる。でも、

――高宝町に戻ったら、表彰式を経たいまの気持ちを書き加えたものに差し替えてもらおう。

八月号

十一人しかいない！

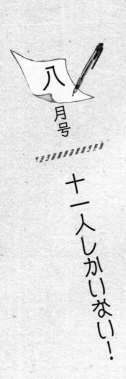

1

七月十七日。

「十一人しかいない！」

結子はツアー客たちを見て叫んだ。参加者は十二人だったはずなのに。

もう一人はどこに消えたの？　なにがあったの？

＊

六月十日。

「来月、高宝町ラブクエ婚活ツアーを開催する。『こうほう日和』で取材しろ」

広報課に現れた鬼庭は、前置きなく言った。結子は、原稿を書く手をとめて訊ねる。

「婚活ツアーですか？」

「そうだ。『ラブクエ』のおかげで、高宝町には全国の注目が集まっているからな」

『ラブクエ』こと『ラブラブクエスト』はプレイヤーが魔女となり、魔王を倒すべく旅をしながら十人の男性たちと恋愛を繰り広げるという「魔王を倒す前に新たな争いの種をばらまくな」というツッコミを入れずにはいられないゲームだ。しかし美麗なグラフィックと乙女心のツボをついた男性キャラクターたちのおかげで、若い女性に大人気となった。

紆余曲折《うよきょくせつ》を経て、ゲーム内の重要な場面が高宝町の山中をモデルにしていると公表されてからは、「聖地巡礼」でこの町を訪れるファンも多い。

「最近、『ラブクエ』は男性ファンも増えていると聞く。そこで、『ラブクエ』好きの男女をマッチングさせるお見合いツアーを組むことにした。成功すれば結婚、さらに移住してもらえて町の人口が増える。子どもをつくってもらえれば万々歳だ。『ラブクエ』結婚が話題になればほかのファンも移住して、人口増加の好循環が見込める」

「……少し落ち着いて状況を判断しましょう、町長」

楽観的にもほどがある未来を語るな、という一言を別の言葉に言い換えた自分をほめてやりたい。茜も、言いにくそうにしながらも鬼庭に意見する。

「急にどうしたんですか。いくら『ラブクエ』が人気で、聖地となった場所のイラストがすばらしくても、そんなにうまく行くとは思えませんよ」

「町長はいま、リコールの危機に瀕してますからね」

窓際の席から伊達が言った。一昨年の秋、町長に初当選したばかりなのに？　戸惑う結子と茜に、伊達は説明を始める。

「町長は、前任者が推進していた多目的ホールの開発を中止しようとしているんですよ。公約に掲げて当選したのだから当然だと僕は思うのですが、地元の有力者たちが猛反対しています。このままではリコールされ、出直し選挙をしても当選は危うい。そこで、別の支援者が前々から『誰かがやるべき』と主張している婚活ツアーを開催して、『こうほう日和』も使って盛り上げたいと考えているわけです」

「なるほど。要は自分の都合というわけですね」

一言でまとめた結子に、鬼庭は鋭い声で言い放つ。

「政治的駆け引きと言いたまえ！」

それっぽい言葉に言い換えたが、伊達の説明を否定してはいない。

茜が鬼庭に言った。

「婚活ツアーを開催するのはいいけど、『こうほう日和』で取り上げるのは勘弁してあげてください。そんなものを取材したら、結子は婚約者に捨てられたトラウマが蘇っちゃいます。かわいそうです」

茜の瞳はきらきらしていた。悪意はなく、純粋に結子を心配した上での発言だ。

それだけに性質《たち》が悪い。

――片倉さんも伊達さんも知っているから茜にも教えたんだけど、失敗だったかな。

結子には大学時代、結婚の約束をした彼氏がいた。彼の実家は、L県の名士。「嫁として認めてほしければ、仕事で成果を出して、親戚一同に認められる女性になりなさい」という彼の母の要求に応えるべく結子が就職したのが、この高宝町役場だった。

なのに大学卒業間際、彼に「結子はがんばりすぎるから、僕には眩しすぎるんだよね」と告げられて振られ、夢も希望もなくした状態で就職することになり、いろいろあって立ち直って現在に至る。

鬼庭が、哀れむような目を向けてきた。

「新藤に、そんな過去が……。その……なんか、ごめん」

謝られてしまった。「いえ、別に」と返すと、鬼庭はおそるおそる訊ねてくる。

「そういうことがあったなら……婚活ツアーを取材するのは嫌に決まってるよな？」

見くびらないでほしい。

「仕事なんですから、やらなければいけないことはちゃんとやりますよ。でも、そもそも婚活ツアーという企画自体に反対です。『結婚は個人の自由であって、行政が押しつけることではない』と反発する人が絶対に出てきます。ましてや、熱心なファンが多い『ラブクエ』を使うなんて」

「そ……そうは言うが……高宝町の人口を増やすチャンスじゃないか。移住した先輩である君の意見も、ぜひツアー参加者に語ってほしい」

「移住？」

呟き、考え込んでしまう。就職を機に東京から高宝町に来たのだから、移住ではあるだろう。しかし婚約を破棄されたいま、「ずっと高宝町に住み続けるつもりか？」と問われると答えに詰まる。いまは『こうほう日和』をつくることに夢中だし、この町のことも好きになっている。でも別の部署に異動になったら？　東京に住む両親が、介護が必要な身になったら？　そのとき、自分がどんな選択をするのかわからない。

数年先のことも見えていない自分が「移住した」と軽々しく言っていいのか？

結子が黙りこくると、鬼庭の顔が険しくなり、口調がもとに戻った。

「どうした、新藤？　まさかこの町に、腰かけのつもりで来たわけではあるまいな？」

「そんなことはないです」

「では、永住するのだな？」

「永住と言われても、その……」

「新藤くんは意外とまじめだから、将来のことを確約できないだけだと思いますよ」

伊達が助け船を出してくれた。「意外と」は余計だが。

「それに新藤くんの言っていることには一理あります。『ラブクエ』を前面に押し出すと炎上しかねませんし、ゲーム会社に許可を取るのも大変です」

「しかし、この機会を逃す手はないだろう」

「高宝町の魅力は『ラブクエ』だけではありません。名産品も、観光名所もあります。ですから『ラブクエ』の聖地の写真を大きく使いつつ、『高宝町魅力体験ツアー』と銘打って参加者を募るのはいかがでしょう？　男性も女性も参加するでしょうから、楽しいツアーになれば自然と恋愛感情が育まれ、移住を考えるカップルも出てくるかもしれませんよ」

「なるほど。さすが輝ちゃんだ」

鬼庭は納得顔で頷き、結子に言う。

「輝ちゃんのアイデアなら問題ないだろう、新藤。頼んだぞ」

＊

七月八日の朝。結子は小学二年生の女の子二人と一緒に、通学路を歩いていた。

本格的な夏が近づき、気温はぐんぐん上がっている。しかし高宝町の夏は、東京に較べるとどこかやわらかだ。高いビル群がないことと、植物が多いことが影響しているのか。

今日は十時から高宝町魅力体験ツアー、略して「魅力ツアー」を主催する旅行会社と打ち合わせがある。成り行きで、結子がツアーの取材だけでなく、旅行会社とのやり取りも担当することになってしまった。ツアー内容などはほとんど先方に任せて、なにかあったら観光課に相談すればいいので、それほど負担は増えていないのだが。

ツアーを取り仕切るのは県庁所在地のＬ市に本社がある旅行会社、Ｌツアーだ。婚活ツアーをやるべきと主張していた鬼庭の支援者はこの会社とは一切関係なく、癒着して仕事を回したわけではないらしい。

鬼庭は、その辺りのことはきっちりしている。

いま結子は、別の取材の真っ最中。小学生と通学路を歩くことで、どういう場所が危険か、どんなことに気をつけなければいけないかなどを、小学生の意見を聞きつつ、身をもって経験しているところだ。取材の結果は、九月号に掲載するつもりだった。

本当は八月号にしたかったのだが、魅力ツアーを特集した「知ってほしい高宝町の魅力」を優先しなくてはいけないので、やむをえない。

「コーホーのお姉ちゃん、本当に大きい」

「電信柱みたい」

結子の両側で、女の子たちがはしゃいでいる。二人とも、茜の知り合いの子どもだ。その茜は、結子たちの少し後ろを歩いていた。茜が結子の取材に同行することは滅多にないが、今日は「町を歩く子どもたちの姿を描きたい」ということで一緒にいる。

高宝町の風景をイラストにして掲載する連載「こうほうイラスト探訪」が、茜の担当だ。

「どうしたらお姉ちゃんみたいに大きくなれるの？」

「うーん、それはねえ……」

なんと答えたらいいか迷っていると、前方から「結子じゃないか」と言いながら、若い男性が小走りに駆け寄ってきた。背がすらりと高く、顔立ちはすっきりしている。

泉田昇平《いずみだしょうへい》だった。

「久しぶりだね、結子。元気だった？」

泉田が微笑みかけてくる。そんなことはありえないのに、白い歯がきらりと光って見えた。

結子はそっと息を吸い込んでから、泉田を見上げて笑顔をつくる。

「元気だったよ。まさか泉田くんと、こんなところで会うなんて。それも、朝早くに」

「滅多に来る機会がないから、高宝町がどういう場所か見ておきたいと思って。その子たちは、結子の子ども？」

泉田は笑顔から一転、真剣な顔つきになって訊ねてきた。冗談を言っているわけではなさそうだ。そもそも、こういう冗談を言うタイプではない。

「最後に会ったときから逆算したら、こんな年齢《とし》の子どもが二人もいるわけないでしょ。広報紙の取材で、一緒に通学路を歩いてもらっているだけよ」

「それもそうか。じゃあ、また後で」

「うん。また」

手を振りながら去っていく泉田に、結子は手を振り返した。

「誰、あれ？」

泉田が角を曲がって見えなくなってから、茜は興味津々の顔で迫ってくる。

「口振りからすると、この町の人じゃないよね？　随分と仲がよさそうだったけど、どういう関係？」

「大学時代につき合ってた人。元婚約者」

「へえ。なかなかのイケメェぇぇぇぇぇぇぇぇぇぇぇっ!?」

茜の言葉は「イケメン」と言い終える前に絶叫に変わった。意味はわかっていないだろうが、女の子二人も真似して「ええー」「うそー」とびっくりした声を上げる。

「どうして元婚約者が高宝町にいるの？　なんだって何事もなかったように話せるの？　東京に住んだら、誰でもあんなドライになっちゃうの？」

子どもたちを学校に送り届けた後、町役場までの車内で、茜は助手席から立て続けに訊ねてきた。

「泉田くんは今度のツアーを取り仕切る旅行会社のスタッフで、十時からわたしと打ち合わせをする。婚約を破棄されたのは一年以上前のことだから、いまさら騒ぐことじゃない。ドライかどうかは人によるので、東京とは関係ない」

立て続けに答えると、茜の口がぽかんと開いた。

「ということは……え？　結子は今日の打ち合わせ相手が元婚約者だって知ってたの？」

「うん。一昨日、町長から来た打ち合わせに関するメールに、彼の名前が書かれてたから。びっくりしたけど、ツアーを取り仕切る会社が泉田グループの関連企業だったから、そういうこともあるよね」

泉田グループは、L県を中心に東北地方に多数の関連企業を抱える一大グループだ。

「びっくりって……とてもそうは見えなかったけど」

「仕事なんだから当たり前でしょ」

「鋼《はがね》の広報マンだ」

茜の呟きを聞き流し、結子はハンドルを握りしめる。正直に言えば、一昨日からずっとそわそわしてはいた。しかし人を振っておきながら、泉田はあんなに平然としているのだ。

――わたしだけ動揺してたまるもんか。

「役場に着いたら、十時までいまの取材をまとめる。それと泉田くんのことは、面倒くさいから伊達さんに話さないで」

広報課に着いてから、茜に予告したとおり今朝の取材をまとめているうちに十時になった。

「失礼します。Lツアーの泉田と申します」

時間ちょうどに、泉田が広報課に姿を見せる。先ほどは気づかなかったが、濃紺のスーツがすっかり様になっていた。就職活動をしている最中は童顔のせいで、バスケ部の仲間たちから「七五三かよ」とからかわれていたのに。

「本日は、新藤さんとお約束をいただいてまいりました」

「こちらにどうぞ」

結子はほかの訪問者と話すときと同じ表情を意識して、パーティションに区切られた応接スペースに先導する。後ろから泉田が、そのさらに後ろから茜と伊達がついてきた。打ち合わせは泉田と二人でする予定なのに、どうして？　二人の顔を見ると、茜は目を逸らし、伊達は満面の笑みを浮かべた。

――人が仕事をしている間に伊達さんに教えたな、貴様？

視線で問い詰めても、茜は目を逸らしたままだった。

「どうかしたの？」

足をとめてしまった結子に、泉田が訝しげに言った。敬語が抜けている。

「なんでもないよ」

迷ったが、結子も敬語を抜いて返した。

それから応接スペースで、顔合わせを兼ねた打ち合わせを行った。

当日は、Lツアーからバスを派遣してもらう。泉田は、ツアーコンダクターとしてそれに同乗。「参加者に高宝町の魅力を伝えてもらうために、地元出身の人にも来てほしい」と言うので、茜も同乗することになった。

伊達は、ソファの脇に椅子を持ち込んで同席しておきながら終始無言だった（絶対に内心でにやにや笑っているが）。しかし、ツアーのスケジュールを見たときだけ声を上げた。

「やはり高宝山には行くのですね。『ラブクエ』の聖地ですし、ツアーの目玉だから当然でしょうが」

伊達は『ラブクエ』の大ファンで、隠しキャラを含め、すべての男性キャラクターと恋愛したのだという。

偏見かもしれないが、四十歳をすぎたおじさんによくそんな暇があったものだ。

泉田は笑顔で頷いた。

「はい。参加者のみなさまも『ラブクエ』の聖地巡礼を楽しみにしているみたいですよ」

「参加者は何人？」

結子が訊ねると、泉田は答えた。

「十二人」

十二人か。もし全員から『こうほう日和』に顔写真を載せる許可をもらえれば、十二星座占いを載せた雑誌を参考にしてレイアウトを組める。写真掲載の許可をもらえなくても、イラストかなにかで代用して、最後にアンケートにも答えてもらって――と、頭の片隅で紙面構成を考える。いつもどおりの自分だと結子は思った。

仕事相手に泉田がいようといまいと、関係ないということだ。

2

七月十七日午前十時。魅力ツアー当日の朝。結子は、仲宗根の家を訪れていた。朝からツアーに同行する予定だったが、急遽、高南中プロジェクトの取材を入れたのだ。

相手は、校舎のリフォームを手がける工務店のデザイナーである。何年か前に、父親の後を継いで社長になったらしい。多忙な人で、この機会を逃すと二ヵ月先まで話を聞くことはできない。結子としては、できるだけ早く、たくさんのプロジェクト関係者に取材したいので、自分のスケジュールを変更して今日時間をもらうことにした。

取材場所は先方が勤務する工務店がいいと思ったが、「自分のところもリフォーム工事中で場所がない」と言われたので、仲宗根の家になった。魅力ツアーには、取材が終わり次第、合流するつもりでいる。

別に意識はしていないが、「僕のことを避けている」と誤解されては心外なので、泉田には名刺に書かれていたアドレス宛に事情を説明するメールを送っておいた。

結子が合流するまでの取材は、茜が「私がやっておく」と張り切っていたが、頼りにならないので困っていたところ、片倉が手をあげてくれた。

「高宝町は『ラブクエ』で注目が集まってますからね。それに関連したツアーは町ネタとしておもしろい。ぜひ、うちの新聞で取材させてください」

結子が「ありがとうございます。お願いします！」と笑顔で言うと、片倉はなぜか顔を赤くして照れている様子だった。ちょっとお礼を言ったくらいで大袈裟だな、と微笑ましく思ったのでツアーコンダクターが元婚約者であることを言いそびれてしまったが、別に構わないだろう。

仲宗根の家は、横に広い平屋の日本家屋だった。新築のようには見えないが、古さも感じない、手入れの行き届いた家だ。

玄関で結子を出迎えてくれたのは、通いの家政婦だという中年の女性だった。

「すみません。仲宗根先生はデザイナーさんを迎えにいって、まだ戻ってないんです。新藤さんには、書斎で待っていただくように仰せつかってます。本がたくさんあるから、自由にご覧になって構わないそうです」

通された書斎は洋室に改装されていて、壁一面に本が並んでいた。家政婦が出ていき一人になると、結子は「すごい」と呟きながら本棚に近づく。机に置かれたノートパソコンはスリープにし損ねたのかディスプレイがついたままで、縦書きで書かれた文章が視界に入ったが、当然の礼儀としてそれ以上は見ないようにした。

本の方が魅力的で、見たいとも思わなかった。

地方自治のあり方、過疎地の再生、中央都市との共存——そうしたテーマであることが見て取れるタイトルの本が、ぎっしりと並べられている。教育に関する本も多々あるが、それらはどれも古かった。いまの仲宗根の関心が向いている先がわかる。

——こういう人だから、高宝町をなんとかしたいと思っているんだろうな。

感慨に耽っていると、玄関ドアの開く音が聞こえてきた。仲宗根が帰ってきたようだ。

「申し訳ない、遅くなりました」

包み込むような声とともに、仲宗根が書斎に入ってくる。後ろには、三十代半ばと見られる男性がいた。

男性が結子に会釈する。

「大竹《おおたけ》工務店のデザイン担当をしている大竹透《とおる》です。車がこわれてしまったので、仲宗根先生に迎えにきてもらったんです。すみません」

この人がデザイナーなのか。紺色のシャツと白いパンツはどちらも地味で、容姿を含めて全体的に特徴がない。強いて言えば、前髪が少し長くて、目許が見えにくいことくらいか。でも、堅実な仕事をしそうな人だという印象を受けた。

「わたしもついさっき来たばかりですから、お気になさらないでください」

結子は笑顔で返してから、仲宗根に言う。

「ノートパソコンのディスプレイがついたままになってます」

「ついたまま？」

仲宗根の顔が、思いのほか強張った。結子はパソコンの前から離れながら、慌てて言う。

「もちろん見てませんから、ご安心ください」

仲宗根は傍に来た結子をじっと見つめていたが、ゆっくりと頷いた。

「お気遣いありがとう。さすが新藤さんだ。こういう人だから、町民に読まれる広報紙をつくれるんだろうね」

「あ……ありがとうございます」

高宝町のことを熱心に考えている人にほめられると、照れくさくなってしまう。

それから結子は来客用のソファに座り、大竹に取材を始めた。大竹は仲宗根が普段使っている椅子に、仲宗根は家政婦が台所から持ってきてくれた椅子に腰を下ろす。

大竹は、いま三十五歳。県外の大学に行っていた時期を除けば、ずっと高宝町で暮らしているという。工務店があるのも高宝町。町外からも仕事の依頼が来ているが、いまのところ拠点を移す予定はないそうだ。

「失礼ですけど、高宝町だと交通の便がいいとは言えないから、仕事に支障を来しませんか？」

当然の疑問をぶつけると、大竹は「来します」と笑いながら答えた。

「僕はデザイナーズ物件が得意なんですけど、そういうのは都会やその近辺に住む人から依頼されることが多いですからね。現地に行くガソリン代だけでもばかになりません。正直、L市に会社を移した方が楽だし、稼ぎもよくなります」

「だったら、どうして高宝町に？」

「この町が好きだからですよ。なにもないと言えばそのとおりですが、緑が多いし、子どものころから知ってる連中もいるし、高宝火礼祭は盛り上がるし。インターネットのおかげで、依頼人との打ち合わせは高宝町にいてもなんとかなりますしね」

大竹は笑っているが、会社のことを思えば葛藤はあった……いや、いまもあるに違いない。それでも、高宝町に残ることを選んだのか。

「いい高宝っ子でしょう？」

大きな声で言う仲宗根に、結子は頷いた。

「大竹さんは、地元愛が強いんですね」

「そういうことになるのかな。だから仲宗根先生から高南中校舎のリフォームを手がけてほしいと頼まれたときは、喜んで引き受けました」

「大竹くんが協力すると言ってくれたときは、心強く思いましたよ」

仲宗根が顔を綻ばせる。

「去年の一月に高宝町に戻ってきて、ちょうど一年半。妻に先立たれてほかに打ち込むものもないから、プロジェクトは順調に進んでいます。年が年だし、これが人生最後の仕事だと思ってますよ」

「そういうことを言う人にかぎって長生きすると俺は思いますよ、先生」

大竹がくだけた口調になった。仲宗根は「そうであることを願うよ」と鷹揚《おうよう》に笑ってから結子に言う。

「こんな話をしている場合ではないな。確か今日は魅力ツアーをやっていて、新藤さんはそちらの取材にも行かなくてはならないんですよね」

「はい」

「魅力ツアーですか」

かしこまった口調に戻った大竹が腕組みをした。

「町がそういうことをしてくれるのは、ありがたいですね。一人でも多く、高宝町の魅力に気づいてくれるといい。いきなり移住というのは、さすがにハードルが高いでしょうけど」

「そうでもないんじゃないか。新藤さんのように、東京で生まれ育ったのにこの町に永住すると決めた人もいるんだから」

「永住するかどうかは、まだちょっとわかりません」

鬼庭とこの話になったときさんざん迷ったので、今回はすぐに自分の考えを口にできた。

「少し前に、ものすごく悩んだんです。でも将来のことはわかりませんから、いまは『こうほう日和』をつくることに集中したいと思っています」

結子の言葉に、仲宗根は大竹と顔を見合わせた後、大きく頷いた。

「新藤さんらしい、誠実な答えですね。では我々は、第二回の魅力ツアーをやるときに新生高南中をツアー先に入れてもらうことを目指し、プロジェクトに集中するとします」

仲宗根の家を出た結子は、車でりんご園に向かった。去年、取材したことがある、文字どおりりんごをつくっている農園だ。茜にメールで確認したところ、そこに併設されたレストランでもうすぐ昼食だという。

途中、高宝駅の前を通った。東京育ちの結子にとって駅前と言えば「にぎわっている場所」というイメージだが、ここはロータリーと駐車場の周りにシャッターが下りた店がいくつかあるだけで、昼間とは思えないほど静まり返っている。

この辺りをロータリーを残して更地とし、多目的ホールをつくる——それが前町長が打ち出した施策で、鬼庭はその中止を訴えて当選した。

結子としては、電車の本数が一時間に一本あるかないか、多くて二本の駅前にホールをつくっても閑古鳥が鳴くことは目に見えているので、鬼庭の判断が正しいと思う。同じように考えている人が多いからこそ、鬼庭が当選したのだろう。しかし建設に賛成で、「ホールができれば電車の本数も増える」と主張する町議会議員や住民も少なくないようだ。

その結果、駅前にはホール建設反対派と賛成派、双方が自分たちの主張を書いた幟《のぼり》を掲げ合っていた——魅力ツアー当日の今日は、双方にお願いして片づけてもらったが。

町の真の姿を隠すようで気が引けるものの、お客さまに見せるようなものではない。轍がなくなっていることにほっとしながらアクセルを踏み込む。

りんご園には、それから十分ほどで到着した。

ここのレストランは、ログハウスのようなつくりの建物だ。大きくはないので、ツアー客十二人と茜たちで一杯になっているだろうと思いながらドアを開ける。

「あら、新藤さん」

吉田《よしだ》晴《はる》が声をかけてきた。園主の娘で、今年で四十歳。父親同様、高宝町のりんごにすべてを注いでいる女性だ。このレストランも、自分たちがつくったりんごを一人でも多くの人に知ってもらいたくて経営していると聞いた。

青森や長野に較べて、高宝町はりんごを育てるには環境にハンデがある。しかし吉田家をはじめこの町を好きな人たちが、代々栽培を続けているらしい。

「こんにちは、晴さん」

「来てくれてうれしい。そのうち、また父を取材してあげて。この前、伊達さんが来てたけど、また新藤さんにも会いたいみたい」

「伊達さん、りんご園にも来てたんですか」

結子の知らないところで、いろいろやっているらしい。

店内は、思ったとおり人で一杯だった。甘い香りが鼻孔をくすぐってくる。この店はりんごを使ったスープやパイなど、りんご料理がウリなのだ。十二人のツアー客も和気藹々《わきあいあい》と歓談しながら舌鼓を打って――うん？

茜と片倉、泉田、それから店員を除いて人数を数える。一、二、三、四、五……一人一人数える。二度三度と数える。何度数えても、結果は同じだった。

トイレに行っているのかもと思ったが、テーブルに並べられた料理の数から、間違いなく――

「十一人しかいない！」

3

「……ということは、別に十一人でも焦ることはなかったわけね」

顔を赤くしながらぽつりと言う結子に、泉田は苦笑いを浮かべた。

「少し考えたらわかることなのに、あんなに大きな声を上げなくてもよかったんじゃないかな」

返す言葉もない。

「十一人しかいない！」と叫び、店内を静まり返らせてしまった結子だったが、なんのことはない、ツアー開始直前、参加者の一人から「体調が悪くなったので行けません」という電話が泉田にかかってきたのだという。

ツアー客と店員に平謝りした結子は、大きな身体をできるだけ小さくして、茜と片倉、泉田と同じテーブルに着いた。三人が先に座っていた関係で、結子の席は泉田の左隣だ。

「結子は社会人になっても、そそっかしいところは変わってないんだね」

「否定はしないけど、十二人のつもりで紙面構成を考えてたから、びっくりしちゃったの」

泉田に答えつつ、結子はほかのテーブルに視線を移す。

ツアー客は、二つのグループに分かれていた。一つが男性一人と女性六人、もう一つが男性四人。女性六人に囲まれた男性は、茶色く染めた髪が肩に触れそうなほど長く、右手の人差し指には派手なシルバーアクセサリーをつけていた。男性がなにか言うと、女性たちが一斉に笑う。随分と盛り上がっているようだ。

対照的に男性四人組の方は、みんなで額を寄せ合うようにして、ひそひそと話をしていた。

ツアー客たちのテーブルからは離れているが、結子は小声で茜に訊ねる。

「午前中は、植物園とニャく物館を見てきたんだよね。どんな感じだった？」

植物園は三年前にできた施設で、規模の割に生育する植物が多いものの、にぎわっているとは言えない。一方で、この春できたばかりのニャく物館には期待が集まっている。町内に住む芸術家が、『こうほう日和』がきっかけで子ども向け音楽番組の制作に参加することになった。この番組が大ヒットして、いまや芸術家は高宝町の外でもちょっとした有名人になっている。彼がつくった木彫りの作品を売るためにつくったお店が「ニャく物館」だ。

彼の作品の中でも、招き猫の左手が特に人気なので、この名前がつけられた。

茜は得意気に親指を立てた。

「ばっちり。自然が多いこととか、招き猫の左手があっちこっちのお店に飾られていることとか、お客さんに高宝町のことをいろいろ話したよ。写真を『こうほう日和』に載せる許可ももらった――片倉さんが」

「なんで片倉さんが？」

「羽田さんはお客さんたちと話すのに夢中で、忘れているようでしたから」

片倉が答えた。一見、不機嫌そうな仏頂面だが、唇の両端がわずかに持ち上がっている。おそらく、苦笑しているのだ。

「新藤さんがツアーの最後にアンケートを取りたいと言っていたので、そちらの許可ももらっておきました。ただ、私がしたのはそれだけです。主催者である羽田さんや泉田さんの方を中心に取材してますから、新藤さんがツアー客に取材しても、同じ質問をすることにはなりません。安心してください」

「さすが片倉さんです。お昼を食べたら、わたしもお客さんたちに話を聞いてみますね」

昼休憩は一時間半と、少し長めに取ってある。りんご園を散策する時間を設けたのだが、その間に取材もするつもりだった。

「仕事熱心だね、結子は」

泉田が微笑むと、片倉は眉根を寄せた。

「あの……先ほどから気になっていたのですが、泉田さんは、その……し、し、新ど――」

「まだ新人に見えるかもしれませんけど、恥ずかしながら社会人二年目です」

片倉は「新藤」と言いかけたように聞こえたが、泉田は恐縮した様子で応じた。

「まだまだ半人前で、うちのグループ会社をあっちこっち回って研修中なんです。あ、私は泉田グループ経営陣の関係者でして」

「それは名字でわかりました。それより、新ど――」

「はい、しんどいこともあります。でも、それ以上にやり甲斐を感じてますよ。自分で言うのもなんですが、駆け出しにしては仕事で成果を残せていると自負してもいます」

片倉はまた「新藤」と言いかけたように聞こえたが、泉田が力強く首を縦に振るので指摘できない。茜も泉田に、当惑の眼差しを向けている。

泉田には「本人は意識していないが周囲に口を挟ませない」という使い道のない特技があることを思い出した。

「そんな私だからこそわがままを許されて、今回の仕事ができたんだと思います」

「わがままって、どういうこと？」

結子が訊ねると、泉田は顔を向けてきた。

「僕はグループ企業を研修して回っているんだけど、Lツアーで研修する予定はなかった。でも、今回にかぎり志願したんだ。一人でツアーコンダクターをするのは今日が初めてで、運転手さんとも初対面。もちろん現場の社員からきっちり指導を受けたから、結子たちに迷惑をかけるようなことはしないよ」

口調が変わった上に、一人称が「僕」になった。結子は目を逸らした勢いで、話も強引に逸らす。

「運転手さんはどうしたの？　お昼は一緒に食べないの？」

「いつもはツアーコンダクターと一緒に食べることが多いらしいけど、今日はバスに残っている。誘ったんだけど、『一人で食べる』と言われてしまったんだ」

「敬遠されてるんじゃないの、泉田くん？」

「ははは、そうかもね」

「あの、お二人は……」

　片倉がなにか言いかけたが、泉田の方が早かった。

「ただ、それならそれで構わない。田舎はどこも人手不足だ。旅行会社も運転手が不足していて、一人一人の仕事量が多すぎる。身内の恥を曝《さら》すようだけど、特にLツアーはそれが顕著で、社内の雰囲気がぎすぎすしている。本社には、改善すべきだと報告するつもりだ。でも、すぐに次の会社に研修に行く僕では、たいした力になれない。せめていまくらい、運転手さんには一人で羽を伸ばしてほしい」

　──わたしの羽も伸ばさせてくれ。

　そう思ってしまった直後、慌ててカレーを掻き込んだ。仕事相手に泉田がいようといまいと関係ないはず。落ち着いて、いつもどおりに──

「それはそれとして、お客さんに話を聞いた後、二人きりで話せないかな、結子？」

「ぶえっ!?」

　いつもどおりどころか、出したことのない声を出してしまった。泉田の方は、微笑みを崩さず言う。

「もちろん、時間があればでいいんだけど」

「……うん、いま聞く。取材はその後でするから、手短にお願いね」

カレーが半分以上残っているが、「外で話そう」と言って結子は立ち上がった。泉田も立つ。

片倉が困惑顔になった。

「あの……お二人は、どういう関係なのですか？」

「まさか結子、片倉さんに言ってなかったの？」

目を丸くする茜に、結子は少し考えてから頷いた。

「片倉さんは興味がないと思って、話すのを忘れてた。茜から教えておいて」

「冗談でしょ!?」

「伊達さんには話したんだから、別に構わないじゃない」

「伊達さんと片倉さんでは重みが違うの！」

「軽い口がなにを言ってるの。じゃあ、よろしく」

泉田は茜に「お客さまになにかあったら、私のケータイを鳴らしてください」と言い残し、店のドアに向かっていった。結子も後に続く。

「新藤さんと泉田さんは、どういう関係なんです？　どうして『結子』と呼ばれているのですか？」

やけに切羽詰まった片倉の声が、後ろから聞こえてきた。

店の裏手、人があまり来ないところに移動するなり、泉田は切り出した。

「僕は結子と会いたくて、わがままを言ってこの仕事をやらせてもらったんだ」

意外ではなかった。先ほど、今回の仕事を志願したと聞いた時点で、そうではないかと思ったのだ。あのときは動揺して強引に話を逸らしたが、いざ面と向かって言われると不思議と冷静になった。

「役場で打ち合わせの日、僕が朝から高宝町にいたのも、久しぶりに結子に会えると思うと落ち着かなかったからだよ」

「まさか、わたしとよりを戻したいの？　自分から振っておきながら、随分と都合がいいのね」

――結子はがんばりすぎるから、僕には眩しすぎるんだよね。未経験者なのにバスケはうまくなるし、母さんのコネを断って町役場に就職しちゃうし。僕より、もっとふさわしい人がいるよ。

大学卒業を目前にしたあの日、泉田に告げられた言葉が、胸の痛みとともに蘇る。

しかし泉田は、困ったように眉根を寄せた。

「結子は、自分が振られたと思ってるんだね。僕は真剣に悩んだ末に、結子にはもっとふさわしい人がいると思って身を引いたのに」

「は？」

自分がなにを言われたのか、意味を理解できなかった。

「結子は僕と共通の趣味を持ちたくて、未経験なのにバスケを始めたよね。最初は残念すぎるプレーしかできなかったけど、必死に努力して、どんどんうまくなっていった。そういうがんばり屋なところを、ずっと尊敬していたんだ。一方で僕は、金持ちのぼんぼんだ。無意識のうちに、自分で自分を甘やかしているところがある。そのことにずっと引け目を感じていて、自分が結子にふさわしいのか悩んでいた」

「う……嘘っぽい……そんな話、聞いたことないし……」

「聞かせたじゃないか。一緒に僕の実家に行った夜に。二日続けて」

「そんな記憶は――」

ない、と否定しかけたところで、気づいた。

泉田の実家には何度か行ったが、二日続けて泊まったのは大学四年生の十二月しかない。

あのときは二日とも、結子は泉田の両親と食事をした。アルコールも振る舞われたが、飲みすぎるといきなり記憶が飛ぶ「体質」なのでほんの少し口にしただけだった。

でも彼氏の両親の前で緊張したのか、どちらの夜も少量のアルコールで記憶が飛んだ気がする。その証拠に二日とも、気がつくと朝になっていた。

ということは……。

「二日とも結子は『ふさわしいかどうかは自分で考えて、好きにしたら？』と返してきたよ、にこりともしないでね」

そういうこともあったかもしれない。友だちによると、酔って記憶が飛んだときの結子の言動には、さまざまなパターンがあるそうだから。

結子がなにも言えないでいると、泉田は息をついた。

「そうは見えなかったけど、あのときの結子は酔っ払ってたんだね」

「じゃあ、わたしに別れ話を切り出したのは……」

「結子のご希望どおり、悩みに悩んだ末の結論であって、僕の方から別れ話を切り出したつもりではなかった」

眩暈がして、咄嗟に店の壁に左手を突いた。

「あのとき、結子は走って逃げたよね。ふさわしいかどうか自分で考えろと僕に言っておきながら被害者面《づら》をされて、正直、勝手だと思ったよ。それでも何日かしてから、もっとちゃんと話したくて、ケータイに電話したんだ。でも着信拒否されていたし、メールを送っても戻ってきてしまった」

泉田に悪気はないのだろうが、追い打ちをかける言葉だった。

「だったらと思って、近藤《こんどう》さんに手紙を託したんだよ」

近藤は、女子バスケ部のリーダー格だった同級生だ。大学卒業間際、「泉田目当てにバスケを始めた結子が痛々しすぎて失笑していた」という趣旨のメールを送ってきた、あまり思い出したくない女性である。

「近藤さんから手紙なんて、わたしはもらってないけど」

「やっぱりか。実は彼女は、結子と別れたと知ってから僕に告白してきたんだ。もちろん断ったけど、そんな人なら手紙を渡してくれなかったかもしれないと、何ヵ月か前に友だちに指摘されて気づいた」

「もっと早く自力で気づいてよ、そういうことは！」

「申し訳ない」

泉田は生真面目に頭を下げてから、結子に顔を近づけてくる。

「お互い、誤解があったことがはっきりしたね」

「……そうみたいね」

顔を逸らしながら認めると、泉田はさらに迫ってきた。

「当時の僕は、自分が結子にふさわしいと思えなかった。でも、社会人になってから仕事をがんばってきたいまは違う。どうか――」

「待って！」

結子は右手を上げて泉田を制した。自分の鼓動が、思いのほか加速していることは間違いない。でも、

「いまは仕事中でしょ。そういう話だったら、終わってからにして」

「……そうだね。すまなかった」

泉田がすなおに引き下がる。ほっとした結子だったが、「でも」と言葉が継がれた。

「僕はもう、我慢の限界が近いから」

泉田は両手で、結子の右手を握りしめてきた。咄嗟に振り払おうとしたが、泉田の手が熱を帯び、汗ばんでいることに気づいた。微かではあるが、震えてもいる。表情の方は、平然としているのに。

「結子の前では、ずっとこんな感じだよ。この前、女の子と一緒にいるところを見たときもパニックになって、結子の子どもかなんて訊いてしまった。そんなはずないのにね」

天然ぼけではなかったのか、あれは。

声を出せない結子に、泉田は微笑みかける。

「このツアーが終わったら、僕との関係を考えてほしい——じゃあ、仕事に戻ろう」

泉田は結子から手を放すと、店の入口の方へと、心なしか早足で歩いていく。

泉田の姿が店の角を曲がり見えなくなった後も、結子はその場から動けなかった。

「きゃーっ！」

突如、茜の声が背後から聞こえてきた。ぎこちなく振り返った結子のもとに、茜は猛スピードで駆け寄ってくる。

「もちろん立ち聞きさせてもらったよ。すごいじゃない、結子。どうするの？　玉の輿に乗っちゃう？」

「なにが『もちろん』よ、立ち聞きなんて品がないことをしておきながら」

「それくらいは許してよ。泉田さんのことを片倉さんに説明する、なんて厄介事を押しつけられたんだから」

「なんでそれが厄介事なのよ。わたしの元婚約者だと話せばいいだけじゃない」

「そんなことだから、泉田さんに一方的に捨てられたと思い込んじゃったんだね……」

「なによ、その哀れむような言い方は」

首を傾げると、茜の後方で片倉が立ち尽くしていることに気づいた。

「どうしたんですか、片倉さん？　唇が震えてますけど……まさか、熱中症？」

心配する結子に、片倉は「昼の運動をしているんです」とかすれた声で答えた。

なぜか「少し一人にさせてください」と言い出した片倉を残し、茜と一緒に店の方に戻ると、茶髪の男性と女性たちが歩いてきた。女性は六人いる。全員、一緒に出てきたようだ。

「りんご園を見て回るの、平戸《ひらと》くん？」

茜が親しげな口調で話しかける。

「そうでーす」

平戸は同じ口調で返してから、結子に言った。

「茜さんから聞いてますよ、新藤結子さんですよね。町の雑誌……広報紙でしたっけ、そういうのをつくっていて、このツアーの取材もするんでしょ？　去年、東京から来たばっかりなのにすごいなあ」

敬語の中に、くだけた言葉が自然に交じっていた。普段から、こういう話し方なのだろう。

女性を下の名前で呼ぶことにも慣れているように聞こえた。

「『十一人しかいない！』っていうさっきの声も、でかくてすごかったけど」

「お騒がせしました」

恥ずかしいのを隠して頭を下げると、結子は平戸を含む全員に問いかける。

「みなさん、ツアーは楽しんでもらえてますか？」

「はい。とっても長閑《のどか》ですてきな町です！」

勢いよく答えたのは、髪を丁寧に三つ編みにした、おしゃれに気を配っていそうな女性だった。姉妹だという、よく似た顔の女性二人も続く。

「自然も多いしね」

「『ラブクエ』の聖地ということしか知らなかったけど、こんなに静かなところだとは思わなかった」

「静かなのは、コンビニが全然ないからだよ」

平戸が口を挟むと、おしゃれな女性が目を丸くした。

「コンビニがないって、なんでわかるの？」

「バスから窓の外を見てただけだよ。東京なんて、場所によっては半径百メートル内に十店舗以上あるのに、この町に来てからまだ一店舗も見ていない」

「平戸さんって観察眼がすごいですね」

「たいしたことないさ」

本当にたいしたことないと思うが、平戸は大袈裟に肩をすくめて続ける。

「コンビニがないなら地元の店で買い物すればいいわけだから、特に問題ないよね。田舎の店だからきっと閉まるのも早くて、夜は真っ暗になるんだろうな。そういう暮らしに憧れるんだよね、俺」

女性たちから「わかる」「私も憧れる」などと声が上がった。全員、笑顔だ。中には、服装が地味で、おとなしそうな人もいた。あくまで一般論だが、こういう女性の中には平戸のような男性に苦手意識を持つ人もいると思う。でもこの女性は、とても楽しそうだ。

なんだか平戸が、ホストみたいに思えてきた。

「結子さんも、俺らと一緒に来ません？　これから出発の時間まで、この辺りを散策しようって話になったんです」

ナンパしているような言い方で誘われた。本当にホストで、『ラブクエ』ファンの女性目当てにツアーに参加したのではと勘ぐってしまう。

それでも取材するつもりではあったので、茜と一緒に平戸たちと辺りを歩いた。この時期のりんごの木は、青々とした葉を茂らせてはいるが、伸びすぎた枝が剪定される。その作業を物珍しそうに眺める平戸たちに話を聞きながら、写真を撮らせてもらう。女性たちは全員、『ラブクエ』のファンで、聖地目当てにこのツアーに参加したのだという。

平戸にも『ラブクエ』が好きか訊ねようか迷ったが、いつの間にか少し離れたところでりんごの枝を見上げていたのでやめておいた。

おしゃれな女性が訊ねてくる。

「新藤さんは、どうして東京からこの町に就職したんですか？」

「地方自治の可能性に魅力を感じたんです」

結子の答えに、女性たちは「かっこいい！」「すてき！」と口々に称賛の言葉を送ってきた。茜から「嘘つき」という声が聞こえてきそうな目を向けられたが、「本日ツアーコンダクターをしている彼と結婚する予定だったからです」と答えるわけにもいかない。

「本当に静かでいい町ですよね、ここ」

「新藤さんが住みたくなったのもわかる気がします」

「不便なこともあるだろうけど、暮らしたら楽しそう」

先ほどに続き、女性たちは高宝町をほめてくれる。

なのに結子は、目を逸らしてしまった。

その後しばらくしてから平戸たちと別れ、レストランに戻る。途中で、茜が言った。

「泉田さんに続いて平戸くんにまで声をかけられるなんて。モテ期到来だね、結子……と言いたいところだけど、平戸さんは私にも声をかけてきたよ。それも、ものすごく熱心に。彼氏がいると言ったら、離れていったけどね」

「茜、彼氏なんていたっけ？」

「いないけど、嘘をついた。顔は好みだけど、女だったら見境なく声をかけていそうで恋愛対象にならない」

「そう」

相槌を打つことしかできないでいると、茜が心配そうに言った。

「どうしたの、気の抜けたような顔をして。泉田さんのことで悩んでるとか？」

「そういうわけじゃないんだけど……」

曖昧に答えてレストランに入ると、男性四人組は先ほどとほとんど変わらない姿勢で話を続けていた。「魔女さまがかわいいから……」「魔王を倒す前に七人としか恋愛できなくて……」などという会話が漏れ聞こえてくる。

結子は声をかけて、ツアーに参加した理由や、高宝町の印象を訊ねた。四人は平戸とは対照的に口下手だったが、会話から察したとおり、『ラブクエ』の大ファンであることはわかった。高宝町に関しては「都会の喧騒とは無縁のいいところ」「こういうところに住んでいる人がうらやましい」と口をそろえてほめそやす。女性たちに続いて自分が住んでいる町をそんな風に言われて、うれしくないはずがない。

それなのに。

「やっぱり浮かない顔をしてるね、結子。どうしたの？」

もといたテーブルに着いた結子に、茜は小声で訊ねてきた。

「うん……まあ、たいしたことじゃないよ」

心配させては申し訳ないので、笑ってごまかす。

ツアー客の話を聞いて、もやもやしていた。

都会の人が、ちょっと訪れた田舎のいいところだけを見て絶賛する——そんなの、珍しいことではないのに。

泉田はりんごのアイスを食べながら、結子の方をそっと見ていた。自分が告白したせいで元気がないと思っているのかもしれない。それは癪なので、すっかり冷めたカレーを食べようとしたところで隣のテーブルから「新藤ちゃん」と声をかけられた。

高宝駐在所の石野虎太郎《いしのこたろう》巡査だ。

一見、図書館で本を読んでいる姿が似合いそうな、物静かな物腰のおじさまだ。しかし、長年、駐在所に勤務しているベテランで、いざ事件や事故が起こると鬼の形相で現場に駆けつける警察官である。制服を着ているが、いまは昼休憩中なのだろう。

石野は声を小さくして、結子に訊ねてきた。

「さっき出ていった人たちと、残ってる男性四人って、例の魅力ツアーの参加者だよね。あれで全員？」

「そのはずですけど」

結子が視線で同意を求めると、茜は頷いた。石野が唇を引き結ぶ。

「なにか気になることがあるんですか？」

「今朝……八時十分くらいだったかな。駐在所に女性が訪ねてきてね。ツアーの集合場所への行き方がわからなくなったというから、道を教えてあげたんだよ。その女性の姿がない」

え？

「ツアーに参加するのが楽しみだと言っていたから不思議でね。どうしたのかな、彼女？」

4

十二人目は魅力ツアーに参加するつもりで、高宝町に来ていた。それなのに直前になって、体調不良を理由に不参加の連絡を寄越した。ことと次第によっては「十一人しかいない！」は焦るべき状況なのでは？

結子は動揺を抑えつつ、石野にこちらのテーブルに着いてもらう。ちょうど片倉も戻ってきた。男性のツアー客が四人、店内に残っているので、小声で石野に問う。

「石野さんが会った女性は、どんな人でしたか？」

『ラブクエ』の主人公が描かれた赤いシャツを着て、青いパンツを穿いていた。それから、赤いキャップを目深に被っていたな。そのせいで、顔の印象は薄い。でも、眼鏡をかけていなかったことは確かだ」

道を訊かれただけなのに、しっかり記憶している。さすがベテラン警察官だ。

「あとは……そうだ。手が白くてきれいだった」

わざわざ口にするくらいだからよほど印象に残ったのだろうが、これに関しては参考になりそうにない。それでも結子は「ありがとうございます」とお礼を言ってから、泉田たちを見回した。

「そういう人は、今日のツアーに来てないんだよね？」

「私は見てないよ」

「同じく」

茜と片倉が答えた。泉田も「僕も見ていない」と答えてから言う。

「ツアーの集合時間は朝八時半、場所は、駅前のロータリーだった。ほとんどの参加者は、八時十分に高宝駅に着く電車に乗ってきた。次の電車が八時四十二分着だから一応それまでは待つつもりだったんだけど、レンタカーやタクシーで来た人も何人かいたね」

「駐在所に来た女性も車だったぞ。ただ、ナンバープレートは『わ』でも『れ』でもなかったから自分の車だろう」

就職して車が身近になるまで結子は知らなかったが、レンタカーのナンバープレートには「わ」か「れ」が使われるらしい。

泉田が続ける。

「バスには八時二十分に来てもらう手筈だったんだけど、時間になっても来なかった。どうしたのかと思ったら渋滞に巻き込まれたそうで、少し遅れると電話がかかってきた。うちの会社は時間厳守を命じているけど、そういうことなら仕方がない。運転手さんは、随分と恐縮していたけど」

社内の雰囲気がぎすぎすしているらしいから、やむをえない遅刻の報告すらしづらいのかもしれない。

「その後しばらくしてから、今度は参加者の一人――川俣彩菜《かわまたあやな》さんから『体調が悪くなったので行けなくなった』と電話がかかってきたんだ。無断キャンセルも珍しくないらしいから、丁寧な人だと思ったよ。バスが着いたのは、八時四十分すぎ。その時点でも平戸さんは来ていなくて、八時四十二分の電車にも乗ってこなかった。どうしようかと思ったら、四十五分ごろレンタカーで来たんだ」

「平戸さんから、事前に『遅れる』と連絡はあった？」

「ない」

随分とマイペースな男だ。

片倉が、わずかに目を眇《すが》めた。

「朝から気になっていたのですが、泉田さんがバスに乗ってこなかったのはなぜです？　ツアーコンダクターなら、普通は最初から同乗していると思うのですが？」

「僕は普段、別の会社に勤務しているので、旅行会社に行くより、車で直接この町に来た方が早いんです。仕事が終わった後、すぐに会社に戻るかどうかもわかりませんしね」

わたしとのことがあるからだろうな、とは思ったが、いまはどうでもいい。

「泉田くんに電話をかけてきたのが本当に川俣さんか、わからないよね。駐在所に来たときの川俣さんの様子はどうでしたか、石野さん？」

「元気そうに見えたが……」

石野の答えを聞いて、不安が大きくなった。泉田は「確かに川俣さんかわからないね」と同意しつつも、首を横に振る。

「でも、あとは石野さんたち警察の仕事だ。僕たちにできることはない」

「それはそうだけど……急に不参加なんておかしいし、なにかあったのかも……」

「仮にそうだとしても、僕たちが口出しすることじゃないよね？」

「それは……でも……」

不満が滲み出てしまう結子に、石野は苦笑いしながら言った。

「この人の言うとおりだな。それに俺と話した後で、急に体調が悪くなったのかもしれない。後で駐在所からツアーの集合場所——駅前ロータリーだったね。その道をパトロールしてみるよ」

石野は川俣彩菜のことが気にかかるものの、それほど心配はしていないようだった。駐在所から駅前ロータリーまでは、車で五分もかからない。その短い距離の間に事件や事故に巻き込まれたとは考えづらいからだろう。結子だって、心配するのは大袈裟かもしれないとは思う。それでも言った。

「もし川俣さんの身になにかあったなら、このツアーのことを『こうほう日和』に載せられません。それにツアーに参加してくれた人たちが、高宝町に嫌な印象を持ってしまうかもしれない。パトロールは、できるだけ早くお願いします」

結子の思いが伝わったのだろう、石野は苦笑いを引っ込め「わかった」と力強く頷いた。


「川俣さんに電話してみようか」

泉田が結子にそう言ったのは、昼休憩が終わりに近づき、レストランを出た後すぐだった。

「そうしてもらえたらうれしいけど、あとは警察の仕事だと言ってなかった？」

「言ったし、川俣さんが本当に体調を崩しているなら却って煩わせることになるけど、結子が随分と心配しているみたいだから」

泉田が、胸ポケットから取り出した携帯電話を掲げる。後ろから「泉田さんっていい人だよね、片倉さん」「……そうですね」という茜と片倉の会話が聞こえてきた。

「光栄なお言葉です」

後ろを振り返って微苦笑する泉田に、結子は言った。

「なら、お願い」

「わかった」

泉田が歩いたまま電話をかける。呼び出しのコール音が、結子の耳にも聞こえてきた。何度コール音が鳴っても出ない。

彩菜が出ないのは、体調を崩しているからなのか、たまたま携帯電話の傍にいないだけなのか、別の理由があるのか。コール音に合わせて不安が大きくなっていくうちに、こちらにフロントを向けて駐車した小型の観光バスが見えてきた。

駐車場には、ほかに車両はない。あれがツアーで使っているバスか、と結子が思ったタイミングで、コール音が途切れた。足をとめた泉田につられて、結子たちも足をとめる。

彩菜の状況はわからないが、ひとまず出てくれた。結子が胸を撫で下ろしていると、泉田が「もしもし」と言った。

その直後、ツー、ツーという音が聞こえてきた。泉田が独り言のように言う。

「電話に出てくれたと思ったら、切られた」

「もう一度かけてくれる？」

泉田が頷いてリダイヤルする。しかし今度は呼び出し音すら鳴らず、〈おかけになった電話は電源が入っていないか、電波の届かない場所にあるためかかりません〉というメッセージが流れただけだった。

四人で顔を見合わせる。


レストランに戻り、石野に、彩菜に電話を切られたことと、その後、電話がつながらなくなったことを報告する。石野は食事をする手をとめ、腕組みをした。

「そいつは確かに気になるな。すぐにでもパトロールに行ってくるよ。ただ、これだけでは事件性があるとは言えないから、本部に報告しても動いてくれないだろう。念のため、川俣さんの電話番号を教えてくれ。パトロールした後、俺の方からもかけてみる。個人情報保護にうるさい世の中だから川俣さんがクレームをつけて来るかもしれんが、俺がきっちり説明して、責任を取る」

警察官が、ここまで踏み込んだ対応をしてくれることはありがたい。「よろしくお願いします」と頭を下げる結子に、泉田は言った。

「いまの時点で、僕たちにこれ以上できることはない。あとは石野さんに任せて、川俣さんのことは一旦忘れよう」

「任せるのはいいけど、忘れちゃうのは……」

言い淀む結子に、片倉も言う。

「念のため私も本社に状況を報告して、高宝町付近で事件や事故がなかったか確認します。新藤さんは、取材に集中してください」

「……わかりました」

二人がかりで言われては、頷くしかなかった。

午後一時半。十一人のツアー客が全員乗り込んだことを確認して、バスは出発した。結子はツアー客の表情を見たり、写真に撮ったりするため、一番前の席に座る。ツアーコンダクターである泉田は通路を挟んで隣の席にいるが、なるべく視界に入れないようにした。

ちなみに茜はおもしろがるような顔を、片倉はいつも以上の仏頂面をして、一番後ろの席に座っている。

泉田が、マイクを手にツアー客に語りかけた。

「みなさま、お待たせしました。次の目的地は高宝山。言わずと知れた『ラブクエ』の名シーンのモデルになった場所です。ここに行くことが楽しみで、このツアーに参加された方もいらっしゃると思います」

泉田が言葉を切ると、歓声が沸き起こった。泉田はにっこり微笑むと、歓声が収まった絶妙のタイミングで続ける。

「このツアーを担当させていただくことになってから、私も『ラブクエ』をプレーしてみました。ジャンルとしては女性向けゲーム——いわゆる乙女ゲーなのでしょうが、男性でも充分楽しめますよね。まだクリアしていない方もいるかもしれないので詳細は避けますが、最後の隠しキャラの存在には驚きました」

再び歓声が上がった。ツアー客たちをうまく盛り上げている。

——この仕事のために『ラブクエ』をやったんだ、泉田くん。

結子に会いたいという公私混同で志願したことは間違いないが、やるべきことはきっちりやっている。それがわかっても、あまり驚いていない自分がいた。

そういう人であると、学生時代に充分理解しているからか。

「到着までは二十分ほどかかります。それまで、ごゆっくりおくつろぎください」

　泉田がマイクを置くと、ツアー客たちは思い思いに歓談を始めた。しかし五分もしないうちに、一部の人が静かになる。高宝山は、両脇に鬱蒼《うっそう》とした雑木林が続くだけの道の先にある。この道が曲がりくねっている上に、きちんと整備されていない悪路なのだ。おそらく、車酔いしかけている。結子も最初のころ、同じ目に遭ったのでよくわかる。

　なんとかしてあげられないかと思っていると、バスが速度を落とし、路肩に寄って停車した。

「あの……いいですか」

　運転手が泉田に、遠慮がちに声をかける。結子と同世代の女性だった。ちょうどいいサイズが支給されていないのか制服は少し大きめだが、それが却ってかわいらしく見える。左胸につけられた名札には「本庄千尋《ほんじょうちひろ》」と書かれていた。

「どうしました？」

　泉田が運転席に近づく。千尋がなにか言うと、泉田は頷いてからマイクを手に取った。

「高宝山までの道は大変な悪路なので、車酔いしかけている方もいらっしゃると思います。到着が少し遅くなってしまいますが、スピードを落とし、ゆっくり目に移動したいと思います。よろしいでしょうか」

「異議なし！」

真っ先に答えたのは、平戸だった。ほかのツアー客たちも、拍手で賛成の意を示す。

「ありがとうございます」

泉田は、頭を下げてから言った。

「このアイデアを出したのは、運転手の本庄です。どうか彼女にも、あたたかい拍手をお願いします」

自分の名前を出されるとは思っていなかったらしく、千尋が「え」と驚きの声を上げた。直後、先ほどより大きな拍手が鳴り響く。泉田も一緒に拍手する。制帽のつばをつまんだ千尋が恥ずかしそうに一礼すると、拍手がさらに大きくなった。

——こんな風に仕事をしてきたんだろうな。泉田くん。

結子は千尋に拍手しながらも、視線は泉田の方を向いていた。

さっきまで、なるべく視界に入れないようにしていたのに。


高宝山の麓《ふもと》には、予定より十分ほど遅れて到着した。ツアー客たちが次々にバスから降りていく。その列の最後尾についた平戸は運転席の前で足をとめ、千尋に言った。

「運転手さんは気配りの天才だね。しかも美人だ。会社に、お礼のメールを送っておくよ」

「お……お気持ちだけで充分です……当たり前のことをしただけですから……」

「その当たり前ができるのがすごいんじゃん。会社の人にも知らせるべきだよ」

「そういうことは、その……当たり前のことをしただけですから……」

千尋はしどろもどろに、同じ言葉を繰り返す。この旅行会社は時間厳守がモットーらしいから、どんな理由であれ、目的地への到着が遅くなったことを知られてはまずいのかもしれない。

「本庄がしたことについては、私の方から会社に報告いたしますので」

泉田がやんわりながらも割って入ると、平戸は「じゃ、お願いしまーす」と軽い口調で応じた。それで終わりかと思いきや、俯く千尋に聞こえるように「かわいいな」と言って、バスから降りていく。

――本当にナンパ目当てでツアーに参加したんじゃないの、あの人？

平戸の背中につい刺すような視線を向けながら、結子もバスを降りた。それからツアー客と一緒に、高宝山の山道を進む。

高宝山は町内のはずれに位置する、標高がそれほど高くない山だ。ここの山腹の風景をもとに描かれたイラストが、『ラブクエ』の重要な場面で使われた。昨年、『今月のこだわり』でこれを取り上げてからファンの間で有名になり、高宝山の山腹に「聖地巡礼」で訪れる人が増えた。ただ、高宝山に来たはいいものの、聖地にたどり着くことなく引き返す人も少な

くないようだ。なぜなら、

「……結構、坂がきついね」

「うん……道も、悪い……」

女性のツアー客が息切れしながら話しているとおり、麓からの道がひたすらきついのだ。一応「ハイキングコース」ということになってはいるが、看板に偽りがありすぎる、急な上に、ろくに整備されていない道である。ツアー客には事前に道の状態を説明し、動きやすい服装をしてくるようにお願いしてはいるが、なんだか申し訳なくなってくる。

陽射しが強いので、なおさらだ。

「みなさん、先は長いので無理せずゆっくり進みましょう」

先頭に立った泉田が呼びかけると、片倉がなにか話しかけ、メモを取り始めた。昼休み以降、時々、様子がおかしい片倉だったが、仕事はきっちりしている。

ツアー客の中には、口数が少なくなり、ペットボトルに頻繁に口をつけている人たちがいた。いまは話しかけない方がよさそうだ。

一方で、「これくらい苦労した方が聖地っぽくていい」「魔女さまの例のシーンに近づいている感じがする」などと盛り上がっている人も男女関係なくいた。こちらの人たちには声をかけ、聖地に向かっている感想を語ってもらう。

そんな中、平戸は小型のデジカメで辺りの風景を撮影し続けていた。

「レイヤ、写真が好きなの？」

おしゃれな女性が、平戸に声をかけた。レイヤというのは、平戸の下の名前なのだろう。いつの間にか、そんな風に呼ばれる関係になっていたらしい。

「写真はそんなに好きじゃない。ただ、こういう自然に癒されるんだ」

姉妹二人組が会話に参加してくる。

「わかるなあ」

「自然が多いところって、なんだかほっとしますよね」

平戸は構えていたコンデジを下ろすと、優雅という言葉の見本のような笑みを浮かべた。

「ここだけじゃない、この町全体がそういう感じだよね。俺、好きになったわ、高宝町。支援金も出るらしいから、本気で移住を考えちゃおうかな。絶対に都会より暮らしやすいよ」

「ケータイを二台持ちしているレイヤには刺激が少なすぎるんじゃない、この町？」

おしゃれな女性がからかうように言うと、平戸は「一台は解約してプレゼントするよ」と笑い返した。女性も笑って「いらないよ」と返す。

「でも支援金が出るんだったら、私も移住をちょっと考えちゃうな。いますぐには現実的じゃないけど、将来的には」

姉妹二人組も「いいところだもんね」とそろって頷いた。鬼庭がいたら「話は聞かせてもらった！」という一言とともに、移住の資料を差し出すに違いない。

しかし結子は、レストランで会話を聞いたときと同じもやもやを抱いていた。

——このままツアーの最後にアンケートに答えてもらって、いいのかな？

それから二十分ほど歩き、『ラブクエ』の聖地に到着した。高宝山の中腹に位置する、ちょっとした広場である。木々の合間から射し込む夏の陽が、中央にある朱色の祠《ほこら》を照らしている。

それを見た瞬間、ツアー客たちから「おおっ！」と歓声が上がった。次いで「まさに聖地！」「魔女さまはここに立っていたのか！」などとはしゃぐ声が続き、何人かが祠を目指して駆け出す。出遅れたツアー客も、辺りの写真を撮りながら祠に近づいていく。

先ほどのもやもやは完全には消えていないものの、結子は笑顔になった。茜も笑顔で言う。

「喜んでもらえてよかったね、結子」

「うん」

結子はプレーしたことがないが、こんなに熱心なファンがいるのだから『ラブクエ』はいいゲームなのだろう。

それだけに、川俣彩菜が参加していないことが残念だった。

――いまごろ川俣さんは、どこでなにをしているんだろう？

本当に体調不良なのだろうか？　高宝山に来るまでの車内で、石野から〈パトロールしたが不審な痕跡はなかった。電話は未だつながらないままだ〉というメールが来ていたが……。

「もしかして結子は、川俣さんのことを考えているのかな？」

泉田が目敏く察してきた。

「うん。どうしても気になっちゃって」

「そうか」

泉田の両目が細くなる。学生時代にもこんな目で見つめられたことを思い出し、つい、まじまじと見つめ返してしまった。

わたしは別に、泉田くんを嫌いになって別れたわけじゃない。顔だって好みだ。しかも、お金持ち。泉田くんはL県に住んでいるから結婚しても職場を変えなくて済むし、あれ？　これってもしかして、わたしにはいいことしかない話――いや、いまはそんなことを考えている場合じゃない。すぐに目を逸らすんだ。こんなところ、あの毒舌上司に見られたらなんと言われるか――。

「『ラブクエ』の聖地で見つめ合う長身の男女ですか。絵はがきにでもなりそうですね」

そう、意外とこんな風にほめ言葉を口にするかも——。

え？

叫びながら声のした方を見遣ると、伊達が歩いてくるところだった。服装は、いつもの黒系のスーツではなく、青い作業服だ。

「伊達さん!?」

でもいつもどおり、漫画のキャラクターのような黒縁眼鏡はかけていた。

茜も驚いた顔をして問う。

「なんで伊達さんがここにいるんですか？」

「僕は『ラブクエ』大好きおじさんですからね。聖地を訪れて喜ぶファンの姿を、写真に収めたくなったんです」

伊達は、首からぶら下げた一眼レフカメラを掲げてみせた。左腕には、広報課の腕章がある。伊達がこれを巻いているところを見るのは初めてだ。

「僕の写真で気に入ったものがあったら『こうほう日和』に掲載してくださいね」

伊達はそう言うと、カメラを祠とその周りに集まったツアー客に向ける。

「祠の周囲に集まる人々というのは、略奪愛エンディングを思わせますね。これで一角獣《ユニコーン》の死体が転がっていれば完璧です。ただ、略奪愛エンディングは祠に人々が集まること自体がネタバレになってしまいます。どんなにいい写真を撮っても、残念ながら『こうほう日和』に載せることはできません」

先ほどいいゲームなのだろうと思ったばかりなのになんだが、一体どういうエンディングなのか、さっぱり見当がつかない。

「あのう」

ツアー客の一人が声をかけてきた。伊達と同世代か、少し下くらいの男性だ。

「あなたも『ラブクエ』ファンなんですか？」

「はい。隠しキャラを含む全員と恋愛しました。胸がきゅんきゅんしましたね」

「仲間です！　うれしいなあ。私くらいの年齢で、しかも男性の『ラブクエ』ファンって、なかなかいないんですよね」

男性がにこにこ顔になった。確かにこの男性以外のツアー客は全員若く、二十代か十代後半にしか見えない。

男性は、興奮気味にしゃべり立てる。

「『ラブクエ』が好きなら『ラブ・フォース』とか『ラブ・ファクター』とか、『ラブ・スタティックス』なんかもお好きなんじゃないですか」

「ラブ」がつくゲームがそんなにあるのかと引いていると、伊達は申し訳なさそうに答えた。

「僕が好きなゲームは『ラブクエ』だけで、それ以外のことはよく知らないんですよ」

少し意外だった。以前、伊達がやけに『ラブクエ』に詳しい理由を訊ねたら、「広報マンたるもの、なんにでも好奇心を持たなくてはなりません」と返された。あの言い方からして、てっきりほかのゲームにも詳しいと思っていたのに。

でもいま思えば、微妙に答えをはぐらかされた気がしないでもない。

「俺なんて『ラブクエ』のことすらよくわかってないですよ。客の女の子に教えてもらって、なんとなく知っているくらいです」

傍に来て言ったのは、平戸だった。結子は思わず訊ねる。

「結子さんには言ってなかったっけ？　新宿でホストをやってるんですよ、俺」

「客の女の子って？」

本当にホストだったとは。

伊達が、やけに真剣な顔つきになった。

「せっかく『ラブクエ』のことをお客さんから教えてもらったのに、興味を持たないとは。人生を損してますね。僕が『ラブクエ』の魅力をお伝えしましょう」

「同世代の『ラブクエ』ファンとして、私も力を貸します」

伊達と男性が、そろって平戸に迫る。

「な……なんですか？」

戸惑う平戸に、伊達と男性は「そもそも『ラブクエ』は」「オープニングムービーからして衝撃で」と競うように語り始めた。

四十代の男性二人に、女性向けゲームの魅力を語られるホスト。価値はないが、珍しい光景ではあった。

「ねえ、結子」

茜が結子のシャツの裾を引っ張り、小声で言う。

「伊達さんはこんなところに来て、仕事は大丈夫なの？」

「わたしに言われても……本人が自分の意思で来たんだから、大丈夫なんじゃない？」

「でも最近の伊達さん、ものすごく忙しそうなの。結子は取材に出てることが多いから知らないと思うけど、一日中いない日も結構あるんだよ」

「町長の広報官をやってるからでしょ」

「町長が役場にいるときも、伊達さんはいないことが多いの。幹部陣に評判が悪いらしいから、いろいろやらされてるんじゃないかな。さすがに働きすぎだと思って……」

不安そうに伊達を見る茜には申し訳ないが、なんと言っていいのかわからなかった。

それに、どんなに忙しかろうと、川俣彩菜のことを伊達に相談したい。こんなところまで来たのだから、今日は少し余裕があるのだろう。

「伊達さん、ちょっといいですか」

「後にしてください。『ラブクエ』のファンを増やせるかどうかの瀬戸際なのですから」

「し……新藤さんの用事を聞いてあげた方がいいと思いますよ」

平戸が半泣きになっているので、伊達を無理やり広場の隅に連れていった。もっとも、男性が残って平戸に『ラブクエ』の魅力を語り続けていたが。

茜と片倉、泉田も、結子についてきた。ツアー客たちからは離れているが、それでも聞こえないように注意しながら、結子は彩菜のことを伊達に話す。

「大袈裟かもしれませんけど、本当に体調が悪くなっただけなのか気になるんです。伊達さんは、どう思います？　この前、自分のことを名探偵ではないと言ってましたけど、万が一の事態もありえるから意見を聞かせてください」

伊達が考えをまとめるまでいくらでも待つつもりだったが、返事は思いのほか早かった。

「どうもこうもありませんよ。この問題の答えは、新藤くんが自分で考えて出すべきです」

5

聖地を出た後のツアー最終目的地は、餡子本舗《あんこほんぽ》だった。中にどぶろくが入った「こうほう饅頭《まんじゅう》」が人気の和菓子屋だ。この饅頭は東京のデパ地下に出品されたことがきっかけで、知名度が上がっている。結子も大好物で、あればあるだけ食べてしまう。

しかしバスが餡子本舗に到着すると、結子は断腸の思いでツアー客を見送り、泉田と二人でバスに残った。取材の方は、自分の車でついてきた伊達が「やっておきます」と言ってくれている。

「ええと……なにか……？」

運転席から千尋が、怪訝そうに訊ねてきた。息抜きにバスを降りようとしたところを引き留められたのだから無理もない。

その傍らに立ち、結子は拳を握りしめる。

話の持っていき方によっては、この人を傷つけてしまう。深く息を吸い込んで口を開こうとした瞬間、バスのドアがたたかれた。平戸だった。ドア越しに苦笑いしている。

「すみませーん、ケータイを忘れちゃいました」

——二台持ちで、二台とも忘れたわけ？

八つ当たり気味に思っている間に、千尋がドアを開けた。駆け込んできた平戸は自分の席で鞄を漁り、「お騒がせしました」と言い残してすぐに降りていった。

車内に、白けたような、ばつの悪いような空気が漂う。

戸惑いの声を上げる千尋に、結子は名札に目を向け、平戸の乱入なんてなかったかのように話し始めた。

「ええと……」

「本庄さんの下のお名前は、千尋ですよね。男性にも女性にも使われる名前です。それもあって、本庄さんのふりができると思ったんですよね」

「ふりもなにも……私は、本庄です……」

「いいえ、あなたは、川俣彩菜さんなんでしょう」

千尋――いや、彩菜の顔が強張った。結子は、できるだけ優しい声で言う。

「責めているわけじゃないんです。ただ――」

「違います、私は本庄千尋です！」

彩菜は、運転席から身を乗り出して否定した。予想はしていたが、簡単には認めてくれそうにない。仕方なく、結子は言う。

「昼休憩の最中、泉田くんは川俣さんに電話をかけました。あのとき川俣さんは一度は電話に出たけれど、すぐに切って、それからはずっと電源をオフにしています。泉田くんと話すつもりがないなら最初から電話に出なければよかったのに、変ですよね。本当は川俣さんは、泉田くんと話をするつもりだった。でも話したらまずいと思ったのではありませんか、バス、に近づいてくる泉田くんが見えたから」

泉田が電話をかけたとき、結子たちは駐車場にとまったバスに向かって歩いていた。彩菜は電話に出た直後、結子たちが歩いてくるのに気づいた。だから慌てて電話を切り、電源もオフにしたのだ。

「本物の本庄さんは、今日、事情があって運転できなくなった。理由は、推測ですが体調不良。この旅行会社は運転手が不足していて、仕事量が多いそうですから。社内の雰囲気はぎすぎすしているので、上司に報告したらどうなるかわからない。本庄さんから事情を聞いたあなたは、代わりに運転することにした。そのやり取りに時間がかかったから、バスの到着が遅くなったんです。泉田くんには、渋滞に巻き込まれたので少し遅くなると、本庄さんのケータイから声色を変えて電話をかけた。お客さんの命を預かる仕事ですから、本庄さんが素人に運転を任せるとは思えない。あなたも、この会社の運転手なのでしょう？」

「違いますってば……」

「あなたが本庄さんから体調不良のことを打ち明けられたのは、ツアーが始まる直前だと思います。それまでは『ラブクエ』のファンであるあなたは、このツアーに参加するつもりでした。駐在所に行って、集合場所がどこかお巡りさんに確認もしましたよね」

「知りません。駐在所になんて行ってない……」

「お巡りさんによると、駐在所に来た女性は手が白かったそうです。この季節は日焼けしやすいけど、ちゃんと紫外線対策をした上で、普段から手袋をしている人なら手が色白になると思います、そんな風に」

最後の一言を口にしながら、結子は白い手袋を嵌《は》めた彩菜の手を視線で指し示した。

タクシーやバスの運転手は、白い手袋を嵌めている。乗客に清潔感を与えるため、窓ガラスに指紋がつかないようにするためなど、理由はいろいろあるらしい。

日焼け対策も、その一つだそうだ。

「駐在所のお巡りさんに顔を確認してもらってもいいですよ。キャップを目深に被っていたのであまり印象に残っていないそうですけど、会えばさすがにわかると思います」

「お巡りさんがなんと言おうと、他人の空似ですよ……」

彩菜は必死に否定し続ける。運転を代わったことを会社に知られたら、自分も本物の本庄もどうなってしまうかわからないと怯《おび》えているのだろう。

それでも認めてほしくて、結子は畳みかけるように言う。

「制服が少しぶかぶかなのは、男性である本庄さんの服を借りたからですよね。昼休憩を泉田くんと取らなかったのは、いろいろ話しかけられたらボロが出ると思ったから。会社にお礼の連絡をするという平戸さんを必死になってとめたのは、運転手が女性だったと知られたら本庄さんと代わったことがばれると思ったから」

「知らない……知らない、そんなの……証拠はなに一つない……」

彩菜は首を横に振る。こうなってはやむをえない。ごめんなさい、と内心で手を合わせ、結子は言った。

「会社に問い合わせれば、あなたが本庄さんでないことは一発でわかりますよ」

最初からそう言えばよかったのに、と泉田が思ったことが、気配で伝わってきた。でも結子としては、できれば脅すような真似はしたくなかったのだ。

彩菜は俯くと、観念したように絞り出した。

「……申し訳、ありませんでした」

「謝らないでください」

結子が慌てて言っても、彩菜は俯いたまま続ける。

「本庄さんは会社の二年先輩で、おつき合いしているんです。でも、運転手が不足しているせいで、休みを全然もらえなくて……なかなか二人で会えなくて……。今日は本庄さんの運転するバスに乗って、デート気分を味わうつもりだったんです。『ラブクエ』の聖地にも行くから、ほかのファンと交流できることも楽しみにしていました。でも駐在所を出てすぐ、本庄さんから『気持ちが悪くなった』と電話がかかってきて……」

彩菜の口からため息が漏れる。

「本庄さん、何日もまともに休んでなかったんです。このまま運転したら、お客さまの身を危険に曝すことになる。本庄さんは会社に事情を話して、ツアーを中止にするか、代わりの運転手を派遣してもらおうとしたんですよ。でもそんなことをしたら、上司は本庄さんにどんなパワハラをしてくるかわからない。だから私が、本庄さんの代わりに……ツアーコンダクターの泉田さんはすぐに別の会社に行くから、なんとかごまかせると思って……」

彩菜は結子を見ると、力なく笑った。

「よく私が本庄さんじゃないってわかりましたね。新藤さんは広報マンじゃなくて、名探偵みたいです」

「名探偵みたいなのは、わたしの上司です。いまお話ししたことは、全部、上司の受け売りなんですから」

聖地でのこと。

伊達は「この問題の答えは、新藤くんが自分で考えて出すべきです」と言った後、駐在所に来た女性や、泉田が彩菜に電話したときの状況などについて質問してきた。答えはわたしが出すべきなんじゃないのかと思いつつ答えていると、伊達はしばらく考えた末に「思ったとおりでしたね」と前置きして、自分の推理を披露してくれたのだ。

やっぱり伊達さんが答えを出しちゃったじゃない、と思った結子だったが、違った。

「さっきも言いかけたけど、あなたを責めるつもりはないんです。ここにいる泉田くんも同じです——だよね？」

ずっと黙っていた泉田に顔を向ける。泉田は大きく頷いた。

「もともと僕は、Lツアーの体質に問題があると思っていました。グループ会社の一つをこんな風にしたまま放置していたなんて、経営者一族の一人として川俣さんたちに謝罪しなくてはなりません」

この一言を言ってほしくて、泉田にバスに残ってもらったのだ。

「今回の件は、僕が責任を持って対処します。研修中の身ですが、しばらくはほかの会社に行かないでLツアーに残してもらえないか、上に相談もします。Lツアーの社風を改善して、現場の負担を少しでも軽くしたいんです」

「そこまで言ってもらえるなんて……」

彩菜の表情が少しだけやわらいだ。それを見て、結子は言う。

「ただ、一つだけお願いがあるんです。現場が大変だといういまの話を——川俣さんと本庄さんが入れ替わったことを除いて——ツアー客に話してもらえないでしょうか」

やわらいでいた彩菜の顔に、困惑が滲んだ。

「どうして、そんなことを……？」

「田舎が、長閑で楽しいだけではないことを――人手不足という問題があることを、知ってもらいたいからです」

人手不足はL市だけでなく、もちろん、高宝町にとっても深刻な問題だ。そもそも、人口が少ない。だから学校は廃校になっている。税収にも影響して道路を整備する予算を組めず、聖地への道はがたがたのままだ。コンビニがないことだって、客が少ないことだけでなく、二十四時間営業を支えるアルバイトを充分雇えないことも一因なのではないか。

「でも、そんなことをしたら……魅力ツアーが台無しになってしまうのでは……広報紙の取材にも影響が……」

「構いません」

これが伊達に「自分で考えて出すべき」と言われた問題の答えだった。

伊達は、彩菜が本庄千尋のふりをしているという推理を披露した後で、結子に言った。

――僕の推理は、おそらく間違いないでしょう。ただ、この後どうするかは新藤くんに任せます。ツアー客が実害を被ったわけではありませんし、見て見ぬふりをするのが無難ではあるでしょう。ただ、どうも僕の推理を聞いて、新藤くんはもやもやしているようですね。

そのとおりだった。

校舎のリフォームを任された大竹は、L市に拠点を移した方が楽だし、稼ぎもよくなることを承知の上で、高宝町を仕事場に選んだ。その話を聞いてしまった以上、都会の人が田舎のいいところだけを見て絶賛することが珍しくないとしても、黙っていたくない――それが結子の抱いていた、もやもやの正体だった。

伊達の推理を聞き、人手不足という田舎が抱える問題を改めて認識したことで、それに気づいたのだ。だから、

「ツアー客のみなさんは、高宝町を好きになってくれている。中には、移住したいと言っている人もいました。どこまで本気かわかりませんが、そういう人たちに、田舎のよくない面も知ってほしいんです」

町長は激怒するでしょうけど、と心の中でつけ加える。

本当のことを言えば、答えを出したはいいが鬼庭のことが気になって、聖地を出発する前に茜たちから離れ、伊達に相談した。すると伊達は、笑顔でこう言ってくれた。

――新藤くんがそう決めたなら、僕が町長に怒られてあげますよ。それが上司の仕事です。

この一言があったからこそ、結子はこうして堂々と胸を張り、彩菜と話をしている。

「お願いします。泉田くんには、わたしが川俣さんにツアー客に話すよう命令したと報告し

てもらいます。全部、わたしが責任を取ります」

え、という泉田の声が、微かに聞こえた。とめられると思ったから、この話は泉田に一切していなかったのだ。彩菜がますます困惑する。

「それだと、新藤さんが大変なことに……」

「みなさんに、本当の意味で高宝町を愛してほしいですから」

〈さすがだぜ、新藤さん！〉

突如、男性の声がした。結子が反射的に車内を見回すと、ドアをたたく音が聞こえてきた。振り返る。

ドアの向こうにいたのは、携帯電話を耳に当てて口の端をつり上げる平戸だった。

「新藤さんがやけに硬い顔をしていたことが気になって、こいつを使わせてもらったんですよ」

バスの通路に立った平戸は、「こいつ」と言いながら右手に持った携帯電話を掲げた。左手には耳に当てていた、もう一台の携帯電話。

平戸はこの二台を通話した状態にして、先ほど、携帯電話を忘れたふりをしてバスに戻ってきた。そして一台を座席に置いてバスを降り、結子たちの会話をずっと盗み聞きしていたのだという。

やられた……奥歯を嚙みしめてしまう。運転手の入れ替わりを知った平戸が、なにを要求してくるかわからない。泉田は険しい顔をして、彩菜は青ざめている。平戸は肩をすくめた。

「そんな顔しないでくださいよ。新藤さんたちに悪くない話をするつもりなんだから」

「悪くない話？」

悪いことをする奴の台詞だと思って身構える結子に、平戸は頷いた。

「そうです。田舎が人手不足で大変だっていういまの話を、俺が代わりにしてあげます」

予想外すぎて、身構えていた身体から力が抜けた。

「いまみんなで饅頭を食ってるでしょ。その場で俺が、自分が調べたことにして人手不足の話を振ります。新藤さんは、適当に話を合わせたり、補足したりしてください。これなら新藤さんは怒られないで済むでしょ？　もちろん、入れ替わりのことは誰にも言いません」

「なんでそんなことをしてくれるんですか？」

思わず訊ねた結子に、平戸は当然のように答えた。

「俺みたいに本気で移住を考えている奴にはなかなか教えてもらえない情報を、教えてくれようとしたからですよ」

虚を衝かれた。

「俺が本気だと思ってなかったみたいですね」

平戸は、わざとらしく唇を尖らせる。

「新宿って、年がら年中騒々しいでしょ。そういうのが好きな奴もいるけど、俺は疲れちゃったんですよ。そんなときに客から『ラブクエ』の話を聞いて、高宝町のことを知った。長閑そうな町だから移住してもいいかと思って、下見でこのツアーに参加しました」

——ナンパ目的じゃなかったのか！

冷静に考えれば、高宝町には移住者に支援金を出す制度があると知っている時点で、平戸が本気だと気づくべきだった。

「移住に本気だから、この町で生まれ育った人と仲よくなりたかったんですよね。でも茜さんには、彼氏がいるって断られちゃいました」

茜が聞いたらショックを受けるに違いない言葉だった。

「だから、本当の意味で高宝町を愛してほしいっていう新藤さんに痺れたんです。俺にも愛を広める手伝いをさせてください。彩菜さんは俺らのことを思ってゆっくり運転してくれたすてきなドライバーだから、力になりたいですしね」

平戸はわざわざ携帯電話を座席に置いてから、右手を胸に当てて一礼した。気障《きざ》ったらしい仕草だが文句なくかっこよくて、結子の口許には自然と笑みが浮かぶ。

「――わかった。お願いします」

「田舎って、人手不足で大変なんでしょ？」

餡子本舗で平戸は、その一言を皮切りに「俺が調べてきた某バス会社の運転手が大変な話」を語り出した。事前に示し合わせたとおり、結子は適宜相槌を挟みつつ、人口減少が税収にも影響を与えている話をする。

ツアー客たちは、意外なほど真剣な顔をして耳を傾けてくれた。今日一日で、高宝町に関心を持ってくれたからかもしれない。

最後には、予定どおりアンケートを取った。回収したそれに、ざっと目を通す。「聖地が最高だった」「自然が多いし、りんごもこうほう饅頭もおいしくて、また来たいと思った」という称賛だけでなく、「人手不足で、お店がやっていけるのか心配になった」「住むには大変そうな町だと思った」という率直な感想も書かれていた。

単にツアーを取材しただけでは、こうはいかなかっただろう。謎を解いてもピンチになるどころか、事態が好転した。

――本当に、去年とは違うな。

餡子本舗の隅に座る伊達を見遣ると、力強く頷かれた。とくん、と胸の中から音がして、慌てて目を逸らす。

　夕刻。高宝駅前に戻り、ツアーは解散となった。

「本当にありがとうございました。お世話になりました」

　ツアー客を全員見送ってから、彩菜は何度もそう言ってバスに乗り込み、帰っていった。

伊達も「次の仕事がありますので」と言い残して去る。

　残ったのは、結子、茜、片倉、そして泉田の四人。

「泉田くんも、ツアーの感想をメールしてくれると助かる。十二人の方がレイアウトを組みやすいから、川俣さんの代わりにお願い」

　結子が言うと、泉田は頷いた。

「本当に結子は、仕事に夢中なんだね」

「そうね。でも、それだけでもないよ」

　だからさっきの返事もするつもり、と続けようとした。でもなんと言えばいいのか、なんと言いたいのか、自分でもよくわからない。

　いまは茜と片倉さんもいるから後日改めてということで、返事は一旦保留に――。

「そもそも実家に来てもらったとき、結子が泥酔して記憶をなくしていることに気づかなかった時点で、僕には傍にいる資格がなかったのかもしれない」

泉田は唐突に言った。

……って、え？

「それに今日の結子を見て、仕事の熱量に圧倒的な差を感じた。僕は川俣さんと連絡が取れなくても、自分にやれることはもうないと思った。でも結子は、彼女のことを気にし続けた。入れ替わりがわかった後は、自分の責任問題になるかもしれないのに、ツアー客に高宝町の真の姿を伝えようとした。その姿勢が平戸さんを動かして、一番いい結果につながったんだと思う」

嫌な予感が猛烈に膨らんでいく結子を、泉田は一点の曇りもない眼《まなこ》で見つめる。

「結子には僕より、もっとふさわしい人がいるよ」

大学時代に告げられたときと同じ言葉だが、あのときよりもはるかに重く聞こえた。

「ま……待って。そんなたいした女じゃないから、わたし！」

返事は保留のつもりだったのに、思いのほか狼狽《ろうばい》してしまう。

「だから、泉田くんだってわたしに充分ふさわしい……むしろ、泉田くんの方がわたしよりすごい……」

「謙遜しなくていいよ。正直に言えば、僕が結子にふさわしい男になるまで待ってほしいという思いもあった。でも結子の心の中には、伊達さんがいるから」

「は？」

青天の霹靂《へきれき》すぎる一言に、狼狽が一瞬にして消え失せた。

泉田は、痛みをこらえるように笑う。

「ごまかさなくていい。結子は自分が出した答えを、真っ先に伊達さんに相談した。しかもさっき餡子本舗で、伊達さんに頷かれたら恥ずかしそうにしていた。前々から、結子には年上のしっかりした男性がお似合いだと思ってたけど――」

「ありえないよ」

泉田を遮り、あはは、と笑い飛ばしてしまう。

「わたしにとってあの人は人間じゃない、『伊達さん』という生き物なの。恋愛対象になるはずない」

「結子は、僕の告白に三回目でやっと気づいたくらい、恋愛に疎いからね。まだ自分の気持ちに気づいていないんだろう」

「ありえないってば、中学生じゃあるまいし。ねえ？」

同意を求めて茜に顔を向ける。しかし茜は、困った子どもを見るような目をしていた。

「実は私も、結子ってそうなんじゃないかと薄々思ってたんだ。伊達さんのことを、ちょっとびっくりするくらい信頼してるし。さっき伊達さんが頷いたときの結子は、完全に恋する乙女だったよ」

「違うってば」

「じゃあ、あのときの自分の気持ちを言葉にできる？」

「できないけど、違うって」

「できないのに、なんで違うと言い切れるの？　ほかにも伊達さんに対して、うまく言葉にできない気持ちがあるんじゃないの？」

「そう言われても……」

伊達が妻のことをのろけていたと知ったときの、あの気持ちもそうだろうか？　いや、違う。あれは伊達に話したら、余計な仕事を増やされると思っただけだ。

「今日一日で、いろいろ踏ん切りがつきました」

結子がなにか言う前に、片倉が清々《すがすが》しい顔をして話に加わってきた。

「これから新藤さんとは、仕事仲間として接することにします」

「これまでもそうだったじゃないですか」

「そういうことを平気で言う人だから、自分の気持ちに気づいてないんですね」

意味がわからないが、絶対になにか誤解されている。

「とにかく泉田くん、少し落ち着いて、わたしの話を……」

なんとか引き留めようとする結子に、泉田は吹っ切れたように微笑んだ。

「伊達さんと仲よくね」

なんと返してよいかわからないうちに、泉田は踵《きびす》を返して駐車場へと歩いていった。そのまま結子を一度も振り返らず車に乗り込み、去っていく。

返事は保留のはずだったのに、先ほど狼狽したのに続いて、今度は呆然としてしまう。

――それもこれも、伊達さんのことを好きだと誤解されたせいだ。

「責任取ってよね、伊達さん……」

「結子がそう言って迫れば、伊達さんは結婚してくれるかもよ」

「そういう問題じゃない……」

がらんとした駅前に、結子の呟きはやけに大きく響いた。

十二月号

その写真を撮る者は

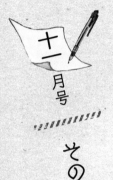

広報紙の重要な役割の一つに、納税の仕方や図書館の新着本など、各課から住民へのお知らせを掲載することがある。多くの広報紙が、各課の担当者が書いた原稿を掲載しているようだ。

ただし、それらは行政用語や専門用語が使われていて、住民にはわかりづらいこともある。『こうほう日和』では、もらった原稿を結子ができるだけ簡単な言葉に書き直して各課の担当者に見せ、オーケーが出たら掲載するようにしている。

去年、結子が『こうほう日和』の担当になった当初は、どの課も非協力的だった。結子が原稿を書き直しても、すぐには見てもらえなかったし、「行政の文章なんだから格式が必要」と修正を突っぱねられることもあった。

しかし「広報紙が変わった」という声が住民の間に少しずつ広まり、結子が広報紙づくりに熱中するようになってからは、協力的な課が増えた。「住民に読んでもらっていると思うと、変なことは書けないよね」という類いのこともよく言われる。

一方で、中には変わらず非協力的な課もある。

高宝町役場三階、階段をのぼってすぐのところにある土木整備課も、その一つだ。

「わたしが直した原稿の確認は、まだでしょうか」

結子がここに乗り込んだのは、九月二十九日の昼休み明けのことだった。ほかのページとの兼ね合いを考えると、今日の夕方までには原稿がほしい。しかし五日前に書き直した原稿をメールで送ったのに、土木整備課からは「受け取った」という返事すら来ていないのだ。

結子は、窓際の席に着く課長の山之内《やまのうち》久志《ひさし》に迫る。山之内は結子を見上げると、へらへら笑った。

「新藤ちゃん、そんなことを言うためにわざわざ来たの？　内線でいいじゃない」

「何度か内線でお願いしましたけど」

「そうだっけ？　でも年度末に向けた工事の準備で忙しいからね。うちの課は大きな仕事をしているんだよ、広報課と違って」

「仕事に大きいも小さいもない！」と言ってやりたいのをぐっとこらえ、結子は笑顔をつくった。

「新藤ちゃんも、広報紙なんて小さな仕事はほどほどにして、早く異動願いを出した方がいいんじゃない？　うちの課の仕事一つで、広報課の予算一年分は優に使えるよ」

つくった笑顔がひきつってしまう。「広報紙づくりって役所の中では特殊な仕事で、なかなか理解してくれる人に会えないから」という由衣香の言葉を、嫌でも思い出した。

「……異動願いを出そうと出すまいと、異動になるときはなりますよね。土木整備課の人が、広報課に行くこともあるでしょうし。そうしたら勝手が違って大変でしょうね」

遠回しに「あんまり広報課をばかにしていると、自分が配属されたときブーメランになりますよ」という意味のことを言ってやる。しかし山之内は「ないない」と笑って手を振った。

「広報課は、若い奴が行くところだから。私のようなロートルは、もう縁がないよ」

「俺、四年前まで広報課だったけど、小さな仕事なんで適当に手を抜いてたよ」

受付カウンターの手前に座る西川龍太《にしかわりゅうた》が悪びれることのない笑顔を見せた。そうだった。十一年前に伊達が広報課から異動になった後、『こうほう日和』が『広報こうほう』になり、「誰も読まない広報紙」の見本のような低迷期に陥っていた時代に担当していた人が、ここにいるのだった。

「あんたみたいな手を抜いていた人ばっかりだったから、広報紙が町民に読まれなかったんでしょ！」と言ってやりたいのを先ほど以上にぐっとこらえ、結子は山之内に言った。

「伊達さんだって年齢的にはそろそろベテランですけど、去年から広報課ですよ」

結子が言い終えるや否や、土木整備課の方々から声が上がった。

「あんなに優秀なのにもったいないよね、伊達さん」

「若いころはうちの課だったらしいよ、あの人」

「今年度からうちに復帰するって噂もあったのに」

「大学で土木工学を勉強していたから、そういう方面の仕事を期待されてるんでしょ。広報課にいていい人材じゃない」

結子が密かに深呼吸を繰り返して気を鎮めていると、山之内が笑いながら言った。

「伊達くんは昔、町民に『広報紙は写真が汚いから嫌だ』って取材を拒否されたことがあるって話だよ。それなのにまた広報課に配属されて、かわいそうだよね」

「……ところで、原稿のチェックは？」

これ以上つき合っていると「あんなに写真がうまい人が、そんな風にけなされるわけないでしょ！」と怒鳴りつけ、せっかくいろいろこらえてきたことが台無しになりそうなので無理やり本題に戻った。結子の気も知らず、山之内は笑顔のまま答える。

「それならさっき、東浦《ひがしうら》さんに確認をお願いしたところだ。今月の原稿を書いたのは私なんだけど、彼に見てもらわなきゃいけないところがあってね」

五日前に原稿を戻したのに、さっきまでとまっていたのか。

「それで、東浦さんはどちらに？」

土木整備課の七人目――東浦の席が空いているので訊ねると、当の本人が受付カウンターの向こうに現れた。右肩に、五段の脚立を担いでいる。それが小さく見えるくらい背が高いのに、猫背気味なのでそれほど長身には見えないというなんとも不思議な外見の男性、それが東浦公太《こうた》だった。年齢は二十代後半だと思うが、ほとんど話したことがないのでよくわからない。

「東浦さん、新藤ちゃんが広報紙の原稿を早くほしいんだって」

山之内は「広報紙」という単語を、鼻で笑いながら口にした。東浦は眉根を寄せて「広報紙ですか」と返す。原稿を催促されたことが気に入らないのか、露骨に不機嫌そうだ。

「ちょっと待ってて」

東浦は結子に向かってぶっきらぼうに言うと、蛍光灯の下に脚立を置いた。気がつかなかったが、蛍光灯が明滅を繰り返している。あれを取り換えようとしているのだろう。

東浦は天井を見上げた後、壁に立てかけていた代わりの蛍光灯を手にして結子に言った。

「蛍光灯の交換は、新藤さんにお願いしたい。その間に僕が原稿をチェックした方が、効率がいいでしょ」

そのとおりではあるが、違う課の人間にやらせることか？　広報課じゃなかったらこんなこと言われなかったかも、という無意味な想像をかき消し、結子は「わかりました」と応じた。東浦の言うとおりにした方が効率がいいことは確かだからだ。

山之内たちが「え、やるの？」という目を向けてきたが、無視して脚立の脇まで行き、東浦から蛍光灯を受け取った。東浦の顔は、女性にしては長身な結子の顔より、さらにずっと上にある。それを一度も結子の方に向けず、東浦は席に戻っていった。

『こうほう日和』のためだから、と自分に言い聞かせ、結子は脚立をのぼる。しかし三段目に足をかけたところで、蛍光灯の横に蜘蛛《くも》の巣が張られていることに気づいた。それだけなら、まだいい。

大きくて黒々とした蜘蛛が、いる。

「――――っ！」

悲鳴を辛うじて呑み込んだ。結子は姿形を想像しただけで全身に鳥肌が立ってしまうほど、蜘蛛が苦手なのだ。蜘蛛に嚙まれて超常的な力を手に入れたアメリカン・コミックのヒーローですら、目にする度に胸がむかむかする。映画館で観たときは吐き気がして途中で席を立ち、二度と戻ることはなかった。

そんな自分にとって最凶最悪の天敵が、すぐ真上に――。

「あれ？　震えちゃってどうしたの、新藤ちゃん？」

歯がかたかた鳴ってしまって、山之内の方を振り返る余裕すらない。

「貸し一つだね」

広報課に戻ってきた茜は腰に両手を当て、わざとらしく胸を張った。結子は茜を拝む。

「ありがとう。なんでもします！」

蜘蛛に遭遇した後、結子は自分でも意味不明な言葉を残して広報課に避難、茜に事情を話し、代わりに蛍光灯を交換してもらったのだ。

茜は「なんでもしてくれるんだ」という一言とともに、にやりと笑った。

「だったら、結子が伊達さんに抱いている気持ちを自覚したら、一番最初に私に教えて」

似たようなことを魅力ツアーの日から度々言われているので、今回もさらりと流す。

「自覚なら、とっくにしてるってば。腹が立つ毒舌上司だけど、広報マンとしては尊敬している。以上。これで貸しはなくなったね」

「そんなの、自覚とは言わない。結子が伊達さんに抱いている気持ちは、絶対にそれだけじゃない」

「確かに、伊達さんと話すときは喉がからからになったり、心臓がどきどきしたりすることがあるって、最近気づいた。でも、よく考えたら前々からそうだった気がする。いつも原稿を真っ赤にされるから、条件反射で緊張しちゃうのかもね」

結子が笑うと、茜が残念な生き物を見るような目つきになった。なんでこんな目をされるのかさっぱりわからないが、まあいい。

「茜のおかげで東浦さんの原稿が戻ってきたから紙面のデータをつくって、次の取材の準備をする」

「高宝町の動植物の特集だっけ？」

「そうだよ。十一月号に載せる」

G県海野市の福智楓がつくった海を特集した『広報うみの』は、コンクールでは選外だったもののすばらしかった。刺激を受けた結子は、『今月のこだわり』で似たようなことをやりたくなったが、高宝町には海がない。

そこで閃いたのが、身近にありすぎて見落としがちな、高宝町の動植物にスポットを当てた特集「調べてみよう、高宝町の生き物」だった。少し前に連載でやることも考えたが、ページに空きがなくて断念したのでちょうどいいとも思った。

そういうことに詳しくて、話を聞かせてくれる人はいないか？　伊達に訊ねても「心当たりはありません」と返されたので、町ネタを求めて来た片倉に相談すると、こう返された。

――町の西の方、隣町との境辺りに、矢板倫三郎《やいたりんざぶろう》という初老男性が住んでいます。L県の動植物を集めていて、自費出版で本も出している。植物園にも少し協力したらしいですよ。その人に取材してみてはどうでしょう。

魅力ツアーに行って以降、片倉は結子と話すとき、口ごもったり、顔が赤くなったりすることがなくなった。「仕事仲間として接することにします」と宣言したことと関係あるのかわからないが、いまの片倉の方が話しやすいので、詮索しないようにしている。

片倉の仲介で矢板に取材依頼の電話をかけたところ、二つ返事で受けてもらえることになった。今日の三時から話を聞かせてもらう予定だ。

「取材って、矢板さんのところに行くんだよね。そういえばそんな人がいるって聞いたことがあったな、子どものころ」

自分の席に戻った茜はなつかしそうに言った後、少しだけ首を傾げた。

「結子は矢板さんのことを、片倉さんから聞いたんだよね。伊達さんは、なにも言ってなかったの？」

「うん」

伊達の席に目を遣りながら答える。今日の伊達は、農家を視察する鬼庭に広報官として付き添って、朝から留守にしている。鬼庭は昼すぎに戻ってくるが、伊達は別の仕事で夕方まで帰ってこない予定だ。

本当に忙しすぎる。部下としては、あまり負担を増やさないようにしてあげたいが……。

茜が、首を傾げたまま言った。

「伊達さんが、矢板さんのことを知らないとは思えないんだけど。どうして結子に教えなかったんだろう？」

言われてみれば「心当たりはありません」という答えは、伊達にしては不自然だ。広報マンをしていた関係で、町内の情報に精通しているのだから。矢板に取材することが決まったと報告したとき、「そうですか。いろいろがんばってください」と返されただけなのも引っかかる。でも、

「忙しくて、矢板さんのことを忘れてただけなんじゃない？」

深く考えることなく、結子は答えた。

矢板の家は、広い庭にビニールハウスがある、二階建ての洋館風の建物だった。

「ようこそ、新藤さん。いやはや、広報紙に取材してもらうのは十三年ぶりですよ。うれしいですねえ。ありがとうございます」

玄関に現れた矢板倫三郎は、身長こそ結子より低いものの肩幅が年齢の割に広く、早口でしゃべる男性だった。おまけに訛りがひどくて、久々に話を聞き取りにくい相手だ。そちらに気を取られたので聞き逃しかけたが、十三年前といえば伊達が広報紙を担当していた時代だ。伊達は、矢板と面識があるということ。

やはり忙しすぎて、矢板のことを忘れているのだろうか？

「さあ、お入りください。いや、先に庭とビニールハウスを見てもらいましょうか……いやいや、違うな。メインが先だから中ですね。どうぞ」

矢板は一人でぶつぶつ言って、結局、結子を家の中に招き入れた。

「我が家は代々資産家で、ありがたいことにそれほどあくせく働かなくても暮らしていけるんです。それだと世間さまに申し訳ないから、せめてもと思って始めたのが、近場の動植物を調べて、記録に残すことでした。子どものころからそういうのが好きだったから趣味の延長みたいなものだったのですが、おかげでいろいろなことがわかりました。高宝町の植物には、日本でこの近辺にしか生息していないものが多数あったんです。それらを観察したり、採取して育てたりして、私家版の図鑑もつくりました」

矢板は廊下を先導して歩きながら、一気に捲し立てる。

「でもメインは、庭とビニールハウスではないんですか？」

結子がなんとか口を挟むと、振り向いた矢板は得意気に顎を上げた。

「そうなんですよ。植物も魅力的なのですが、生息しているのはあくまで『この近辺』。実は、高宝町にしか生息していない動物を見つけたんです。全身が七色に輝いた、美しい子たちですよ。まだ新種と決まったわけではありませんが、いずれはちゃんと調べて、学会に報告しようと思っています」

新種かもしれない、高宝町にしか生息しない生き物。しかも、全身が七色に輝いている
――そんな動物がいるなんて。

「すごいですね。ぜひ『こうほう日和』で紹介させてください」

「もちろん。というより、あの子たちを紹介してくれないなら、この取材はお断りします」

矢板は、廊下の突き当たりにあるドアの前で足をとめた。

「あの子たちのために用意した、温度と湿度を一定に保った部屋です」

矢板はもったいつけるように、ゆっくりとドアを開けた。胸が高鳴る結子の前で、部屋の明かりがつけられる。

次の瞬間、高鳴っていた胸が凍りついた。

ドアの対面にある壁には、横三つ、縦三つ、計九つの大きめの虫かごが並べられていた。

それぞれのかごの中に、複数の生き物が入れられている。それらすべてが。

蜘蛛だった。

大小さまざまな蜘蛛が、かごの中で蠢《うごめ》いている。八本の脚を、わしゃわしゃ動かして――。

「どうですか、新藤さん？　かわいいでしょう。採取した場所ごとに虫かごを分けて――うん、どうしたんですか、新藤さん？　新藤さん？　新藤さん！」

矢板の声が、どこか遠くから聞こえてきた。

2

次の日の午後。

「――はい、ありがとうございました」

結子はカメラを下ろすと、鬼庭たち四人に一礼した。

「こちらこそ、ありがとう」

「楽しかった」

「鬼庭くんとじっくり話したのは久しぶりね」

鬼庭以外の三人が口々に言う。

鬼庭とその同級生たちに、高南中に関する思い出やこの先望むことなどを座談会形式で語り合ってもらい、写真を撮り終えたところである。高南中プロジェクトの特集に学校があったころの人たちの声を載せたいと思って、前々から考えていた企画だ。

町長である鬼庭にも参加してもらった方が、町民が興味を持つはず。そう思って鬼庭に話を持っていったところ、「なかなか目のつけどころがいい。どうせなら、場所は高南中の校舎がいいだろう。空き教室を使わせてもらえないか、仲宗根先生に相談しなさい」と乗り気だった。同級生も、鬼庭が率先して集めてくれた。

なお、本当は伊達にも参加してほしかったのだが、鬼庭に「輝ちゃんが話題の中心になってしまうじゃないか！」と拒否された。和解――鬼庭の方が一方的に反発していただけだが――を経ても、こういうところは変わっていないらしい。

女性二人が、鬼庭を見てしみじみと言った。

「それにしても、鬼庭くんが町長になるなんてねえ」

「最初に出馬したとき、演説で『私の使命は、みなさんのような貧乏人を減らすことです！』なんて言ってたから、二回目もだめだと思ってたわ」

「あれは高度なジョークだ。高宝町民には、ちょっと難しすぎただけだ」

「そんなことを言ってると、次の選挙でまた落ちるぞ」

男性がからかうと、鬼庭は伸ばした人差し指を唇に当てた。

「ここだけの話にしておいてくれ」

「そのポーズ、次の選挙ポスターで使ったらどうだ？」

男性が笑うと、鬼庭も声を上げて笑った。

――町長も友だちの前では、こんな風に笑うんだ。

意外な一面だった。座談会でも、体育祭や文化祭といった学校行事だけでなく、夏祭りや餅つき大会など地域行事が開催されたときのことを笑顔で話していた。話が盛り上がり、予定の時間を三十分以上すぎてしまったが、とめようとは思わなかった。

話が方々に飛んだのでまとめるのは大変そうだが、いい記事が書けそうだ。

「お疲れさまでした。では、わたしはこれで失礼します」

「なにを言ってるんだ、新藤。私を撮らないとだめだろう」

――ちっ、覚えていたか！

本音を隠して「そうでした」と笑顔をつくった結子は、鬼庭たちと一緒に校舎を出た。同級生たちを見送ると、鬼庭は、校舎に顔を向けたまま命じてくる。

「さあ、私を撮るんだ、新藤」

校舎の外壁には、まだ白いペンキは塗られていない。一口に「白」と言ってもいろいろな種類があるらしく、デザイン担当の大竹がどれを使うか吟味している最中なのだ。ただ、今後一週間以内に作業を始める予定だという。

それを知った鬼庭が「修繕前の校舎を見つめて感慨に耽る私の写真を撮影して『こうほう日和』に掲載したまえ」と言い出したのだ。

鬼庭としては、自分が高南中プロジェクトを応援していることを町民にアピールして、リコールを防ぎたいのだろう。それはわかるが、座談会にも出てもらっているので結子は気乗りしない。

「私のイメージアップになる写真を撮るんだぞ。もっとも、私ほどの被写体だ。イメージダウンになる写真を撮る方が難しいだろうがな」

「蜘蛛を撮るよりはマシか」

「うん？　なにか言ったか？」

「いえ、なにも」

鬼庭に向かって一眼レフカメラを構えた結子は、こっそりため息をついた。

こうして別の仕事をしている間も、矢板の家で目にした天敵の姿が頭から離れない。


昨日、あの後。

結子は、蜘蛛に全身を這いずり回られているような感覚に襲われながら、矢板の話を聞かされた。蜘蛛のために用意したというあの部屋の中で、たっぷり一時間以上。

「この子たちを最初に見つけたのは、二年前。高宝山を歩いている最中でした」

「ほかの地域では見かけないから、私は『高宝蜘蛛』と呼んでいます」

「変わった色をしているから新種に違いないのに、大学の先生に見せたら『新種かどうかわからない』と言うんですよ」

　これくらいの解説を聞くだけなら、高宝蜘蛛を視界に入れなければ耐えられた。しかし、

「見てください、この色。七色でしょう？　確かに一見、ちょっと赤いだけにしか見えないかもしれません。でも光の当たり方によっては、黄色や青に見えるんですよ。ほらほら」

　そんな風に言われ、矢板が掌に乗せた高宝蜘蛛――どう見てもちょっと赤いだけ――を近づけてきたときは、後ろにぱたりと倒れそうになった。

　それから庭、次いでビニールハウスに移動し、矢板が収集している植物を見せてもらった。どの植物も青々と瑞々《みずみず》しく、きれいな花を咲かせているものもあった。こちらを『今月のこだわり』のメインに据えたいと思った結子を制するように、矢板は言った。

「メインは高宝蜘蛛でお願いします。近い将来、絶対に新種として認められて、高宝町の名物になる。いまのうちに『こうほう日和』で特集しておくべきです」

「く……蜘蛛の写真は好みが分かれて、あんまりたくさん載せられませんので……」

　言い訳ではあるが、あながち嘘でもなかった。矢板は子どものように唇をへの字に曲げたものの、「あ、それじゃあ」という一言とともに笑顔になる。

「広報紙の方は植物メインで構いません。その代わり、町のホームページに高宝蜘蛛の写真をたくさん載せてください。誰もが見るわけではありませんし、紙と違ってスペースに制限

がないから、いくらでも載せられるでしょう。高宝蜘蛛にとっては、それが一番いい」

結子にとっては一番悪い。

「植物のことを解説するのは高宝蜘蛛を撮影してからです」と矢板が言い張るので再び高宝蜘蛛の部屋に戻ったものの、結子の両手は手ブレ補正機能でもカバーできないほど震えてしまい、まともな写真は一枚も撮れなかった。

「高宝蜘蛛の美しさに感動するのはわかりますが、もっとちゃんとした写真を撮っていただきたい。そんなことでは、植物の取材もお受けできませんよ」

矢板に顔をしかめられたがどうしようもなく、結子は「今日は体調が悪いので、後日改めて時間をください」とお願いして、なんとかその場をやりすごしたのだった。


町民に町を愛してもらう広報紙をつくるためには、矢板の協力が不可欠。でも高宝蜘蛛の写真は、どうしても撮れない。あきらめて『今月のこだわり』の内容を変えるしかないのか……悶々《もんもん》と考えながら、鬼庭と一緒に校舎に戻った。校内を見て回る姿も撮影しろとのお達しである。

結子は五月、仲宗根と初めて会った数日後に、校舎内を案内されている。そのときも思ったが、「昭和レトロ」という言葉がしっくりくる内装だ。床も壁も天井も木製。教室の廊下側にも木枠の窓があることが、結子にとっては新鮮だった。思ったより傷みが少ないのは、廃校になった後も手入れをする人たちがいるからだろう。

結子の前を歩く鬼庭は、校舎に入ってから静かになった。いつもせかせか歩くのに、歩調も心なしかゆっくりだ。それに合わせて、結子も黙って歩いた。

一階の廊下を進んでいると、教室から物音が聞こえてきた。出店予定の町民が作業中なのだろう。鬼庭と一緒に教室を覗くと、椅子に座った若い男性がカナヅチを手に、板と板を組み合わせて釘を打っているところだった。

結子たちに気づいた男性が、軽く頭を下げる。小太りなのでわかりづらかったが、年齢は結子と同じくらいに見えた。

男性が、さぐるように言う。

「ええと……町長さん？」

「そうだよ、がんばってるね。なにをしているのかな？」

鬼庭が愛想よく応じる。先ほど同級生たちと話していたときとも、普段、結子と話をしているときとも完全に別人だ。

男性は勢いよく直立した。

「ほ……本棚をつくってるんです。俺……いや、僕……じゃない、私は、ここでブックカフエをやらせてもらう予定で……」

仲宗根に見せてもらった企画書の出店予定者一覧に、ブックカフェがあったことを思い出す。今日は木曜日だから、この男性は仕事が休みで、作業を進めているのだろう。

「ブックカフェか。本が好きなんだね」

「はい、子どものころから。名前が北本《きたもと》ですし、せっかくなんで『東北で本屋』ってキャッチフレーズで、やらせてもらおうと思ってます」

「いいねえ、それで行きなさい。間違っても『東北で本気で政治を変える』などと言って町長選挙に出てはいけないよ」

鬼庭は冗談を言った……大きな目が明らかにぎらついたので、冗談のふりをした本気かもしれないが。

「町長選挙なんて、考えたこともありませんよ……」

男性――北本は、勘弁してください、とでもいうようにひきつった笑みを浮かべた後、結子に顔を向けた。

「もしかして、『こうほう日和』の新藤さん？」

「はい。今日は町長の撮影でお邪魔しています」

「お会いできて光栄です。北本茂《しげる》です。すぐに新藤さんだとわかりましたよ。いかにも仕事ができそうだもん。さすが東京から来た人は違いますね。俺たち田舎者には眩しい！」

北本は大袈裟な手つきで目許を覆った。鬼庭と話をしていたときとは打って変わって、クラスに一人はいるお調子者を思わせる。

「ありがとうございます。でも『仕事ができそう』なんて言われたことはありませんし、東京にだって仕事ができない人はたくさんいますよ」

「いやいや。東京の人が、こんな田舎町の役場に就職するってだけですごいですよ。きっと応募してきた時点で、人事の人たちもびっくりして――」

「鬼庭くん？」

駆け足で教室に入ってきたのは、仲宗根だった。

「鬼庭くんじゃないか。なつかしい！」

「電話でお話ししましたが、直接顔を合わせるのはいつ以来かわかりませんね、先生」

鬼庭の笑顔が、先ほど座談会をしていたときのものに近くなった。

「去年、先生がとめてくださらなかったら私は頭に血がのぼってバレンタインデーに辞職して、出直し選挙をするところでした。本当にありがとうございます」

「礼には及ばんよ。君が議員を猿呼ばわりしたのは確かに問題だが、先に向こうが、君の母親を豚とばかにしてきたんだ。辞職する必要なんてない」

鬼庭が町長になったのは一昨年の秋、いまから約二年前だ。その半年ほど後に議員とそんな言い合いをして、よりによってバレンタインデーに辞職しようとしていただなんて。全然知らなかった。

知っていたら、内定を辞退していたかもしれない。

「先生にそう言っていただけると……いま、私は有力な支援者たちから批判され、リコールの動きもあります。しかしホールの建設中止は町民との約束。そのために、ぜひ先生にもご協力いただきたい。具体的には、建設賛成派の人たちを私に寝返らせていただきたい。たくさんの高宝っ子を育ててきた先生なら、それくらい朝飯前でしょう！」

鬼庭は厚かましいことを言いながら、仲宗根にぐいぐい迫る。

「ま……まあ、私が育てた高宝っ子の中には、いろいろな考えの人がいるからね……」

「そんなご謙遜を」

「謙遜しているわけではなくてね……」

仲宗根は数歩後ずさった後、苦笑いを浮かべた。

「相変わらずエネルギッシュだね、君は。子どものころから全然変わってない」

「先生だって全然変わってない――いえ、違いますね。最後に会ったときより若返ってらっしゃる！」

――この前、わたしが撮った先生の写真を見て、『変わってないなあ』と言ったくせに。

結子の白い目に気づいたのか、鬼庭は首を勢いよく横に振った。

「写真ではわからなかったが、先生は昔より滑舌よく、はきはきしゃべるようになったんだ！」

「それは、どんなにきれいな写真でもわかりませんねー」

結子が白々と言うと、仲宗根は再び苦笑いを浮かべた。なんと言ってよいのか困っているのかもしれない。

北本の方は、小刻みに頷いている。

「町長相手にそんな口をたたけるなんて。さすが新藤さんは、東京のできる女だ」

「別に、わたしが東京の女かどうかは……」

さすがにこんなほめ方をされても困る。結子が口ごもっていると、仲宗根が咳払いした。

「なんにせよ、新藤さんが優秀であることは確かだね。そうでなければ、あんなおもしろい広報紙はつくれない。高南中プロジェクトを紹介してもらえば、町民に一気に知れ渡るはずだ。期待しているよ」

「……そうですよね」

結子が答えるまでに間があったからだろう、仲宗根だけでなく、鬼庭も北本も怪訝そうな顔になった。

結子は言う。

「もちろん仲宗根先生は、高南中プロジェクトを特集した『こうほう日和』を、たくさんの町民に読んでほしいですよね」

「それは、まあ、そうだね」

「そのためには、特集号だけコンクールで入賞するような広報紙をつくってもだめですよね、町長」

「当然だ。毎号力を込めた広報紙をつくり続けることが、町民の閲読率アップにつながるんだ。少なくとも私は、そうしてきたぞ」

「そうですよね」

危うく、道を間違えるところだった。

——矢板さんに協力してもらった方がいい広報紙になるなら、迷うことなんてない。

「高南中プロジェクトの特集号だけじゃない、ほかの号も全部、広報コンクールで入賞できるくらいクオリティーの高いものをつくります。ありがとうございました」

結子が一礼すると、鬼庭は怪訝そうな顔から一転、得意げな笑みを浮かべた。

「よくわからないが私の言葉に感銘を受けたようだな、新藤！」

「いいや、鬼庭くんは関係ないよ。たとえ一人でも、新藤さんはいまの結論に至っていただろう。私は新藤さんが、そういう人だと思っている」

仲宗根が穏やかな笑みを浮かべながらも重々しい口調で言うと、鬼庭は、今度は神妙な顔つきになった。

「私もそう思います。人事課は、いい新人を採用したと思っております」

――どこまで調子がいいんですか、町長。

そう口にしたかったが、また北本になにか言われそうなので我慢して、仲宗根に一礼した。

「光栄なお言葉です――では、町長の写真を撮ります」


迷うことなんてないという結論を下した結子だが、蜘蛛が苦手である現実に変わりはない。楓だけでなく、Z県遠宮市の島田由衣香とも、定期的に連絡を取っている。二人ともそれほど離れたところに住んでいるわけではないし、頼めば結子の代わりに高宝蜘蛛の写真を撮ってくれるだろう。でも、それだけのために来てもらうのは心苦しい。結子のことを仕事仲間と認めてくれた片倉に、カメラマンを手配してもらうことも気が引けるし、そもそもそんな予算もない。

どうしたらいいかわからないまま鬼庭の撮影を終えて広報課に戻ると、伊達が声をかけてきた。

「矢板さんの取材はどうでした？」

昨日、伊達は一日役場に戻って来ず、今日も朝から会議に出ていたので、この話をする暇がなかった。

「矢板さんはいい人で取材に協力的なんだけど、苦戦しそうです」

顔をしかめながら席に着き、高宝蜘蛛の話をする。椅子に背を預け結子の話を聞いていた伊達は、真剣そのものの顔つきで唸った。

「懸念したとおりになりましたか」

「懸念って？」

「矢板さんが高宝蜘蛛に夢中であることは、風の噂で聞いていました。『こうほう日和』で取材すれば、間違いなくそれを撮影しなくてはならなくなる。蜘蛛が苦手な新藤くんにはきついだろうと思って、矢板さんのことは教えなかったのです」

そういうことだったのか。でも、

「それなら、わたしが矢板さんに取材すると報告したときに教えてくれればよかったじゃないですか」

「そうするべきか迷ったのですが、高宝蜘蛛と対面した新藤くんのあるがままを受け入れるべきとの結論に達しました」

「それっぽいことを言ってますけど、要はおもしろがっているだけなのでは？」

「否定はしません」

伊達は真剣な顔つきのまま頷いた。

――絶対にこんな人に恋愛感情を抱いたりしない！

握りしめた拳を震わせる結子に、向かいの席から茜が言った。

「要は、蜘蛛の写真を撮ればいいんでしょう。なら、撮れる人に頼めばいいじゃない」

「簡単に言ってくれるけど、ちゃんとした写真を撮れる人なんてなかなかいないよ」

「いるよ、公《こう》ちゃん」

「誰よ、それ？」

「土木整備課の東浦公太さんのこと。私の幼なじみなの」

「公ちゃんは近所に住んでいて、昔から私にとってはお兄ちゃんみたいな人なの。中学、高校と写真部で、昆虫の写真でなにかのコンクールに入賞したこともある。今回の取材にぴったりじゃない？」

茜にそう教えてもらった結子は、すぐさま三階の土木整備課に向かった。後ろから伊達が

「蜘蛛は脚が八本あるから昆虫ではないですよ」と言ってきたが、どうだっていい。

昆虫の写真が上手に撮れるなら、蜘蛛だってなんとかなるはず。

土木整備課に行くと、東浦は眉間にしわを寄せてパソコンのディスプレイを見つめ、キーボードを打っていた。傍らに立った結子は、遠慮がちに声をかける。

「東浦さん、少しお時間いただけますか」

東浦は返事をしないどころか結子の方を一瞥すらせず、キーボードを打ち続ける。

「あの……東浦さん？」

東浦の反応は変わらない。まさか、無視している？　どうしていいかわからないでいると、山之内が大きな声で言った。

「東浦さーん、新藤ちゃんが呼んでるよ！」

「え？　あ、はい」

目を丸くして周囲を見回した東浦は、結子を見ると「おお」と驚きの声を上げた。

「ごめん。もしかして、僕に話しかけてた？」

「ええ、まあ」

「東浦さんはなにかに集中すると、周りが見えなくなっちゃうんだよ」

山之内が背中を掻きながら、なんでもないことのように言った。

「悪かったね。それで、僕になんの用？」

東浦に促され、かいつまんで事情を説明する。

「——というわけで、お願いできませんか」

結子の話を聞いた東浦は、まじまじと顔を見上げてきた。

「新藤さん、蜘蛛が苦手だったのか」

「はい、とても」

「うわぁ……マジか……信じられない……マジか……いや、でも……マジか……」

なにもそんなに「マジか」と連呼しなくても、と思っていると、東浦がなにか言いかけた。

それより先に、土木整備課全体から笑い声が起こる。

「新藤さんって蜘蛛がこわいの？」

「都会っ子だから蜘蛛をあんまり見たことがないんじゃない？」

「しかも女の子だしね」

結子は土木整備課の課員全員をまとめて視界に入れ、敢然と胸を張った。

「たとえわたしが生まれ変わって田舎育ちになっても、男性になっても、蜘蛛が苦手であることに変わりはありません！」

「なんだよ、その宣言？」

東浦があきれ声で言った。確かに……我に返った結子は、慌てて本題に戻る。

「それより東浦さん、さっきなにか言おうとしませんでした？」

東浦は「ああ」と気のない相槌を挟んで続ける。

「言いたかったことは、だいたいほかの人たちが言ってくれた」

「……そうですか」

蜘蛛を頻繁に目にする田舎の人が結子に抱く感想は、似たり寄ったりなのかもしれない。

山之内が笑いながら言った。

「蜘蛛が苦手だからって東浦さんを巻き込まないでよ、新藤ちゃん。昨日も言っただろう、こっちはもっと大きな仕事をしてるんだ——ねえ？」

最後の一言は、東浦に向けられたものだった。東浦は「はい」と応じて結子に言う。

「無理に矢板さんに頼まなくても、誰かほかの人に取材すればいいんじゃないの？」

「今回の特集には、矢板さんの力が絶対に必要なんです。あんなに高宝町の動植物に詳しい人は、ほかにいませんから」

「町内の植物や動物を写した写真を並べて解説を書けば、立派な特集になるでしょ」

「それだとだめなんです。広報紙には、人が載っていた方がいい。知っている人や、知らなくても馴染のある地域に住んでいる人が載っていたら、それだけで興味を持ってもらえるじゃないですか。だから『こうほう日和』には、全部のページに人の写真を載せるようにしているんです」

直接教わったわけではないが、伊達がつくった『こうほう日和』を読んでいるうちに気づき、実践していることだった。

「だから今回の『今月のこだわり』にも、矢板さんの写真を解説と一緒に、全部のページに載せたいんです」

東浦は虚を衝かれたように目を丸くした後、ぽつりと呟いた。

「なるほどねえ。そんな工夫をしてたんだ」

感心してもらえた？　いけるかも？　結子の胸に芽生えた希望をかき消すように、東浦は首を横に振った。

「そういうのはすごいと思うけど、時間がないから手伝えないよ。悪いね」

「公ちゃんは伊達さん時代の『こうほう日和』を読んで、『おもしろい』って言ってたんだよ。なのにいま協力的じゃないのは、土木整備課の空気に染まっちゃったからかも。公ちゃんって、よく言えば協調性があって、悪く言えば周りの影響を受けやすいの。広報課に協力的な部署に異動になれば、きっと力を貸してくれると思う」

広報課にすごすご戻った結子に、茜は東浦をフォローする言葉を並べ立ててきた。

「異動になってからじゃ遅い。東浦さんの力は、来月号に必要なの」

結子がため息交じりに返すと、茜は申し訳なさそうに言った。

「ごめんね、公ちゃんを推薦しておきながら」

「謝らないでよ、茜のせいじゃないんだから」

「それもそうか」

一転してにっこり笑う茜に、「おいおい」と思わずにはいられない。

とはいえ、茜のこういうところは嫌いではない。

「でも、そうか。東浦さんは、伊達さん時代の『こうほう日和』を読んでた――」

そこまで言ったところで気づいた。

「そうだ、伊達さんがいる」

灯台下暗しとはこのことだ。結子は、伊達の方に顔を向けた。

「お忙しいことはわかってますけど、非常事態ですし、なんとか一時間ほどいただけないでしょうか、伊達さん？」

「私だって伊達さんがいいかと思ったけど、蜘蛛に関しては公ちゃんの方が適任なんじゃないかと……」

「僕も羽田くんの意見に賛成です」

伊達が、パソコンのキーボードを打つ手をとめて言った。

「新藤くんが『どうしても』と言うなら僕が撮っても構いませんが、これを見たら、やはり東浦くんに頼みたいと思うことでしょう」

「『これ』ってなんですか?」

「いまメールで送ります」

伊達がマウスとキーボードを操作すると、結子のもとにURLが書かれたメールが送られてきた。それをクリックすると、ディスプレイに「身近な生き物」という素っ気ないタイトルのブログが表示された。運営しているユーザー名は「ヒガシ」というらしい。

「東浦くんがやっているブログですよ」

「東浦さんだから『ヒガシ』なんですね。ブログを知っているなんて、伊達さんはあの人と仲がいいんですか」

「それほど親しいわけではありませんが、何年か前、忘年会で隣の席になったときに教えてもらいました。写真中心のブログで見られても特に困ることはないので、本人も内緒にはしていないようです」

取り立てて愛想があるわけではない東浦が、親しくない伊達に自身のブログを教えたというのは意外だった。

それだけ自分の写真に、自信があるということなのかもしれないが。

「タイトルのとおり、高宝町を中心に、東浦くんの身近に生息する生き物の写真が掲載されています」

伊達の言葉を聞きながら写真を見ていく。ざっと見たところ動物や植物は少なく、ほとんどが昆虫の写真のようだった。昆虫ではないらしいが、高宝町の至るところに生息する蜘蛛の写真もあるかもしれない。薄目にして、おっかなびっくりマウスで画面をスクロールさせていた結子だったが、ほどなく目を見開いた。

カブトムシやクワガタ、チョウ、セミ……よく目にする虫たちが、いまにも動き出しそうな迫力で写されている。被写体に張りつき、一番いい瞬間にシャッターを切らなければ撮れない写真ばかりだ。

「公ちゃんは、図鑑を調べたり、詳しい人に話を聞いたりして被写体のことを知ってから写真を撮っている。だから、こういう写真が撮れるんだよ。撮影のときの集中力もすごいの。すぐ傍に誰かがいても、気づかないくらい。私にはああいうことができないから、尊敬している」

茜の言葉が大袈裟でないことは、結子が身をもって経験している。

「どうですか？」

伊達の問いかけに、結子はディスプレイを見つめたまま答える。

「東浦さんにお願いしたいです」

3

どうすれば東浦に、高宝蜘蛛の写真を撮ってもらえるのか？　茜は「私から公ちゃんに頼もうか？」と言ってくれたが、普通に頼んだところで断られることは目に見えている。

「というわけで、なにかいいアイデアはないでしょうか？」

結子が片倉に相談したのは次の日、十月一日のことだった。町ネタを求めて広報課に来たところを捕まえて、応接スペースに来てもらっている。

片倉は、知らない人が見たらむっとしているようにしか見えない顔で腕組みをした。

「そこまで広報課を軽んじている相手だと、一筋縄では行かないでしょうね。ちなみに、伊達さんはなんと？」

「相談していないんです。ものすごく忙しくしていますから、これ以上は煩わせたくありません」

それほど時間がかからない高宝蜘蛛の撮影ならまだしも、解決策があるのかどうかもわからない相談につき合わせるのは心苦しい。

「確かに、伊達さんはお忙しそうだ。私も最近は、あまり顔を見てませんよ。さすがに働きすぎなのではありませんか？」

「ワーカホリックなのかもしれませんね」

「そんな一言で片づけてよいものか」

片倉が声を落とす。

「町長が自身のイメージアップのため、伊達さんを広報官として連れ回すことが増えているのではありませんか。それに関しては、うちの新聞にも責任はありますが」

日京新聞L県版は、高宝駅の前に多目的ホールを建設するべきという「識者」の主張を定期的に掲載している。どうやら日京新聞のデスクが建設賛成派の議員とつながりがあって、援護射撃しているらしい。駅前には建設賛成派の幟が少しずつ増えていて、鬼庭はぴりぴりしている。

「偏向報道と言われても仕方がないと思っています。申し訳ない」

「謝らないでください。伊達さんは、そういうことは気にしないタイプですから」

「だといいのですが。そういえば伊達さんは、高宝火礼祭の準備期間中、歴代の実行委員長に話を聞いて回ってもいたようですね。あの人たちの談話は、九月号に載っていませんでした。どうしたんですか？」

　高宝火礼祭は、例年、八月末に開催される。去年は、その模様を九月号の『こうほう日和』に大々的に掲載した。しかし、今年は見開きページで写真を何枚か掲載しただけだ。

「高宝火礼祭は去年、大きく取り上げたから、今年は控え目にしたんです。伊達さんの取材についてはなにも聞いてませんけど、そのうちウェブの広報に載るんじゃないですかね」

　結子はひとまずそう言ってから、軽く息をついた。

「東浦さんの説得は難しいか……変な相談をしてしまってすみません」

「構いませんよ。むしろ、仕事仲間に頼られるのはうれしいことです」

　片倉の唇の両端が、よく見なければわからないほど微かに持ち上がった。そのすぐ後に、目を眇める。

「どうしたんですか」

「いや……気づいたことがありまして。私は新藤さんに出会ってから刺激を受けて、ますます仕事に使命感を持つようになりました。新藤さんは、去年の前半はともかく、後半以降はすばらしい仕事をしている。刺激を受けないわけがない」

「それは……光栄です」

　急に話が変わったことに戸惑いながらお礼を言うと、片倉は告げた。

「ですから、私が思うに東浦さんの考えを変えるには――」

片倉のアイデアを聞いているうちに、結子は段々と身を乗り出し、最後には何度も頷いた。

「どうでしょうか、この考えは？」

「いけそうです。ありがとうございます。片倉さんに相談してよかった！」

結子の口許に笑みが浮かぶ。片倉も「よかったです」と応じ、応接スペースに和やかな空気が漂った。いまなら言ってもいいかな、と思い、結子は続ける。

「片倉さんと、とっても話しやすくなりました。少し前までは、わたしと話すとき緊張しているように見えましたからね。本当のことを言うと、わたしのことを話しにくい女だと思ってるんじゃないかって心配してたんですよ。いま思うと、茜は、片倉さんがわたしのことを好きだからだ、なんて的はずれな誤解をしていたみたいですけどね」

片倉が、はっきりと苦笑いを浮かべた。

「的はずれだと思いますか」

「もちろん。だって片倉さんは、去年、わたしが酔っ払って意識をなくした後で、あんな言動を取る女性を守る自信はない、みたいなことを言っていたじゃないですか。そんな女を好きになるはずありません」

片倉が虚を衝かれた顔になった。しかし、すぐに再び苦笑いする。

「なるほど。新藤さんが鈍いだけじゃない。私の自業自得だったわけか」

「え？」

「なんでもありません。うまくいくといいですね」

よくわからなかったが、結子はしっかりと頷いた。

「うまくいくと思います、片倉さんのおかげで」


片倉を見送って席に戻ると、茜が心配そうに声をかけてきた。

「片倉さんに相談したところで、いいアイデアが浮かばなかったんじゃない？　やっぱり私から、公ちゃんに頼む？」

「大丈夫、なんとかなりそう。茜には、間接的に手伝ってもらうことになると思う」

これは片倉ではなく、先ほど結子が思いついたアイデアだ。

「間接的って？　なにをすればいいの？」

「普通にしていてくれればいい。それから、東浦さんの集中力を尊敬しているらしいけど、茜だってすごいと思うよ」

「どういうこと？」

不審そうな茜には微笑むだけにして、結子は受話器に手を伸ばした。これから三人の人物に連絡しなくてはならない。

そのうちの一人は茜に電話をしているところを聞かれたくないので、後で携帯電話からかけるつもりだった。


二日後。十月三日。

「まさか新藤さんと、日曜日にドライブすることになるなんてね」

東浦は助手席で、サイドウィンドウに顔を向けて言った。結子はアクセルを踏み込んで答える。

「お願いしておいてなんですけど、わたしも東浦さんがあっさり引き受けてくれるとは思いませんでした」

土木整備課の人たちと直接会って、インフラに関する要望を伝えたいという町民がいる。広報課にも立ち合ってもらって、場合により『こうほう日和』に載せてほしいと言っている。一緒に行ってほしい——片倉と会った後、結子が土木整備課に行ってそうお願いすると、東浦は思いのほかあっさり了承してくれた。しかも、日曜日でも構わないと言ってくれたのだ。

東浦は、サイドウィンドウに顔を向けたまま答える。

「三島《みしま》地区はインフラが老朽化していて、いろいろ大変そうだから」

結子たちが向かっている三島地区は、山あいにある小さな集落である。高宝町の中心部――といっても閑散としているが――から離れていることもあり、人口は百人ほどしかいない。集落につながる道路は狭くて走りにくい上に、アスファルトが古くなっていてがたがただ。

「この道になにかあったら通行止めになって、三島地区は陸の孤島と化す。これに関しても、なんとかした方がいいな」

そう呟いたときだけ東浦は、フロントガラスに顔を向けた。

二十分後。三島地区に到着した結子は、広場に車を停めた。事前に聞いていたとおり人がたくさん集まっていて、方々から声が上がっている。

「なにをしているんだ？」

車から降りた東浦は、困惑気味に呟く。結子が説明するより先に、若い男性が走ってきた。結子と同世代で、がっちりした体格。昨年末に会ったとき茶髪だった髪は、いまは金色になっている。

「久しぶりだな、結子！」

屋代蓮司《やしろれんじ》は満面の笑みを浮かべて言った。昨年、結子が初めて担当した『こうほう日和』で取材した相手である。

「お久しぶり、屋代くん。その髪はどうしたの？」

「彼女をつくるための最終手段だ。これでできなかったら、俺は一生一人で生きていく」

「それを最終手段にしなくても、屋代くんなら彼女ができると思うけど」

「できないんだよ、全然。リーダーとしては尊敬されてるのによぅ！」

「あの……二人は、どういう関係？」

遠慮がちに訊ねる東浦に、屋代は無意味に金髪をかき上げた。

「まずは自己紹介からだな。第九区自主防災会のリーダーをしている屋代っていいます。親父の後を継いで農業をやってます」

農家だったのか、と結子は密かに驚く。「彼女がほしい」と騒いでいる印象が強すぎて、社会人だという認識がなかった。

「自主防災会？　ひょっとしてこれは、防災訓練ですか？」

東浦が、広場に集まった人たちに目を向ける。人数は、ぱっと見では数えられないほど多い。そのうちの半分……いや、七割近くが高齢者だ。彼らに、五人の若い男女が消火器やAEDの使い方を説明していた。ほかにも、パネルに貼った地図で避難経路を解説したり、足を引きずった人を支えて歩く方法を実践したりする若者もいる。

屋代が誇らしげな笑みを浮かべた。

「そうですよ。もしもの災害に備えて、定期的に訓練しているんです」

「熱心ですね。よその防災会と合同でやってるんですか?」

東浦は、そうでなければこんなに人が集まるはずないと思っているのだろう。無理もないが、屋代は当然のように首を横に振った。

「うちの防災会だけですよ。集落の、ほぼ全員が参加してくれてるんです」

「えっ?」

東浦が驚きの声を上げると、屋代はまたも無意味に髪をかき上げた。

「少し前は、うちの防災会もいい加減に活動しているだけだったんですよ。でも結子に取材してもらって変わりました。最初は彼女ができると思ってがんばってたんですけど、そのうちにここが熱くなっちまって。自分たちの住んでる場所は自分たちの手で守るってね」

ここ、と言いながら、屋代は自分の胸を右拳で音がするほど強くたたいた。

「俺たちの気持ちが伝わって、参加者も増えてきましてね。いまじゃ、こんな感じです。うちに刺激を受けて、ほかの防災会も盛り上がってるんですよ。全部、結子のおかげです」

屋代は胸をたたき続けながら、髪を何度もかき上げる。どちらか一方にした方がいいと思うし、そもそも繰り返しすぎだ。こういうところが彼女ができない原因なのでは、とアドバイスした方がいいのか迷いもする。

それでも結子の目頭は、じんわり熱くなった。

「三島地区の人がインフラの要望を伝えたいというのは口実。本当の目的は、広報紙で変わった人と会わせて僕を感動させること。そうすれば、僕が高宝蜘蛛の撮影をすると思っているんだね」

三島地区を後にするなり、東浦はまたサイドウィンドウの方に顔を向けて言った。

「わかっちゃいました？」

東浦に見抜かれるのは想定内なので、結子はすんなり認める。これが片倉から提案されたアイデアだった。いけると思った結子は、二日前、屋代に電話して、『こうほう日和』がきっかけで自主防災会が盛り上がったことを話してほしいと頼んだのだ。

「わかるに決まってるよ。さっきの屋代さん、工事の要望なんてほとんどしなかったからね。新藤さんが、屋代さんの話を聞いているうちに自分が感動して、泣きそうになっていたこともわかってるよ」

これに関して見抜かれることは想定外だったので、「屋代さんたちを見て、どう思いました？」と質問をぶつけて話を逸らす。東浦は、結子の方は見ないまま答えた。

「防災会をあんなに活発にしたことはすごいと思うよ。でも、たまたまうまく行っただけだとも思うから、感動なんてしてない」

「そう言われると思いました。では次に、高南中の校舎にいる人に会ってください」

「インフラに関する要望はどうしたの？」

「校舎の周りの道路も、だいぶがたが来てますから」

東浦はこれみよがしにため息をついたが、「行かない」とは言わなかった。

道すがら、高南中プロジェクトのことや、十二月号の『こうほう日和』で一大特集を組むため取材を続けていることを東浦に説明する。

「この号の『こうほう日和』を、広報コンクールに出品したいんです。入賞できれば町の人は『こうほう日和』がすごいと思って、もっと読んでくれるようになる。高南中プロジェクトのことも、たくさんの人に知ってもらえる。あ、広報コンクールというのは――」

「知ってるよ。伊達さんが広報マンだった時代、毎年入賞していたやつでしょ。あれってちょっと気合いを入れてつくれば、誰でも入賞できるんじゃないの？」

「伊達さんだったから、簡単に入賞しているように見えただけです。あの人は、凄腕の広報マンなんですから」

東浦が、結子の方に顔を向けた。

「随分と弾んだ声で、目をきらきらさせて伊達さんのことを語るんだね」

「そうでもないと思いますけど」

「自覚がないんだ。推しのアイドルについて語っているみたいなのに」

「伊達さんがアイドル？　やめてください、アイドルをしている人たちに失礼です！」

結子が強い口調で言っても、東浦は黙って首を横に振るだけだった。釈然としないでいるうちに、高南中に到着する。教職員が使っていた駐車場には、今日は車が何台も停まっていた。校舎に入る。日曜日なので鬼庭の写真を撮りにきたときより作業している人が多く、あちこちの教室から声が聞こえてきた。

音楽室からは、吹奏楽の演奏も聴こえてくる。仲宗根が、開館式には町内の有志に集まって演奏してもらうと言っていたから、その練習だろう。開館式は高南中プロジェクトの一つの区切りになるので、相当気合いが入っているようだ。

「結構にぎわってるね」

「そうですね。みなさん、教室をアートスペースやカフェに改装するために作業しているんです。いまのところ、全体の六割ほどの教室に出店の申し込みがあったそうです」

「そんなに？」

「はい。でも満室にしたいですから、もっとたくさんの人にこのプロジェクトのことを知ってもらわないと」

東浦と会話を交わしながら一階の廊下を歩いていると、三日前、北本が作業していた教室に明かりがついていることに気づいた。通りすがりに覗くと、巻き尺で本棚の寸法を測る北本の姿があった。

平日だけでなく、日曜日まで……。

北本は結子に気づくと、微かに頭を下げただけで作業に戻った。この前は結子のことをいろいろほめてくれたが、今日は作業に集中したいのだろうか。声はかけず、頭を下げ返して廊下を進む。

「もっとたくさんの人に、このプロジェクトのことを知ってもらわないと」

自然と力を込めて繰り返した。東浦は軽く頷く。

「わかったよ。それで、僕は誰と会えばいいの？」

「高南中プロジェクトの企画者で、この学校の校長もしていた人です。職員室だった部屋で待ってもらってます」

校舎内を一通り回り、作業している人たちを東浦に見せてから昇降口まで戻る。旧職員室は、入口側から見てここの左手にあった。

「ようこそ」

中に入ると、企画者こと仲宗根が笑顔で迎えてくれた。広々とした部屋には長机とパイプ椅子が何脚かあるだけだが、ここが出店希望者たちの相談に乗る本部となっている。

「初めまして。仲宗根と申します」

仲宗根はわざわざ椅子から立ち上がると、自分よりはるかに年下を相手にしているとは思えないほど丁寧に名乗った。

「……東浦です」

対照的に、東浦の表情は硬い。仲宗根はにこやかな眼差しで、長机を挟んで並べられた椅子に座るよう促してきた。結子たちがそれに従うと、自分も座ってから東浦に言う。

「そんなに緊張しないで。ここは、みんなの憩《いこ》いの場所なんですから」

いつものように包み込むような声で、仲宗根は言った。東浦の表情が、少しだけやわらかくなる。

「憩いの場所、ですか」

「そうです。もともとこのプロジェクトの参加者には、熱意のある者が多かった。とはいえ、出店希望者が少ないことが悩みの種でした。でも『こうほう日和』で特集を組んでもらえることになってから、一気に流れが変わった」

仲宗根の声が、徐々に熱を帯びていく。

「広報紙が『こうほう日和』に生まれ変わってから、たくさんの町民が読んでますからね。

それに特集されるというだけで、プロジェクトに箔がつく。おかげで出店希望者が増えた。寄附金も、従来より幅広い層から集まるようになった。すべて、新藤さんのおかげです」

「わ……わたしは、そこまで……」

結子は慌てふためいてしまう。屋代同様、仲宗根にも『こうほう日和』で変わった人たちについて話してほしいと頼んではいた。しかし、結子自身のことに触れてもらえるとは思いもしなかった。

「謙遜する必要はない。『こうほう日和』を読んでいる町民は、新藤さんが思っている以上に多いんです。担当になって一年半しか経っていないのに、たいしたものですよ。おかげでプロジェクトは順調に進んでいます。特集号が発行されれば、空いている教室にも申し込みが増えるはず。期待してますよ」

「……はい」

またも目頭が熱くなりかけたが、状況が状況だけに、息を深く吸い込んで気を鎮めた。

「仲宗根さんは、インフラに関する話を一切しなかったね」

高南中を後にするなり、東浦はサイドウィンドウに顔を向けて言った。まるで三島地区を後にしたときの再現だ。

「土木整備課の人たちの言うとおり、確かに広報紙づくりは予算が少ない、役場の中では小さな仕事かもしれません」

「もう言い訳するつもりもないのか」

東浦のあきれ声は聞こえなかったふりをして続ける。

「広報紙がよくなったところで、町が目に見えてよくなるわけでもありません。その点、土木整備課の仕事とは対極にあるかもしれませんね。でも広報紙がよくなれば、住民が変わるんです。少しずつかもしれないけれど、一歩一歩確実に」

「そういう例もあることは、さすがに認めるよ。まあ、新藤さんの気持ちは――」

「わからなくはないけど、協力はできない。そんなところですよね」

言いたいであろうことを先回りすると、東浦は結子に顔を向け、戸惑いつつも頷いた。

「まあ……そうだね」

「そう言われると思いましたけど、実はもう一つ、お見せしたいものがあるんです」

「広報紙で変わった人なら、もう充分だよ」

「それと似ているけれど、ちょっと違います」

最後の目的地には、すぐに到着した。都心では一億円払っても買えそうにない、三階建ての大きな一軒家だ。結子がその前で車を停めると、東浦が言った。

「ここ、茜の家じゃないか」

「そうです」

結子と東浦が車から降りると、玄関のドアが開き、茜がそのまま年齢を重ねたような女性が姿を見せた。茜の母、紅子《べにこ》だ。

「いらっしゃい、結子さん。公ちゃんはお久しぶりね。さあ、入って入って」

「あ……ありがとうございます……？」

東浦は言われたとおりにしたものの、困惑を隠せずにいた。久々に訪れた幼なじみの家にいきなり招き入れられたのだから当然だろう。

結子にとっては、事前に電話でお願いしていたとおりだ。

紅子は「好きにしてくれていいからね」と言い残し、リビングに入っていった。結子と東浦は、二階に続く階段の前に残される。東浦はリビングの紅子に聞こえないように、小声で訊ねてきた。

「どういうことだ？」

「すぐにわかりますよ」

結子が階段をのぼると、東浦もついてきた。二階の廊下を進み、突き当たりにあるドアの前で足をとめる。

「そこは茜の部屋――」

「しーっ」

人差し指を自分の唇に当てた結子は、ドアを少しだけ開けて、東浦を手招きした。東浦はまごつきながらも近づいてくる。二人でドアの隙間から、そっと部屋の中を覗く。

そこでは茜がペンタブレットに向かって、一心不乱に手を動かしていた。いつもと違って子どもじみて見えないのは、ポニーテールを下ろしていることだけが理由ではない。目つきが、射ぬくように鋭くなっているからだ。

「茜」

結子が呼びかけても、茜は見向きもせず手を動かし続けている。

「茜。茜ってば！」

少し声を大きくすると、茜はようやくこちらに顔を向け、「うわっ！」と奇声を上げた。

「な……なんで結子と公ちゃんがいるの？」

「イラストの連載がどうなっているか、確認しにきたの」

「ばっちりだよ。迷惑かけたけど、今夜中に終わる」

「イラストの連載って、なんのことだよ？」

東浦の質問に、茜が答える。

「私は『こうほう日和』の『こうほうイラスト探訪』っていう連載の絵を、毎月描いているの。十月号の締め切りは一昨日だったんだけど、どうしても色味が気に入らなくて、結子に締め切りを延ばしてもらったんだ」

「それで日曜日なのに、家で仕事をしてたのか」

「うん。休みの日に仕事なんて嫌だったけど、自分で言い出したことだからね」

「随分と集中していたみたいだな」

「そんなこともないと思うけど」

——そんなことはある。あなたの集中力だってすごいんだよ、茜。

心の中で結子は言った。「こうほうイラスト探訪」の絵を描いているときの茜が周囲の物音に一切反応しなくなることは、一緒に仕事をしていればよくわかる。広報課に異動が決まったときはショックを受けていたが、なんのかんの言って一生懸命なのだ。

だから連載が続いているのだし、町を歩く子どもの姿を描くため、朝から結子の取材に同行したこともあった。

子どもじみた顔つきに戻った茜は、不満そうに言った。

「来るなら事前に連絡してよ。部屋を片づけておきたかったのに」

「ごめん。でも紅子さんに相談したら、『茜の部屋は私が片づけておくから気にしないで。

公ちゃんにだって、いまさら見られても構わないだろうし』と言われたから」

「あ、なんか部屋がきれいだと思ったら、お母さんが片づけてくれてたのか」

こんなことでよくもまあ、「部屋を片づけておきたかったのに」などと言えたものだ。

結子は、東浦を振り返った。

「わたしも茜も、毎号、全身全霊を込めて『こうほう日和』をつくってます。『こうほう日和』を読んで変わってくれた人たち、これから変わってくれる人たちのためにも、手は抜けません。それでも力が足りなくて、思うようなものをつくれないことがあります。今回の特集――『今月のこだわり』もそうです。だから、東浦さんの力を貸してほしいんです」

結子が頭を下げると、茜も傍に来て「なんだかよくわからないけど」と言いつつ一緒に頭を下げてくれた。

東浦は、大きなため息をつく。

「わかった。手伝うよ」

4

〈今日来てくれて構いません〉

矢板に電話をするとそう言ってもらえたので、茜の家を出てから一旦東浦の家に行き、カメラを用意してもらった。それからすぐ、矢板の家に行く。

「周りに人がいると気が散るから、一人で撮らせて」

高宝蜘蛛がいる部屋の前で東浦が言うと、結子は即答した。

「はい、喜んで！」

「別に喜んでもらう必要はないけど。矢板さんは、新藤に植物について教えてあげてください」

「わかりました。上手に撮ってくださいね。高宝蜘蛛たちも、その方がうれしいはずです」

頷いた東浦が部屋に入ると、結子は矢板に連れられ庭とビニールハウスに移動し、植物の生息地や形態に関する説明を聞きながら写真を撮った。

まさか、こんな楽な取材になるなんて。シャッターを切れば切るほど、東浦に悪い気がしてしまう。

東浦は、小一時間ほどしてからやって来た。

「かなりたくさん撮りましたよ。こんな感じでどうですか？」

東浦が、ぐったりしながらカメラのディスプレイに高宝蜘蛛を表示させ、矢板に見せる。

咄嗟に二人から離れた結子の耳に「おお！」「むう！」「かわいい！」という矢板の声が聞こ

えてきた。最後の一言は絶対に理解できなかったが、矢板は大満足の顔で頷いた。

「ありがとう、東浦くん。どの写真をウェブに載せてもらうかじっくり考えたいので、データを送ってください。明日の夜までに返事をします」

よかった——安堵の息をついた結子は、膝からくずおれそうになった。

「ありがとうございました。おかげで十一月号の『今月のこだわり』はすばらしいものになります。東浦さんのおかげです！」

矢板の家を出た結子は、飛びつかんばかりの勢いで東浦に言った。

「どうも」

東浦の方は結子を見ず、素っ気なく返してきただけだった。その後は二人とも無言で車に乗り込む。結子がエンジンキーに手をかけると、東浦は先ほどまでと同じようにサイドウィンドウの方を向いた……と思いきや、すぐさま結子に顔を向ける。

「なんですか？」

「たいしたことじゃない……いや、たいしたことかな。黙っていてもいいんだろうけど、それもなんだか違う気がするし……」

東浦はぶつぶつ言った後、意を決したように背筋を伸ばした。

「新藤さんたちが必死に広報紙をつくっているのに、黙っているのは失礼だ。本当のことを言う」

本当のこと――身構える結子から視線をわずかに逸らし、東浦は言った。

「僕が取材に協力することを渋ったのは、広報紙が小さい仕事だからじゃない。本当は、蜘蛛が苦手だからなんだ」

「――蜘蛛が苦手」

無意味に復唱することしかできない。東浦は頷いた。

「最初に新藤さんから高宝蜘蛛の撮影を頼まれたとき、すなおに打ち明けて、断ろうとしたんだ。でも山之内課長たちが、蜘蛛が苦手と話した新藤さんのことを都会っ子だから、女の子だから、みたいにばかにし始めただろう？　だから言いづらくなって……高宝町で生まれ育った男なのに蜘蛛がこわいなんて知られたら、なにを言われるかと思うと……」

「山之内課長たちがわたしにあれこれ言う前に、東浦さんはなにか言いかけましたよね。もしかして、自分も蜘蛛が苦手だと言おうとしたんですか？」

「そうだよ。でも言えなかったから、『言いたかったことは、だいたいほかの人たちが言ってくれた』なんて口にしてごまかしたんだ」

「……なるほど」

そうとしか言いようがない。

「なんとか写真を撮り終えた後は、ぐったりしてしまったよ。くだらない見栄を張って、新藤さんに嫌な思いをさせたし、余計な手間を取らせてしまった。すまなかった」

「ええと……」

東浦は、大きな身体を縮こまらせている。それを見た結子はエンジンキーを回し、車を発進させてから言った。

「謝るのはわたしの方です。東浦さんが蜘蛛が苦手だと知っていたのに、黙っていたんですから」

しばらくの間、エンジン音だけが車内に響き続けた。結子がフロントガラスの方に視線を固定させているのは、安全運転を心がけていることだけが理由ではない。

車がだいぶ進み、東浦の家まで残り半分ほどの距離になってから、かすれた声が鼓膜に触れた。

「気づいていたって……いつから？」

東浦の顔を見ることができないまま、結子は答える。

「漠然と引っかかっていることはいくつかあったんですけど、気づいたのはついさっき、東浦さんが高宝蜘蛛の写真を撮る直前です。あのとき東浦さんは、一人で撮らせてほしいと言いましたよね。理由は、周りに人がいると気が散るから。でも東浦さんは、一つのことに集中すると周りが見えなくなりますよね。気が散ることを理由に一人になりたいなんて、釈然としません」

「それはそうだけど……でも、蜘蛛が苦手な新藤さんが部屋に入らないで済むように気を遣った、とは考えなかったの？」

「考えませんでした。わたしだけじゃない、矢板さんも部屋に入《い》れなかったから」

「どういうこと？」

「茜から聞いたんですけど、東浦さんは被写体のことを調べて、詳しくなってから写真を撮っているそうじゃないですか。初めて撮影する高宝蜘蛛に詳しくなるために、矢板さんの説明は不可欠だったはず」

「……いつもの僕なら、矢板さんに高宝蜘蛛の説明をしてもらいながら撮っただろうね」

裏を返せば、あのときの東浦はいつもとは違っていた。そのことを、本人が認めたということだ。

「矢板さんの説明がなくても、いい写真が撮れたみたいじゃないですか」

「フォローありがとう。でも、そうだよ、新藤さんのお察しどおり。僕は高宝蜘蛛に怯えているみっともない姿を見られたくなくて、一人で撮影したかったんだ」

　東浦の方を見ることができない。

「引っかかっていることがいくつかあると言ったよね。ほかには？」

「四日前、わたしが土木整備課に原稿の催促に行ったとき、東浦さんは蛍光灯の交換をするよう言ってきましたよね。正直、違う課のわたしにやらせることではないと思いました。でも、一人で高宝蜘蛛の写真を撮ろうとする東浦さんを見て閃いたんです。あの蛍光灯の横には、蜘蛛がいました。それを見た東浦さんは動揺して、効率がいいからなんて口実を使ってわたしに押しつけたのではないか、と」

「そうだよ。雑用を押しつけてしまって反省している。さすがに課長たちも、僕をとめようとしたと思う。でも新藤さんが、やると言ってくれたから」

「東浦さんに『こうほう日和』の原稿を確認してもらう方が効率がいいと判断したんです」

「本当に広報紙が好きなんだね」

　東浦は笑い交じりに言った。

「引っかかったのは、それだけ？」

「わたしが、蜘蛛が苦手だから代わりに高宝蜘蛛を撮影してほしいと最初にお願いしたとき、東浦さんが『マジか』と何度も言いすぎだと思いましたが、すぐ傍に蜘蛛がいるのに蛍光灯の交換を押しつけてしまったことがわたしに申し訳なくて動揺して、あんなに連呼していたんですよね」

「そうだね。ほかには？」

「東浦さんはブログをやってますよね。タイトルは『身近な生き物』。高宝町を中心に、東浦さんの身近にいる生き物の写真を載せたブログです」

「新藤さんも見たんだ、僕のブログ。でも、あれのなにに引っかかったの？」

「身近にいる生き物というから蜘蛛の写真もあると思ったのに、一つもありませんでした。だから安心してブログを見ることができたんですけど、高宝町の至るところにいる蜘蛛の写真がないのは不自然です。でも、東浦さんが蜘蛛が苦手で避けているのなら納得できます」

ブログに掲載されているのは、被写体に張りつき、一番いい瞬間にシャッターを切らなければ撮れない写真ばかりだった。苦手な生き物相手では、ああはいかないだろう。

東浦は、大袈裟なため息をついた。

「それだけ根拠があるなら、証拠はなくても僕が蜘蛛が苦手だと確信できただろうね。それなのに、素知らぬ顔をして僕をあの部屋に送り込んで、自分は植物の話を聞きに行ったというわけか」

東浦の声が、徐々に険を帯びていく。おそるおそる横目で見遣ると、東浦は「不機嫌」という単語の見本のようなしかめっ面になっていた。

「東浦さんが撮ってくれるというから、任せてもいいかな、なんて思って……『こうほう日和』のことも、いろいろ悪く言われたし……」

笑ってごまかしたが、実のところ矢板の話を聞きながらシャッターを切れば切るほど、東浦に悪い気がしていた。

東浦は、もう一度ため息をついた。

「まあ、本音を隠していた僕にも責任はあるからね。最初からちゃんと話していれば、新藤さんも楽をできたんだ」

意味がわからない結子に、東浦は言った。

「僕は『こうほう日和』のファンなんだ。それも、筋金入りの」

すぐさまスピードを落として路肩に車を寄せた結子は、サイドブレーキを上げた。東浦が怪訝そうに訊ねてくる。

「どうしたの？」

「びっくりしすぎて運転に支障を来しそうだから停車したんです」

口にしている間も、結子は混乱していた。『こうほう日和』のファン？　筋金入りの？

土木整備課の人たちと一緒に『こうほう日和』を軽く見るばかりで、そんなそぶりは全然なかったのに？

頭の中で疑問符がどんどん増えていく結子に、東浦は言った。

「十年以上前だけど、伊達さんがつくっていた『こうほう日和』を読んで、広報紙っておもしろいと思ったんだよ。毎月、楽しみだった。編集後記で伊達さんが『異動になるので担当するのは今月号が最後』と書いているのを読んだときはショックだった。その後、『こうほう日和』がつまらなくなった挙げ句、『広報こうほう』に変わったときはがっかりした」

確かに茜から、東浦が伊達時代の『こうほう日和』を読んでいたとは聞いた。

でも東浦がよく言えば協調性があって、悪く言えば周りの影響を受けやすいとも聞いた。

「昔は好きでも、土木整備課の人たちに影響を受けて、広報紙を『小さな仕事』だと思うようになったのでは？」

茜の言葉をそのまま伝えると角が立つので無難に言い換えると、東浦は首を横に振った。

「僕は周囲の空気に流されやすいタイプだけど、広報紙が好きという気持ちは変わらなかった。もし自分が広報課に異動になったら。伊達さんの指導を受けて広報紙を盛り上げたいと思っていた。特に写真については、いろいろ教えてもらいたかった。いつか指導を受ける日が来るかもしれないと思って、ブログも教えたんだ。だから山之内課長が『広報紙』と小ばかにしながら言ったときは、心底むっとした」

結子が原稿の催促に行ったときのことだろう。山之内が「広報紙」という単語を鼻で笑いながら口にすると、東浦は露骨に不機嫌そうになった。不機嫌になった原因は原稿の催促をされたことではなく、山之内の言い方にあったのか――と腑に落ちた結子だったが、こらえ切れず大きな声を出した。

「だったら、わたしが高宝蜘蛛の写真を撮ってほしいとお願いしたとき受けてくれればよかったじゃないですか！」

「それについては悪かったよ。でも土木整備課のあの雰囲気では、とても手伝うとは言えなかった」

勝手だと思いはしたが、東浦の言い分もわからなくはなかった。

「蜘蛛が苦手な僕が、いい写真を撮れるかどうかもわからなかったしね」

東浦は、申し訳なさそうな呟きを挟んで続ける。

「でも本当にそれでいいのか、ずっと悩んでいた。だから今日、新藤さんにインフラの要望を聞くのに同行してほしいと言われたときは、即座にオーケーした。一緒に移動している間に新藤さんとじっくり話せば、土木整備課の人たちを納得させる口実が閃くんじゃないかと思ったんだよ」

「だから日曜日なのに、つき合ってくれたんですね」

「そうだよ。でも、口実を考える必要なんてなかった。屋代さんと仲宗根さんの話を聞いて……その……ここが熱くなったから」

ここ、と言いながら、東浦は自分の胸を右拳でたたいた。

屋代と違って、一度だけで、ぎこちなくはあったけれど。

「土木整備課の人たちになんと言われようと構わない。いい写真を撮れる自信はなかったけど、絶対に『こうほう日和』を手伝いたいと思った」

「だったら、せめて茜の家に行く前に言ってくれればよかったのに」

「言おうとしたよ。でも新藤さんが一方的に、僕に協力するつもりがないと決めつけてきたんじゃないか」

――わからなくはないけど、協力はできない。そんなところですよね。

東浦の言いたいであろうことを先回りして、そう告げたことを思い出す。もしかして……。

「わたしが余計なことを言わなかったら、あの場で引き受けてくれたということですか？」

東浦は、首をあっさり縦に振った。

うわ、余計なことを……茜ががんばる姿を見せるのは片倉ではなく、結子のアイデアだったのに……。赤面しかけた結子に、東浦は笑みを浮かべる。

「新藤さんがおっちょこちょいでよかったよ。おかげで、茜のいい姿を見られた」

「おっちょこちょいでよかったとは思いませんけど、どういう意味です？」

「僕にとって茜はいつまでも子どもで、同じ職場なのになんだけど、働いている姿を想像できなかったんだ。でも新藤さんのおかげでわかったよ、茜も社会人なんだって。それも仕事に真剣に打ち込んでいる、尊敬すべき社会人」

　東浦の双眸が細くなる。

「あんな姿を見せられたら、自信がないとか言ってられない。蜘蛛なんて見るのも嫌だけど、気合いで乗り切ろうと心に決めた。そのおかげで、我ながらいい写真が撮れたと思う。結果的には、新藤さんがおっちょこちょいでよかったんだよ」

　やっぱりよかったとは思えないが、結子の口許にも笑みが浮かんだ。

　東浦は、結子を見つめて言う。

「役場の中に、広報紙を軽く見ている人たちがいることは確かだ。でも僕みたいに応援している人も、力になろうとしている人もいる。なにより、町民はほとんど味方なんだ。仲宗根さんも言ってたよね、『こうほう日和』を読んでいる町民は新藤さんが思っている以上に多くて、高南中プロジェクトを特集した号が出れば、利用希望者が増えるって。新藤さんは、すばらしい仕事をしているということだよ。だから、軽く見られたって気にしなくていい。

僕もこれからはできるだけ味方になって、山之内課長たちがなにか言ったらとめるから――って、どうしたの、新藤さん？　もしかして、涙ぐんでる？」

「……いいえ」

結子は咄嗟に、右手の拳で両目を拭った。

「屋代さんと話した後も泣きそうになっていたよね。新藤さんは、茜が言っていた以上に涙もろいんだな」

「そんなこと言ってたんですか、茜。明日、とっちめてやらないと」

結子は無理やり笑顔をつくって、サイドブレーキを下ろした。

――高南中プロジェクトの特集を組んだ十二月号を発行した後で、心置きなく涙を流せますように。

願いを胸に、車を発進させる。

その願いが叶うかどうかわからないことは、承知の上で。

十二月号

コンクールのための広報紙

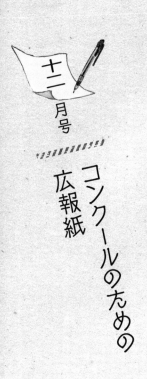

1

「はい、ありがとうございました」

結子の言葉に、糸島美里《いとしまみさと》は肩の力を抜いて息をついた。

「よかった。変な写真になってなきゃいいけど」

「そんなことないです。きれいに撮れましたよ」

結子は一眼レフカメラの液晶モニターに写真を表示させ、美里に見せた。モニターの中では、初老の女性――美里が、シンクの前で両手を重ねて品よく微笑んでいる。このシンクは中古品だそうだが、ステンレスがぴかぴかに磨かれていて、一見、新品と変わらない。

「まあ、見られないことはないわね。新藤さんが撮ってくれたおかげね」

「被写体がいいんですよ」

結子が笑顔で返すと、美里は「お上手ね」と言いつつ恥ずかしそうに俯いた。控え目な人らしい。微笑ましく思いながら、結子は室内を見回した。たったいま撮影したのと同じ種類のシンクが、三つ並んでいる。補修された床や壁は、新品と言うには無理があるが充分きれいだ。三ヵ月前までは錆びたシンクが点在するお化け屋敷のような家庭科室だったのに、いまは町中の料理教室のようになっている。

「人がたくさん来るといいなあ」

美里も室内を見回して言った。

美里は若いころから料理が好きで、結婚前はレストランで働いていたこともあるのだという。高南中プロジェクトのことを知ると「お料理教室を開きたい」と出店の申し込みをして、ほぼＤＩＹで家庭科室を改装した。

今日、結子は美里を取材して、料理教室を開くまでに至った経緯や、これからの意気込みなどを話してもらった。

「『こうほう日和』に載るのを楽しみにしてるわね、新藤さん。今日はどうもありがとう」

「こちらこそ、お時間をいただきありがとうございました」

結子は何度も頭を下げて家庭科室を後にした。そのまま階段を下りて、校舎の外に出る。

今日から十二月。

この季節の高宝町は東京育ちの結子にとっては極寒に近い気温で、身震いしてしまう。ただ、既に白く塗られた校舎の外壁は冬空の下、寒さに耐えるように凜と佇んで見えて、背筋がなんとなく真っ直ぐに伸びた。

今度の日曜日、十二月五日は新生高南中の開館式だ。その様子を取材して、急いで記事にしなくてはならない。ほかの記事はもう書き終わっているので、それ以外にしなくてはならないことは――気になることはいくつかあるけれど、いまのところは――。

「新藤さん」

校舎を見上げる結子に声をかけてきたのは、シルクハットを被った初老男性だった。

「烏帽子《えぼし》さん、お久しぶりです！」

結子の声が自然と弾む。

烏帽子真之助《しんのすけ》はニャく物館ができるきっかけになった、町内在住の芸術家だ。

「ここにいるということは、烏帽子さんも出店するんですか？」

そんな話は聞いていないと訝しく思いながら訊ねると、烏帽子は首を横に振った。

「検討しているし、ニャく物館をこっちに移す話もあるけど、いまは時間がなくてね。今日ここに来たのは、役場に電話したら新藤さんがいると聞いたからなんだ。ちょっと相談したいことがある。高南中プロジェクトに関することなんで、校舎の中で相談した方がいいアイデアをもらえるかもしれない」

意味がわからなかったが、烏帽子と一緒に校舎に戻り、適当な空き教室に入った。

「わたしでお力になれることでしょうか」

「もちろん。実は開館式で、スピーチを頼まれていてね。てっきりゲストの一人だと思っていたら、主賓扱いらしいんだ。引き受けておきながらなんだが、昨日の夜、依頼状を読み返すまで気づかなかったよ」

「依頼されたのはいつなんですか？」

「セミが鳴く少し前だったから……六月くらいかな」

「半年近く放置してたんですか」

「芸術家なんて、みんなこんなものさ」

世の芸術家が聞いたら怒りそうなことを言ってのけ、烏帽子はシルクハットのツバをつまんで軽く一礼した。

「そんなわけで、どんなスピーチをしたらいいか、お知恵を拝借したくてね。新藤さんは半年以上、このプロジェクトを取材しているそうじゃないか。きっと俺には思いもよらない、すばらしいアイデアを出してくれるはず。ましてや『こうほう日和』をつくっているんだ。言葉のプロフェッショナルだろう？」

「そんな大層なものじゃありませんよ」

結子は苦笑しつつ、自分なりの考えを話す。

「完全には無理でも、ほかの人と内容が被るスピーチは避けた方がいいですよね。特に仲宗根先生は要注意です。運営者側の中心人物ですから、スピーチが被ったら目立ちます」

「先生は、一言挨拶するだけらしいぞ」

結子は、そっと息を吸い込んでから訊ねた。

「本当に？」

「そう聞いたぞ。俺もスピーチが被らない方がいいと思ってて、昨日、先生に電話で聞いてみたんだ。そうしたら、『自分はここまでさんざん目立ってきたから、一歩引いた方がいい。そうでないと高南中プロジェクトではなく、仲宗根プロジェクトになってしまう』と言っていた。『みなさん、本日はお越しいただき、ありがとうございます』みたいな一言だけで終わらせるつもりらしい」

「誰かから、そうした方がいいと言われたんでしょうか」

「いや、最初からそのつもりだったらしいぞ。奥ゆかしい先生だよな」

「——そうですか」

結子は笑顔をつくった。

顔中の筋肉に力を込めて、なんとか。


烏帽子と会った次の日、十二月二日の昼。結子は仲宗根の家を訪れた。魅力ツアーの日に大竹の取材をしたときと同じく、家政婦に書斎へ通される。机でノートパソコンに向かっていた仲宗根は、笑顔を向けてきた。

「いらっしゃい、新藤さん。おかけください」

「失礼します」

結子が来客用のソファに座ると、仲宗根は言った。

「いよいよ三日後は開館式です。新藤さんに取材していただくのを楽しみにしてますよ。それで、本日はどのようなご用件で？」

「開館式の段取りに関して、いくつか訊いておきたいことがあるんです」

嘘だった。家政婦がお茶を出してくれるまでの時間稼ぎだ。

お茶を持ってきた家政婦が再び退室するまで、結子は当たり障りのない話で場をつないだ。

「開館式のことは、よくわかりました」

廊下を歩く家政婦の足音が遠ざかり、消えたのを確認してから、結子は切り出す。

「でも一つ、大切なことを確認させてほしいんです」

「なんでしょう、改まって？」

仲宗根は笑顔のままではあるが、少し緊張している様子だった。結子は肺一杯に空気を吸い込んでから発する――できれば口にしたくなかった一言を。

「仮に鬼庭町長がリコールされて選挙になったとしても、先生は出馬しませんよね」

仲宗根の表情が凍りついた。が、すぐに再び笑顔になると、困ったように眉根を寄せる。

「なんですか、藪から棒に？　鬼庭くんがリコールされそうなんですか？」

「答えてください、先生に出馬の意思が、あるのかないのか」

「そんなことを言われましても……。いまのところ出馬するつもりはない、としか言えませんね。だいたい、なんで――」

「嘘ですよね」

仲宗根の言葉を遮り、結子は告げる。

「先生は、出馬の意思を固めているとしか思えません」

2

「なにを根拠に、そんな決めつけを？」

仲宗根は笑顔で、包み込むような心地よさを持った声のまま言った。

しかし双眸は、わずかにつり上がっている。

「気づいたきっかけは、縦書きでした」

「縦書き？」

思いがけない単語が飛び出したからだろう、仲宗根が怪訝そうな声を出す。

「そうです。わたしは今年度から『こうほう日和』のデザインをリニューアルするに当たって、数字を読みやすくするため全部横書きにしたいと思ったんです。でも町長に、日本人なら縦書きにするべきだと猛反対されて、あきらめました」

鬼庭と顔を合わせる度に「大事なことは縦書き、大事なことは縦書き、大事なことは縦書き」と連呼された日々は、この先何年も忘れられそうにない。

「町長は仲宗根先生に国語の授業で厳しく指導されて、文体も言葉選びも書式も、なにもかも影響を受けていると言っていました。仲宗根先生の教えがなければ、町長があそこまで縦書きにこだわることはなかったはず。裏を返せば、仲宗根先生も大事なことは縦書きで書くということです」

「鬼庭くんが、そんなことを」

つり上がっていた仲宗根の双眸が、なつかしそうに細められた。が、すぐにもとに戻る。

「新藤さんの言うとおり、私は大事なことは縦書きで書くようにしてますよ。でも、それが町長選挙となんの関係が？」

「仲宗根先生が私に見せてくれた高南中プロジェクトの企画書は、横書きで書かれていました。やっぱり数字を扱う文章は横書きの方が読みやすいと思ったから、よく覚えてますよ。

わたしの取材に対応するため準備してきたレジュメも、横書きでしたよね」

レジュメを読み上げるとき、仲宗根の視線は左右に動いていた。縦書きの文章では、ああはならない。

「そうですね、横書きでしたね。それがなにか？」

「あの企画書もレジュメも、先生にとって大事なもののはず。それなのに横書きだったということは、先生が縦書きで書くのはそれ以上に大事な、ごくかぎられたものということになる。だとしたら魅力ツアーの日に、わたしがここで見たものはなんだったのでしょう？」

最後の一言とともに、結子は視線を仲宗根のノートパソコンに向けた。

「あの日、先生が大竹さんを迎えにいっている間、ノートパソコンのディスプレイはついたままになっていました。わたしはうっかり、それを見てしまったんです。すぐに目を逸らしましたけど、縦書きで書かれた文章であることはわかりました。あれは、一体なんの文章だったんですか？　先生にとっては、高南中プロジェクトの企画書や取材対応のレジュメ以上に大事なもののために書いた文章のはずなのですが」

「——内緒にさせてください」

数秒の間を置いて、仲宗根は言った。

「私にとって高南中プロジェクトは、もちろん大事です。でも、ほかに大事にしていることもあるんですよ。それがなんなのかは個人的なことなので、他人に教えたくありません」

「それはおかしいです。あのとき先生は言っていましたよ、高南中プロジェクトのほかに打ち込むものはない、と」

——妻に先立たれてほかに打ち込むものもないから、プロジェクトは順調に進んでいます。

仲宗根が口にした言葉だ。

口を閉ざした仲宗根に、結子は続ける。

「あの文章がなにか気になっていましたが、開館式のスピーチ原稿かもしれないと思っていました。あの時点では開館式までまだ時間はありましたが、プロジェクトを進めてきた先生にとっては、一つの区切りとなる重要な舞台ですから。でも当日、先生は挨拶だけでスピーチはしないと烏帽子さんから聞きました。先生は自分ではなにも話さないと、前から決めていたそうですね。烏帽子さんは『奥ゆかしい』と言っていましたが、わたしは、あの日目にした縦書きの文章がなんなのかわからなくなって釈然としませんでした。先生は、高南中プロジェクト以外に打ち込むものがないはずなのに。でも考えているうちに、一つの答えにたどり着いたんです」

口を閉ざしたままの仲宗根に、結子はその一言をぶつけた。

「先生が縦書きで書いていたのは、町長選挙出馬表明演説の原稿」

「え？　なんですか、それ？」

　仲宗根は大きな身体をのけ反らせるようにして笑ったが、結子は無視して続ける。

「あのとき、パソコンのディスプレイがついたままであることを伝えると、先生は顔を強張らせました。演説の原稿を見られたと思ったからでしょう。でも、わたしの様子を見て大丈夫そうだと判断して、落ち着きを取り戻したんです」

「新藤さんは想像力が豊かだなあ。でも、発想が飛躍しすぎではありませんか」

「あのとき書いていたのが、なんの文章なのか答えられないのにですか？」

「そう言われましても……とにかく現時点で私には、町長選挙に出馬するつもりはありません。あのときなにを書いていたのかは、個人的……そう、個人的なことなので教えられませんが、それだけは確かです」

　この主張で押し通すつもりなのだろうが、結子は首を横に振った。

「ほかの根拠と組み合わせると、先生が出馬を考えている可能性が高くなるんです」

「それは興味深い。ぜひ教えてください」

　口調こそ悠然としたままだが、仲宗根の双眸は一層つり上がっていた。

「五月に初めてお会いしたとき、わたしは先生のことを、失礼ながら年齢の割に滑舌がいいと思いました。その後で先生の写真を町長に見せたら、『変わってない』と言っていました。

でも九月末、先生と直接顔を合わせたときは『若返ってらっしゃる』と言ったんです」

「言ってましたね。光栄だったので覚えてますよ」

「わたしは調子がよすぎると思って、町長に白い目を向けてしまいました。そうしたら町長は、写真ではわからなかったけど、先生が昔より滑舌よく、はきはきしゃべるようになったと返してきたんです。あくまで一般論ですが、年齢を重ねたら普通は滑舌が悪くなりますよね。なにか目標を持って手を打たないと、逆にはならないと思います」

「その目標というのが、選挙戦で演説することだと言いたいわけですか」

「はい」

鬼庭が「先生は昔より滑舌よく、はきはきしゃべるようになったんだ！」と言ったとき、仲宗根は苦笑いを浮かべていた。なんと言ってよいのか困っているのかもしれないと思ったが、内心では、演説の練習をしていることを悟られるのではと動揺していたのではないか。

「着眼点はおもしろいです。でも、なんの証拠もありませんよね」

「オンラインで受講するには限度がありますから、先生は直に講師のところに通って、演説の指導を受けているはずです。この辺りにそんな指導をしている人は少ないでしょうから、調べればどこに通っているか特定できますよ」

「警察の捜査じゃあるまいし、プライバシーがあるから簡単にわかるとは思えませんが」

「普通はそうです。でも、もし出直し選挙に先生が出馬したらどうなるでしょうね。出馬するつもりはないと言っておきながら密かに準備を進めていたことをマスコミが知ったら、放っておかないのではないでしょうか」

「出馬の意思はないと言っておきながらひっくり返す候補者は珍しくありません。それに田舎町の選挙に、マスコミがそこまで興味を持つとは思えませんよ」

——普通はそうですけど、先生の場合は違いますよね。

その一言を呑み込んだのは、結論を突きつけることを、できるだけ先延ばしにしたいからだった。

代わって、別の指摘をする。

「去年、先生が鬼庭町長の辞職をとめたことも根拠です」

「なぜです？　もしも私が選挙に出たいなら、鬼庭くんにやめてもらうことは願ったり叶ったりではありませんか」

「いいえ。鬼庭町長が頭に血がのぼって辞職しようとしたのが去年のバレンタインデーですから、二月十四日。そのタイミングで辞職されては、仲宗根先生としては困ることになったんです。まだ居住実態がありませんでしたから」

「居住実態って……それが関係するのは、町議会議員として出馬する場合でしょう」

公職選挙法では、市区町村の議会議員に立候補できる人は、日本国民で満二十五歳以上であり、引き続き三ヵ月以上その市区町村に住所のある者と定められている。

伊達によると、仲宗根は十年前、妻の希望で宮城県仙台市に転居した。高宝町に戻ってきたのは去年。一月であることは、魅力ツアーの日、仲宗根本人の口から聞かされている。鬼庭が辞職しようとした二月十四日の時点では、居住期間は三ヵ月に満たない。仮にあのとき町議会選挙が行われたとしたら、仲宗根は出馬できなかったことになる。

ただし、市区町村長に立候補できる人は、日本国民で満二十五歳以上としか定められていない。去年二月十四日に鬼庭が辞職して町長選挙が行われたなら出馬できたのだ――普通なら。

「仲宗根先生は、町議会議員になった教え子も何人もいると言っていましたよね。その人たちの上に立つのに、法律上問題ないとはいえ、居住実態がない状態で町長選挙に出馬することには抵抗があったのでしょう。それに『居住実態がないので当選取り消し』というニュースは、時々耳にします。町議会議員と町長の立候補の要件を混同した人が間違えた情報を流したら、票に影響してしまう。先生は、そうなることをおそれたのだと思います」

随分言葉を選んで伝えてから、結子は一つ息をつく。

「出直し選挙で鬼庭町長が当選してしまったら、さすがに当面は辞職しないでしょうし、させることもできません。任期満了まで務めてしまうことも充分ありえます。その間に実績を積まれたら町民の支持が集まって、ほかの候補者に勝ち目はなくなる。だから先生は、鬼庭町長の辞職をとめたんです」

鬼庭のことを思うと胸が痛み直截《ちょくせつ》の言葉は避けたが、要は、仲宗根は自分の都合だけで鬼庭をとめたのだ。

仲宗根は、広い肩を揺らして笑った。

「おもしろい発想だ。でも私が高宝町に戻ってきた時期と、鬼庭くんが辞職しようとした時期がたまたま近かっただけ。居住実態なんて、考えもしませんでしたよ。新藤さんだって、証拠があって話しているわけではないのでしょう?」

「そうですね。縦書きの原稿と、年齢を重ねたのによくなった滑舌、居住実態。この三つを根拠に、出馬の準備を進めている可能性が高いと思っただけで、証拠はなにもありません。でも構わないんです、そんなものなくたって。わたしは推理小説の名探偵じゃない、広報マンなんですから」

名探偵なのは、うちの上司ですから。

心の中でその一言をつけ加えた結子は、鞄からボイスレコーダーを取り出すと、録音スイッチに親指をかけて仲宗根に突きつけた。

「全部わたしの勘違いで、先生に不快な思いをさせてしまったかもしれません。でも本当に町長選挙に出るつもりがないなら、わたしがあげた根拠を一つ一つ否定した上で、出馬するつもりはないと改めて言ってください。録音もさせてください」

「……それは、本気で言っているのですか？」

仲宗根の双眸が完全につり上がった。口許だけは笑みの形をしているせいで、表情がひどく歪《いびつ》になる。結子は臆せず頷いた。

「本気です」

「なぜそこまでして、言質を取りたがるのです？」

「それは、その……言うまでもなく、わかって……せ、選《せん》……」

言い淀んだ結子だったが、これ以上はもう、結論を先延ばしにできない。ボイスレコーダーを握る手に力を込め、唇を動かす。

「言うまでもなくわかってますよね。選、挙に、出、る、つ、も、り、の、町、民、を、広、報、紙、で、宣、伝、す、る、わ、け、に、は、い、か、な、い、か、ら、で、す」

広報コンクール出品を目指してページ数を増やした『こうほう日和』で取り上げれば、仲宗根の知名度と好感度は一気に跳ね上がる。町長選挙に出馬した場合、確実に追い風になるだろう。『こうほう日和』にかぎらず、自治体広報紙は税金でつくっている、住民みんなのものなのだ。

誰か一人の利益になるようなことは決してできないし、してはいけない。

鬼庭だって、時折、『こうほう日和』を私物化しようとする。そのことに不満はあるが、鬼庭は選挙で選ばれた町長だ。しかも、広報紙に力を入れる方針を打ち立てた。仲宗根とは、立場が違う。

仲宗根は瞬きすらほとんどせず、つり上げた双眸を結子に向けていた。結子はその視線を正面から受けとめる。

時計の針が進む音が大きく聞こえるほどの沈黙が、しばらく続いた末に。

仲宗根は双眸を結子に向けたまま、鼻から大きく息を出した。

「もし私がここで町長選挙出馬を否定して、予定どおり『こうほう日和』に特集が載ったとする。その後で鬼庭くんがリコールされて出直し選挙が実施され、私が出馬を表明したら、新藤さんはそいつで録音した私の音声を公開するつもりなのでしょう」

「はい」

「そうなったら、落選は確実ですね。特集が載った後で出馬することにしたと言い張っても状況証拠がそろっているから、説得力がありませんからね。マスコミはおもしろがって、私のことをいろいろ調べるでしょう」

──ああ。

ため息をつきそうになるのをこらえ、結子は言った。

「それは、町長選挙が実施されたら出馬するつもりだということですよね」

「そうですね」

こらえたばかりのため息が口から漏れ、ボイスレコーダーを突きつけていた手がだらりと垂れた。二度三度と唾を呑み込んでから、ようやく仲宗根に訊ねる。

「先生は最初から町長選挙のために、わたしにプロジェクトの話を持ってきたのですか」

「もちろん」

仲宗根は、結子にとっては呆気ないほど簡単に頷いた。気がつけば双眸はつり上がっておらず、口許に力のない笑みが浮かんでいる。

「ホールの建設中止を掲げて当選した鬼庭くんには悪いが、私は建設推進派なんですよ。箱物と言われようが、地域を活性化させるためにはなにか一つ、刺激的な建物をつくった方が絶対にいい。そうしなければ、この町はジリ貧です」

仲宗根は鬼庭からホール建設賛成派の人たちを寝返らせてほしいと迫られた際、曖昧な言葉でやりすごしていた。あの時点で、鬼庭に非協力的だと──ホール建設に反対はしていないと気づくべきだったのかもしれない。

「ホールの建設を当てにしていた業者も複数います。仙台で鬼庭くんの当選を知ったときは、なんとかしなくてはと思いましたよ。だから、高宝町に戻ってきたんです」

「どうして選挙の前に、なんとかしようと思わなかったんです？」

「そんな必要はないと高を括っていたんですよ。なにしろ鬼庭くんは初めて町長選挙に出馬したとき、『私の使命は、みなさんのような貧乏人を減らすことです！』と演説して落選したんですから。そんな男が、まさか二度目の出馬で当選するとは思わないでしょう」

それは、まあ、確かに。

「高宝町に戻ってからホール建設推進派の議員と相談しているうちに、私が町長選挙に出るべきだという話になったんです。自分で言うのもおこがましいですが、私にはたくさんの高宝っ子を育ててきた実績があります。出馬すれば勝算がある。政治家なんて柄ではありませんが、妻に先立たれたいま、これが人生最後の仕事だと思って引き受けることにしました」

仲宗根は、妻に先立たれて高南中プロジェクトのほかに打ち込むものがないと言っていた。その高南中プロジェクトは、町長選挙対策の一環だった。

もし仲宗根の妻が存命だったら、こんなことはしていなかったかもしれない。

「念のため、私に居住実態ができるまで時間を稼いだ後はいつ辞めてもらってもよかったのですが、鬼庭くんは言動が目立ってよくも悪くも存在感が出てきてしまった。このままでは、私が出馬しても当選は危うい」

「だから演説の練習をしつつ、『こうほう日和』を利用することにしたというわけですか」

「そのとおり。高南中プロジェクトは、私が先頭に立って進めたものです。特集してもらえれば、私の存在は町民に知れ渡る。ただ、あまり目立ちすぎると却って反発を買うと思って、開館式ではスピーチをしないことにしました。そのせいで新藤さんに計画を見抜かれてしまったのですから、失敗でしたね」

「仲宗根先生としては『周囲に推されて出馬した』という形にしたかったんですね」

「そうです。もう少し厳密に言えば、『こうほう日和』を読んで私を知った人たちに推されて出馬した、という形でしょうか。予定どおり『こうほう日和』で特集してもらっていれば、私を町長に推す声は自然と集まっていたことでしょう。いまの『こうほう日和』には、それだけの影響力があります」

「光栄です……と言っていいものかどうか」

自嘲とも苦笑ともつかない笑みを浮かべて言うと、突如、女性の声がした。

〈言わない方がいいと思いますよ。そういうところも、先生がこの計画を立てた理由の一つなんだから〉

声は、仲宗根の方から飛んできた。仲宗根は「黙っていられなかったのか」と呟き、ノートパソコンのディスプレイを結子に向ける。

「新藤さんとの会話はビデオ通話で、この三人に聞いてもらっていたんです」

ディスプレイに映し出されているのは、三つの顔。それを見た結子は、声を上げそうになった。

3

〈お久しぶり、新藤さん。まあ、私のことなんて覚えてないだろうけど。でもこっちは毎月『こうほう日和』がポストに届く度に、新藤さんのことを思い出していた。別にあなたを嫌いなわけじゃないんだよ。だから善通寺さんに『女にしては』と連呼されていたとき、声をかけてあげた。でも新藤さんのことを思い出す度に、もやもやしていたの。そのことを相談したから、仲宗根先生は――〉

〈真智子だけじゃないだろう、仲宗根先生に相談したのは〉

早口に捲し立てる女性を、男性が静かな声で遮った。結子はディスプレイに映った二人にまとめて問う。

「生駒さんと大竹さんは、知り合いだったんですか」

〈都会っ子の新藤さんにはわからないかもしれないけど、狭い町だから、年が同じだったら知り合いになる確率が高いの〉

答えたのは生駒真智子。四月、高宝ジェネレーションズの練習試合を取材したとき、結子が隣に座って話をした女性だ。あのときと違って、いまは不機嫌そうに顔をしかめている。

〈僕たちが同い年であることを、新藤さんが知るわけないだろう〉

男性の方は、高南中校舎のリフォームを手がけたデザイナー、大竹透だった。

先ほど仲宗根が言っていたホールの建設を当てにしている業者には、大竹工務店も含まれているのだろう。不自由を承知で高宝町に事務所を構えているのだ、それくらいの恩恵にあずかりたいと思っても不思議はない。

結子は、硬くなった声で問う。

「仲宗根先生に相談したのが真智子さんだけじゃないということは、大竹さんも？」

〈そうだね〉

〈俺もだよー〉

能天気な口調で右手をあげたのは、ディスプレイに映った最後の一人、ブックカフェの準備をしていた北本茂だった。

〈新藤さんにもやもやを抱えている連中は、割といる。その中でも特にもやもやが強いのが、

真智子さんと大竹さん、それから俺の三人ってわけ〉
結子は、鼻から大きく息を吸い込んだ。
「わたしが、なにをしたっていうんです？　さっき真智子さんは、わたしの『そういうところ』も、仲宗根先生が計画を立てた理由の一つだと言ってましたよね。でもわたしには、どういうところなのかまったくわかりません」
〈それは――〉
なにか言いかけた真智子を、仲宗根は「私の口から話そう」と遮った。
「新藤さんが『こうほう日和』を高宝町に影響力のある媒体にして、それを踏み台にステップアップしようとしていること。これも、私がこの計画を立てた理由なんですよ。むしろ、こちらの方が大きいと言えるかもしれない」
踏み台
ステップアップ
仲宗根の口から飛び出した言葉に、首筋が粟立った。
「高宝っ子ではない新藤さんが、高宝町のことを本気で考えているとは思えない。それなのに『こうほう日和』に力を入れているのは、自分自身のためであることは明らか。自分の実績としてマスコミに売り込むのか、ブロガーとして名を売るのか、どうするつもりなのかは知りません。とにかく、この町を踏み台にするつもりなのでしょう」

「き――」

決めつけないでください、という一言すら紡げない結子に、仲宗根は続ける。

「実のところ、いくら真智子くんたちから『新藤さんは高宝町を踏み台にするつもり』と聞かされても、私は半信半疑だったんです。でも新藤さんは五月号の編集後記に、広報コンクールで賞をもらえるような『こうほう日和』をつくる、と書いていましたね。あれを読んで、真智子くんたちが正しいと確信しましたよ。高宝町には、解決しなければならない問題がいくつもある。それを差し置いてコンクール入賞を狙う理由は、それしか考えられない。だから、高南中プロジェクトを取材させることにしたんです」

仲宗根の語気が熱を帯びていく。

「新藤さんにプロジェクトの話を持っていけば必ず食いついて、コンクールのために一大特集を組むはず。そうなったら私の知名度と好感度は跳ね上がる。その後で鬼庭くんがリコールされて私が出馬すれば、町長選挙は勝ったようなもの。一方で新藤さんは、町長選挙で特定の候補者を利することになった『こうほう日和』をコンクールに出品するわけにはいかなくなる。リコール前に出品したとしても、私が出馬表明すれば、当然、賞は取れない。私が町長になったら新藤さんを異動させるから、二度と『こうほう日和』をつくることもできない。私にとって――いや、我々にとってはいいことずくめです」

「わたしは……町のみなさんに『こうほう日和』ってすごいんだと思ってほしかっただけで……」

「高宝っ子でない人がそんなことを言っても、説得力がありません」

ようやく紡ぎ出した反論は、強風に吹き飛ばされるように一蹴された。唇を引き結んでしまう結子に、真智子と北本が立て続けに言う。

〈新藤さんは、私みたいな田舎のおばちゃんを小ばかにしてるしね〉

〈俺に言わせれば、『東京から来た仕事できる女です感』を出しすぎだとも思う〉

それはあなたたちが勝手に決めつけているだけでしょう――その一言を呑み込んで、結子はなんとか唇を動かした。

「そんなつもりはありませんし、わたしはわたしなりにこの町のことを考えて『こうほう日和』をつくってるんです。広報紙がよくなったら町民が変わって、町が抱える問題が解決することだってあるんです。みなさんには伝わってないかもしれませんけど――」

「あなたが自分のことしか考えてない根拠があるんですよ。それも、いくつもね」

仲宗根は結子を遮って断言した。結子は息を何度も吸い込んでから、ようやく訊ねる。

「なんですか、根拠って？」

真智子が苛立たしげに息をついた。

〈なに、その泣きそうな顔？　そういう顔をして、予算を分捕《ぶんど》ってきたの？〉

「そんなこと、できるはずが……予算を分捕るなんて……」

〈すぐばれる嘘をつかないでよ。今年度の『こうほう日和』を見れば一目瞭然じゃないの。デザインがきれいになって、カラーページも増えて〉

え？

〈あんなに立派な広報紙にするために、一体いくら注ぎ込んだの？　この町にはほかにしないといけないことがたくさんあるっていうのに。勝手にもほどが……うん？　なんで俯いてるの？　本当のことを言われて、とうとう泣き出しちゃったの？〉

「……泣いてはないけど、泣きそうです」

俯いた結子の口から出た声音があまりに低かったからだろう、真智子がたじろぐ気配が伝わってきた。しかしすぐに、それをごまかすような強い声が飛んでくる。

〈そんなこと言ったところで――〉

「予算が減らされた中、人がどれだけ苦労したか知りもしないで！」

真智子が言い終えるまで待てず、結子は顔を上げて叫んだ。

「広報紙のために予算を分捕った？　あの町長が、そんなこと認めるはずないでしょ。逆よ、逆。今年度から予算を減らされたの。そのせいで印刷所に逃げられて、わたしが記事と写真だけじゃない、デザインまで全部担当することになったの。そういう事態に備えて半年前から準備して、立派に見えるような広報紙をつくってるのっ！」

結子の声は徐々に大きくなり、最後には絶叫に近い声になった。いつの間にか、立ち上がってもいる。真智子の顔が引きつった。

〈そんなこと言われたって、信じられるはずない〉

「だったら高宝町のホームページを見て、今年度の予算を確認してみてよ。ついでに印刷所にも連絡してみてよ。毎号、最後のページに印刷所の連絡先を載せてあるから。わたしが言っていることが正しいとわかるはず」

〈だ……だったら、私が広報紙のデザインについて話したとき、そう言えばよかったでしょう〉

「言おうとしたら、真智子さんが子どもの話を始めちゃ——始めてしまいましたから」

途中から敬語を使っていないことに気づき、慌てて言い直した。

〈それは……新藤さんが、広報紙の自慢をしてくると思ったから……〉

真智子は不満そうな顔をしつつも黙った。

仲宗根が重々しい口調で言う。

「予算については、新藤さんの言うとおりなのかもしれませんね」

「かもしれないもなにも、本当です」

「しかし、広報コンクールの表彰式に行ったときの交通費はどうですか」

結子を無視して、仲宗根は言葉を継ぐ。

「自腹だと言っていましたが、とても信用できませんね。現に新藤さんは、私が驚いているといきなり取材を始めた。自腹が嘘であることがばれると焦って、慌ててごまかしたとしか思えない。自分が賞を取ったわけでもないのに表彰式に行った、要は私用です。そんなことに、町の貴重な予算を使ったのでしょう」

「違います。自腹の話を続けたら、苦労自慢になって悪いと思っただけです。嘘だと思うなら、経理に確認してください。わたしの交通費を払ってないと証言してくれるはずです」

「……経理も一緒になって隠蔽しているのかもしれません」

仲宗根は、一応反論してきたものの、声に力がこもっていなかった。

〈永住に関してはどうです？〉

大竹が長い前髪の下にある目で、さぐるように結子を見遣る。

〈僕が仲宗根先生の家で取材を受けたとき、新藤さんはこの町に永住するかどうかわからないと言ってましたよね。それも、悩むことなく即座に。あんなことを言われたら、腰かけで

この町にいると思われても仕方ないですよ〉

「少し前に、ものすごく悩んだと言ったじゃないですか。だからあのときは、即座に自分の考えを口にできたんです」

〈説得力がない〉

この話になったとき、仲宗根と大竹は顔を見合わせていた。どうやら、結子が嘘をついていると決めつけてのことだったらしい。しかし結子は、声に力を込めた。

「わたしの同僚と上司、それから町長にも話を聞いてみてください。永住するかどうか、わたしが真剣に悩んでいたと言ってくれるはずです」

魅力ツアーの参加者に移住した先輩として意見を語ってほしい、と鬼庭に指示されたとき、結子は「ずっと高宝町に住み続けるつもりか？」と自問自答して答えに詰まった。あの場には、伊達と茜もいた。

〈なるほど〉

大竹は素っ気なく相槌を打ったきり黙った。室内に沈黙が漂いかける。

〈そういう細々としたことは抜きにして、俺が許せないのは地元民から仕事を奪ったことだね。そんな資格もないくせに〉

大声で沈黙を振り払ったのは、北本だった。結子にずっと笑顔を浮かべていたことが嘘のように、目つきが険しくなっている。

「そんなことをした覚えはありませんし、そもそも資格ってなんです？」

〈新藤さんは、永住するかどうか悩んでいるんでしょ。この町に対してその程度の思い入れしかないってことでしょ。町役場で働く資格なんてないよ。なのに面接官を騙して採用されたわけだ。そのせいで地元民が一人、就職できなかった〉

「地元民が一人」と言いながら、北本は右手の親指で自身を指し示した。

もしかしたら、北本は町役場を志望していたのに不採用となり、いまは無職か、アルバイトで生活しているのかもしれない。平日も休日も校舎で作業していたのは、定職についていないからなのかもしれない。だとしたら、結子が東浦と一緒に校舎を訪れたとき声をかけてこなかったのは、東浦に引け目を感じたから。

振り返れば、北本が「東京の人が、こんな田舎町の役場に就職するってだけですごい」と結子をほめているとき、仲宗根が駆け足で教室に入ってきた。あれは、結子を過剰にほめると敵意が伝わってしまうと焦って、北本をとめるためだったのではないか。北本が結子のことを「東京のできる女」とほめ出したときに仲宗根が咳払いして別の話を始めたのも、同じ理由。

しかし結子は、首を横に振った。

「誰だって時間が経てば、考えが変わるでしょう。確かにいまは永住するかどうか迷ってますけど、採用面接を受けた時点ではこの町に骨を埋めるか、引っ越したとしても定年まで高宝町役場に勤めるつもりでした」

〈なんで考えが変わったわけ？〉

「婚約者に捨てられたからです」

〈あ……〉

気まずそうな声とともに、目を逸らされてしまった。

〈それは……なんか、ごめん〉

挙げ句、謝られてしまった。鬼庭といい、どうしてどいつもこいつもこの話題になると謝るのか。

結子としては「お気になさらず」としか言いようがない。その後は仲宗根たちも結子から目を逸らし、室内は今度こそ沈黙に沈んだ。

——誰かなにか言ってよ！

結子の心の声に応じるかのように、仲宗根が切り出した。

「新藤さんの言い分はわかりました。こちらにも少々誤解があったようですね。それに関してはお詫びします。ただ、新藤さんが自分のために広報コンクールの受賞を目指していることだけは間違いありません」

「それも間違ってます。さっきも言ったとおり、わたしは町民のみなさんに『こうほう日和』ってすごいんだと思ってほしいんです」

「物は言いようですね」

取りつく島もなかった。

「私が町長選挙に出馬しようとしているとわかった以上、もう『こうほう日和』に高南中プロジェクトの特集を載せることはできないでしょう。仮にできたとしても、当初の予定より大幅にページ数を減らされることになるでしょう。プロジェクトを進める身としては痛手です。ただ、これで新藤さんがコンクールで受賞することはできなくなりましたよね」

「そうですね。わたしは、高南中プロジェクトの特集を掲載した十二月号を広報コンクールに出品するつもりでした。それができなくなった以上、次のコンクールでわたしがつくった広報紙が受賞することはありません」

十二月号以外も、コンクールで入賞できるくらいのクオリティーを目指してつくりはした。しかし取り上げたテーマやページ数を考えると、現実的には厳しいだろう。

仲宗根は、申し訳なさそうにしつつも頷いた。

「半年以上かけて取材したのに気の毒ではありますが、新藤さんが自分のためにコンクール受賞を目指している以上、これに関してはよかったと思ってますよ」

「でも、伊達さんもつくってますから」

仲宗根の語尾に被せるように、結子は言った。室内が再び沈黙に沈む。しかし先ほどと違って、仲宗根たちは全員、目を見開いて結子を見つめていた。

「……どういうことです？」

目を見開いたまま訊ねてくる仲宗根に、結子は答える。

「伊達さんにも、コンクールに出品する広報紙をつくってもらっていたんです。わたしの取材がうまくいかなくて、高南中プロジェクトの特集を掲載できなくなった場合に備えて」

4

「……伊達くんが、伝説の広報マンと言われていることは知っています」

仲宗根が目を見開いたまま言った。

「私にとっては、最も誇らしい高宝っ子の一人です。しかしいまは課長になった上に、鬼庭くんの広報官にもなって忙しいと聞いています。広報コンクールに出品する特集をつくっている時間も余裕もないはず」

「普通はそうですね。でも、伊達さんにできないことなんてないんです」

啖呵《たんか》を切ったものの、本当は結子も仲宗根と同じ心配をしていた。

しかし、五月、広報コンクール入賞を目指して高南中プロジェクトの取材をしたいと言って、伊達に会議室に連れていかれた後のこと。

＊

「僕もコンクールに出品できるレベルの特集をつくります」

「へ？」

伊達の言葉に、結子は間の抜けた声しか返せなかった。

「何ヵ月もかけて準備して十二月号で一大特集を組み、コンクールに出品することは、自治体広報マンにとって定番の手法です。しかし新藤くんにとっては初めての経験。しかも、なにが起こるかわからない。ですから万が一の事態に備えて、僕も特集を用意しておきます。仲宗根先生たちには知られたくないでしょうから、秘密裏に」

「秘密裏に……」

「はい。新藤くんは十二月号に掲載するつもりで、全身全霊を込めて高南中プロジェクトの取材を続けてください。もしもだめだったら、代わりに僕の特集を掲載すればいい」

「で、でも……」

保険を用意してくれるのはありがたいが、結子はしどろもどろになってしまう。

「伊達さんは、課長になったばかりで……町長の広報官も……忙しいじゃないですか。その上、『こうほう日和』までつくるなんて……しかもコンクール向けの大特集を……」

「確かに少々大変でしょうね。でも、新藤くんの愛に感激しましたから」

「あ……愛？」

ますますしどろもどろになる結子とは対照的に、伊達は「はい」とあっさり頷いた。

「自覚はないようですが、新藤くんは町民を愛し始めている。だから広報コンクールで入賞して、『こうほう日和』を『すごい』と思ってほしいのでしょう」

「ま……前も言いましたけど、わたしは伊達さんと違って、町民を愛しているというのは、よくわからない……」

「愛しているからこそ、自分が全力でつくったものを『すごい』と思ってほしいのでしょう？」

またこの人は、こんな台詞を大まじめな顔をして……漫画のキャラクターのような黒縁眼鏡をかけているくせに……。

伊達が笑顔に戻る。

「僕のことは心配ご無用。忙しいことには慣れていますし、高南中プロジェクトの取材が成功したらそちらを十二月号に掲載して、僕の方はウェブに掲載すればいいのですから」

「お気持ちはありがたいですけど、伊達さんの負担が大きくなりすぎるのでは……」

なおも迷う結子に、伊達は言い切った。

「部下が全力で仕事をできる環境を整えることも、上司の仕事です」

そこまで……。身体がぶるりと震える。

「わたしのこの気持ちが、町民を愛していることになるのかはわかりません。でも」

結子は、伊達の目を真っ直ぐに見つめてから一礼した。

「よろしくお願いします。できれば自分がつくった特集で入賞したいですけど、もしものときに備えて、代わりになる特集を準備しておいてください」

そうは言ったものの、その後で伊達のスケジュールを聞かされて眩暈がした。会議室を出た後も「あれを全部やるのか」「負担が増えるどころじゃない」などと譫言《うわごと》のように口にしてしまった。

茜は、結子が伊達になにかやらされるのだと勘違いしていたが。

わたしにできることは、伊達さんの負担を少しでも軽くすることくらい――そう思ったから、可能なかぎり伊達に頼らないようにしようと思った。

六月、広報コンクールで不正が行われたかどうか調べる際も、できれば伊達に電話したくなかった。コンクールのことをなにも知らないので、結局は伊達に相談するほかなかったが。電話の最後に、伊達は〈いつでも連絡をください〉と言ってくれたが、せめてあとは自力でなんとかしようと思った。

伊達が「油断しないように」と言ってくれたおかげで赤池の企みを見抜くことができたものの、その後は困った。赤池は、伊達にすら警戒されている人物なのだ。この先も、あの手この手を使って伊達の弟子になろうとしかねない。だからやむなく、伊達が自分の仕事だけでなく、結子の特集がうまくいかなかった場合に備えて広報コンクール向けの特集を準備していることも打ち明けた。

その甲斐あって、赤池は「人間の仕事量じゃない」と天を仰ぎ、少なくとも今年度は伊達への弟子入りはあきらめると約束してくれた。

ただ、伊達の仕事量が尋常でないことは周囲の目にも明らかだったのだろう。魅力ツアーの日、『ラブクエ』の聖地に現れた伊達を見て、茜は働きすぎではないかと心配していた。伊達が秘密裏に特集の準備を進めると言っていたので、結子としては、なんと言っていいのかわからなかったが。

茜にすら隠していたので、当然、片倉にも話せなかった。片倉が伊達の働きすぎを心配したときも、「ワーカホリック」の一言でごまかした。

＊

「伊達さんに、できないことなんてないんです」

結子はもう一度言った後、仲宗根と、ノートパソコンのディスプレイに映った三人を見渡した。

「伊達さんの特集は、もう完成しています。わたしがつくっていた高南中プロジェクトの特集と差し替えれば、すぐにでも印刷所に送ることができるんですよ」

「伊達くんが、特集を……一体どんな……？」

依然として目を見開いたまま、仲宗根はぼんやりした声で訊ねてきた。結子は胸を張って答える。

「『継承』です」

高宝町は人口が少ない小さな町だ。『ラブクエ』やこうほう饅頭で少しは名前が知られるようになったが、知名度が高いとは言えない。しかしこの地で生きてきた人たちは後世にたくさんのものを伝え、残してきた。それらを徹底的に調べ上げた特集だ。

まず伊達が手をつけたのは、歴代の町長がどんな公約を掲げて当選したのか、町長就任後はどんな施策をしたのか、町民の反応はどうだったのかを調べることだった。そのために、歴代町長について書かれた資料を読み込もうと別館にこもった。高宝町役場の敷地内に立つ、二階建ての建物である。

広報コンクールで不正があったのか相談するため、結子が東京から電話したときも、伊達はこの建物にいた。「傍目にはなんの仕事をしているかわからないでしょうね」と笑っていたが、『こうほう日和』制作というれっきとした仕事をしていたのだ。

結子は魅力ツアーの日、レストランに行くまで知らなかったが、伊達は、りんご園の取材もしていたようだ。りんごの生育に不向きな環境の中、吉田家をはじめ何軒かの農家が栽培を続けているのだ。「継承」というテーマにふさわしいと判断したのだろう。

もちろん、高宝町の夏の風物詩、高宝火礼祭の「継承」についても取材した。だから歴代の実行委員長に話を聞いて回っていたのだ。彼らの談話が『こうほう日和』に掲載されていなかったことを、片倉は不審に思っていた。本当のことを言えないのは申し訳なかったが、「そのうちウェブの広報に載るんじゃないですかね」とごまかすしかなかった。

　なぜ伊達が特集のテーマに「継承」を選んだのかはわからない。ただ、伊達は結子の「愛」に感激したと言っていた。その結子は、伊達が後任に引き継げず、途絶えていた『こうほう日和』のクオリティーを蘇らせた。それを見て思うところがあったから……と考えるのは、己惚《うぬぼ》れすぎだろうか。

「伊達さんの特集は、わたしがつくろうとしたものよりずっとデザインがすてきだし、写真は目を引くし、記事だって読ませます。広報コンクールに出品したら、間違いなく上位に入賞するはずです。最優秀賞の内閣総理大臣賞を受賞することだってありえます」

　伊達自身は「この程度では内閣総理大臣賞は無理でしょう。ブランクとはおそろしいものです」と嘆かわしげに首を横に振っていたが、結子の目にはどこに不満があるのかまったくわからなかった。仮に内閣総理大臣賞でなくても、それに近い賞は取れるはずだ。

　結子自身の手でコンクール優勝どころか入賞も成し遂げられないことは、正直、残念ではある。でも、町民に『こうほう日和』を「すごい」と思ってもらうことの方が大切。その目的は、既に達成したようなものだ。

「どうですか、みなさん。伊達さんは、わたしの取材がうまくいかなかった場合のことを考えてくれていたんですよ。せっかくいろいろ計画していたのに、最初から全部無駄だったということですね」

結子は顎を上げて口の端をつり上げ、敢えて挑発的な物言いをした。仲宗根たちに悔しがってほしかった。

大人気《おとなげ》ないことは承知で、どうしても。

結子は勝ち誇っているように見える目つきを意識して、仲宗根たちを見据える。そのまま無言の時間が流れた。

——さあ、仲宗根先生たちはなんて言うか？

結子が固唾を呑んで見据える中、仲宗根はぽつりと呟いた。

「……まあ、伊達くんなら」

え？

「伊達くんが広報コンクールに入賞するためにそこまでしていたのなら、その……我々が、とやかく言うことは……」

「ちょ……ちょっと待ってください」

結子は口ごもりながら言う。

「高宝町には、解決しないといけない問題がいくつもあるんですよね？　それなのに伊達さんは、コンクールを優先したんですよ。それでいいんですか？」

自分の立場を忘れ、「だめですよね」というニュアンスを込めた言い方をしてしまった。

「よくないとは思いますが……伊達くんほどの高宝っ子なら、なにか考えが……」

「はあ？　なんですか、それ？」

思わず大きな声を出してしまった。仲宗根は、たじろぎながらも言う。

「伊達くんは何年も高宝町に住んでいて、町の問題についても理解してますし……おまけに、伝説の広報マンなわけで……その上で広報コンクール入賞を目指しているのでしょうから、とやかく言う必要は……」

「だからなんですか、それ!?」

先ほどよりも大きな声を出して、結子はディスプレイに映る真智子たちを視線でまとめて射ぬいた。果たして、

〈仲宗根先生の言うとおりかも……〉

〈伊達さんがすごい人だという噂は聞いてるし……〉

〈伊達さんなら仕方ない気が……〉

真智子、大竹、北本は、順番にごにょごにょと言い始めた。

「なに、それっ!?」

敬語なしで叫んでしまった。

仲宗根の家を出た結子は、息を大きく吸い込んだ。冬の空気で肺が一杯になり、身体が内側から冷たくなっていく。

あのまま高南中プロジェクトの特集を掲載していたら、「町長選挙を有利に進める」という仲宗根の計画を成功させてしまうところだった。それを防いだ上に、伊達の特集を『こうほう日和』に掲載できる。これで広報コンクール上位入賞は間違いなし。仲宗根たちがとやかく言ってくることもない。なにもかもが最善の結果に終わった。

それなのに。

駆け足で、仲宗根の家の前に停めていた車に飛び乗る。それから結子は、額をハンドルに押しつけた。随分と長いことそうした後で、携帯電話から伊達にメールを送る。次いでエンジンキーを回し、アクセルを踏み込む。

目的地は、決めていなかった。

5

闇雲に車を走らせた後、高宝町役場に足を運んだのは午後十時をすぎてからだった。用があるわけではない。ただ、真っ直ぐ家に帰る気になれなかっただけだ。

電灯が消されて暗がりに沈んだ廊下を歩き、階段を上がる。二階の隅、広報課の方は明るかった。パソコンのキーボードを打つ音も聞こえてくる。こんな時間まで残業しているのは一人しかいない、と漠然と思いながら広報課まで足を進める。

「お帰りなさい、新藤くん」

結子の姿を見た伊達はそう言っただけで、すぐにまたキーボードを打ち始めた。

「なにをしているんですか、こんな遅くまで？」

自分の席に着きながら訊ねた結子に、伊達はディスプレイに顔を向けたまま答えた。

「『継承』の手直しをしているんです」

「もう完成したと言っていたのに？」

「いざ自分の特集が掲載されるとなると、いろいろ気になるところが出てきたんです。広報紙づくりは楽しいですね。久しぶりなので、余計にそう思います」

伊達は頬を緩めている。今夜、結子がここに来ると踏んで待っていたが、気を遣わせないようにするためこんな表情をしているのか？　本当に広報紙づくりに夢中になっているのか？　判断に迷ったが、突き詰めて考える気力はなかった。

「メールで送ったとおりです。わたしは、失敗しました」

うな垂れそうになるのをこらえて言うと、伊達はキーボードを打つ手をとめ、結子に顔を向けた。

「新藤くんが失敗したわけではないでしょう」

「半年以上取材を続けたのに、高南中プロジェクトの特集がだめになったんですよ。失敗以外の何物でもないじゃないですか」

「そうなった場合に備えて、僕が準備していたのです。仲宗根先生がなにか企んでいることは、最初からわかっていたのですからね」

伊達の一言がきっかけとなり、結子は再び思い出す。

五月、広報コンクール入賞を目指して高南中プロジェクトの取材をしたいと言って、伊達に会議室に連れていかれた後のことを。

*

「仲宗根先生は信用できません」

結子が会議室のドアを閉めるなり、伊達は言った。戸惑った結子は、向かいの椅子に腰を下ろしながら訊ねる。

「ええと……どういうことです？」

「仲宗根先生は、去年、急に高宝町に戻ってきて、高南中プロジェクトを立ち上げました。何年もこの町を離れていたのに、いささか性急すぎます。怪しいと言わざるをえませんね」

「それだけ地元愛が強いということでしょう」

面食らいながら返す結子に、伊達は「それだけではありません」とぴしゃりと言った。

「僕が仲宗根先生と、試験問題を巡る駆け引きをしていた話はしましたよね」

「はい」

授業中、古典に時間を割くのでそこを重点的に勉強したら、試験では現代文を中心に出題された。逆のこともあった――先ほど、伊達がそんな話をしていた。

「あの先生は、一筋縄ではいかないということです。高宝町のためにプロジェクトを立ち上げたという言葉には、裏があると見ていい。信用しない方がいいでしょう」

「伊達さんらしくありませんね」

その一言を口にした結子は、もう面食らっていなかった。

「たいした根拠もないのに、怪しいと決めつけるなんて。それも、中学時代の先生を」

「新藤くんならむしろ、『性格が悪くて伊達さんらしい』と言うと思いましたが」

「確かに伊達さんは、毒舌で皮肉屋で原稿への指摘はねちっこくて、わたしのプライドをずたずたにすることに喜びを感じているとしか思えません」

「はははは」

「笑ってないで否定してください――なんて、釣られて話を逸らしたりしませんよ」

結子は、笑わずに言う。

「伊達さんはいくら毒を吐いても、わたしの人格を否定したり、貶《おとし》めたりすることは言いません。そんな人が、曖昧な理由で仲宗根先生を疑うはずがない。ちゃんとした根拠があるんですよね。はっきり言わないのは、わたしに知られたくないから。違いますか？」

伊達は、少しだけ目を細くして息をついた。

「そこまで言ってくれているのに、本当のことを黙っているのは失礼ですね。新藤くんを傷つけることになるので、できれば言いたくなかったのですが」

傷つける――その一言に怯《ひる》みかけたが、結子は促した。

「構いません。言ってください」

「わかりました。僕が仲宗根先生を信用できない理由は、新藤くんが高宝っ子ではないからです」

なにを言われるのかと身構えていただけに、意味がわからず眉根を寄せてしまった。

伊達は続ける。

「仲宗根先生は『高宝っ子』という言葉を使っていませんでしたか？」

「使っていました。自分が高宝っ子をたくさん育てた、とも言ってましたね」

「新藤くんは、その言葉に好感を持ったようですね。でも、高宝町の外で生まれ育った人を排除するようなニュアンスが感じられて、僕はあまり好きではないんですよ。最近は使っている人もそんなにいません。新藤くんも、仲宗根先生の口から聞くまで聞いたことがなかったのではありませんか」

「それは、確かに」

「でしょう？」

この言葉を好きな人を否定するつもりはありませんが、という独り言じみた言葉が挟まれる。

「仲宗根先生は、『高宝っ子』という言葉を口癖のように使っています。それだけ身内意識が強いということ。東京から来た新藤くんに、大切なプロジェクトを預けるような真似をするとは思えません」

伊達の言いたいことは、つまり。

「わたしが高宝っ子ではない――早い話、〝よそ者〟だから仲宗根先生が取材してほしいと頼んでくるのはおかしい、ということですか」

「まあ、そう言えなくはない……でしょうね」

伊達は珍しく言葉を濁しつつ、肯定した。

よそ者。自分で口にしておきながら、胸をきりりと締めつけられる言葉だった。意識をそこから逸らすため、結子は急いで笑顔をつくる。

「そう考えると、確かに仲宗根先生がわたしに取材を頼んできたことは引っかかりますね」

「でしょう。少なくとも、全面的に信用するのは危険です。先生の出方次第では、コンクール入賞どころか、新藤くんの責任問題にもなりかねません」

仲宗根の笑顔が脳裏に浮かんだ。あんな表情を見せておきながら、よそ者の結子に気を許していないのかもしれない——再び胸を締めつけられながらも言う。

「でもわたしは、仲宗根先生を信じたいです。というより、信じなくてはならないと思います。『こうほう日和』で取材してほしい、と頼んできてくれたのですから、絶対に」

伊達はわずかに目を丸くした後、首を横に振った。

「新藤くんのその美点は、僕にはない。すばらしいと思います。しかし、広報紙は町民から預かった貴重な税金を使ってつくっているんです。疑わしい人を掲載するわけにはいきませんね。取材するのなら、仲宗根先生の思惑を見極めてからにするべきです」

「それだと十二月号に間に合わないかもしれませんし、いまの時点では見極めようがありません。ですから、取材しながら調べます」

「その結果、仲宗根先生がよからぬことを企んでいたとわかったらどうするんです？　場合によっては、広報コンクールに間に合いませんよ？」

「大丈夫です」

結子は、右手の人差し指と中指を真っ直ぐ立てた。

「二つ、つくりますから」

「どういうことです？」

「高南中プロジェクトを取材しながら、もう一つ、広報コンクールに出品できそうな特集を考えて、そちらの取材も進めます。これなら仲宗根先生の方がだめになっても、もう片方の特集を載せればいいでしょう」

「却下です」

我ながら名案だと思ったが、言い終えるや否や否定されてしまった。

「コンクールに出品できるクオリティーの広報紙は、一つつくるだけでも至難の業です。二つつくるなんて論外ですよ。二年目の新藤くんには不可能と言っていいでしょう。僕レベルの広報マンなら別ですがね」

「さらりと自信過剰なことを言うんですね」

「事実ですから」

伊達は涼しい顔で言い切った。

「僕としては、コンクールで入賞できる広報紙をつくりたいなら、最初から仲宗根先生とは関係のない特集を組むことをお勧めします。でも新藤くんは、高南中プロジェクトを取材したいんですね？」

「はい、いまの時点では。伊達さんにどれだけ毒を吐かれても、そこは譲れません」

「言うようになりましたね」

愉快そうに肩を揺らした伊達は、「わかりました」と頷いてから言った。

「僕もコンクールに出品できるレベルの特集をつくります」

「へ？」

＊

「伊達さんが別の特集を準備してくれたおかげで、広報コンクールに出品できるクオリティーの『こうほう日和』ができました。伊達さんがいなかったら、どうなっていたかわかりません。ありがとうございます」

伊達は首を横に振る。

「お礼を言われるようなことではありませんよ。仲宗根先生の計画を見抜いたのは、新藤くんなのですから」

「でもわたしは、仲宗根先生が純粋に『こうほう日和』を頼りにしてくれていると土壇場まで信じていましたから」

「信じていたのではなく、信じたかったのでしょう？」

「……ええ、まあ」

そう、結子は仲宗根を信じたかったのだ。伊達の指摘が頭から消えなくても、ずっと。

六月。広報コンクールの表彰式で、赤池が会場中の拍手を浴びているのを見たとき。結子は、自分一人でつくり上げた『こうほう日和』でこの拍手を浴びたいと思った。そのために、高南中プロジェクトの特集がうまくいくことを願った――仲宗根が結子をよそ者扱いしているというのは伊達の勘違いで、なにも企んでいないことを願って。

十月。東浦を高南中の校舎に連れていき、仲宗根と対面したとき。仲宗根は、『こうほう日和』を読んでいる町民は結子が思っている以上に多い、高南中プロジェクトを特集した『こうほう日和』が発行されれば教室を使いたいという申し込みが増える、などと絶賛してくれた。目頭が熱くなりかけたが、仲宗根の出方次第では、高南中プロジェクトの特集がポツになるのだ。自分が置かれた状況を考えると泣くことはできないと思って、息を深く吸い込み気を鎮めた。

高宝蜘蛛の写真を撮り終えた後、東浦の口から仲宗根が『こうほう日和』を絶賛していた話が出たときも、泣きそうになるのをなんとかこらえた。高南中プロジェクトの特集を組んだ十二月号を発行した後で、心置きなく涙を流せればいいと思った。

しかし、昨日。

開館式で仲宗根がスピーチをしないと知ったことをきっかけに、町長選挙に出馬するため『こうほう日和』を利用しようとしていることに気づいてしまった。

あの瞬間、結子は、仲宗根を信じたいという気持ちを捨てるしかなくなったのだ。

それでも。

「仲宗根先生が『こうほう日和』を利用しようとしているのは、選挙のためだけだと思いたかったんです。なのに……」

「こんなことを言ったら伊達さんが困るでしょ」という理性と、「伊達さんには聞いてほしい」という衝動がせめぎ合い、言葉が途切れた。伊達は静かな声で言う。

「どうぞ」

その一言が鼓膜に触れた途端、結子の唇は猛然と動いた。

「よそ者のわたしが気に入らないから、広報コンクールで受賞させたくない。それも、仲宗根先生の動機だったんです」

この事実を突きつけても、仲宗根はもちろん、真智子たちも否定するだろう。でも、間違いない。

だって彼らがあげた、結子が「自分のことしか考えていない根拠」はすべて、少し調べれば誤解だとわかるものばかりだったのだから。

広報紙の予算も、東京までの交通費も、永住に関する悩みも。すべて、あの場で仲宗根たちに述べたとおり。町役場に採用された件に関しては、難癖もいいところだ。よそ者の結子が気に入らないから、無意識のうちに結子が悪いと決めつけ、調べようという発想すら浮かばなかったとしか思えない。

だから、結子が自分自身のために広報コンクールの受賞を目指していると決めつけた。

そして、広報コンクールに出品する『こうほう日和』を伊達がつくっていると知ると、あっさり矛を収めた。その直前まで、この町にはコンクールより優先することがあると息巻いていたのに。

伊達なら考えがあるだろうから、伝説の広報マンだから、などともっともらしい理屈をでっち上げて。

――新藤さんが『こうほう日和』を高宝町に影響力のある媒体にして、それを踏み台にステップアップしようとしていること。これも、私がこの計画を立てた理由なんですよ。

仲宗根の口からあの言葉が飛び出してからずっと、結子は膝からくずおれそうになっていた。仲宗根たちが繰り出す「根拠」を否定している間も、テンションを高くしていなければどうにかなってしまいそうだった。

伊達もコンクール向けの『こうほう日和』をつくっていたと明かした後は、大人気《おとなげ》ないことは承知で仲宗根たちに悔しがってほしかった。そうしたら「よそ者の結子がコンクール受賞を目指していることが気に入らない」という推理は、間違っていることになるからだ。

でも、そうはならなかった――。

「瓦市の塔本さんが、田舎にはよそ者を簡単には受け入れない人たちもいるとわたしに言ったんです。あのとき仲宗根先生たちのことが頭をよぎって、咄嗟に話を逸らしたんですけど……いま思えば、現実逃避だったのかもしれませんね」

敬語を使いはしたが、伊達に話しているのか独り言なのか、自分でもわからなかった。

仲宗根は無自覚だろうが、去年の二月、鬼庭の辞職をとめて出直し選挙をさせなかったのは「居住実態がない自分が町長に立候補したら、法的には問題なくてもよそ者扱いされるのでは」とおそれたことが、最大の理由なのではないかと思う。それだけ仲宗根が、よそ者という存在に神経質になっているということ。

先ほど仲宗根本人には、随分言葉を選んで伝えたが。

「わたしのことをよそ者だと思っている人は仲宗根先生たちだけじゃない、ほかにもいるんでしょうね」

いままで気づいていなかっただけで、きっと。もしかしたら、これまで取材した人たちの中にも。

魅力ツアーのとき、「田舎のよくない面も知ってほしい」なんて偉そうなことを言っておきながら、自分自身がなにも理解していなかった。そのことに気づいてしまった以上――。

「『こうほう日和』を好きで、応援してくれている人たちがいることはわかってます。わたしをよそ者扱いしていない人たちだってたくさんいます。でも……いままでと同じように、『こうほう日和』をつくることができるかどうか……」

ため息が漏れ出る。

「謎を解いたせいで、こんなことになるなんて」

謎を解いたらピンチになるという茜が言うところの「運命」を、久しぶりに思い出した。

「謎を解いてもピンチにならないのはただの偶然であって、この先どうなるかは僕にもわからない、と言ったはずですよ」

伊達は苦笑しつつ、ぴしゃりと言った。期待していたわけではないが、やはりこの上司はこういうときでも慰めの言葉一つかけてくれない。

「新藤くんには気の毒ですが、町民にはいろいろな考えの人がいますから、受け入れるしかありません。僕はそう割り切って彼ら全員を愛し、広報紙をつくっていました。自分に否定的な人から、教えられることもありましたしね。写真一つとってもそうです」

「伊達さんみたいに写真がうまい人が、なにを教わったっていうんです？」

「僕は最初から写真がうまかったわけではありません。むしろ、下手でした。取材をお願いした町民から『広報紙は写真が汚いから嫌だ』と拒否されたこともあるんですよ」

「嘘でしょっ!?」

一瞬、自分が置かれた状況を忘れた。でも、その話をどこかで聞いたことがあるような……そうだ、土木整備課の山之内から……。

「人に歴史ありということです」

伊達は冗談めかして続ける。

「写真が『下手』ならまだわかりますが、『汚い』ですからね。しかも話を聞いたら、一度ちらりと表紙を見ただけだったんです。さすがにショックでしたよ。それから町の写真館に通って店主に教えを請うたり、ことあるごとに家族の写真を撮ったりして、腕を磨いていったんです」

その家族は、逃げたという妻なのだろうか。

「伊達さんの写真を『汚い』と言った人は、後から取材を受けてくれたんですか」

「いいえ。『汚い』という印象が強すぎたのでしょう。改めて取材を申し込んでも、やはり拒否されました。それでも僕は、その人のことも含めて町民を愛し続けましたよ」

「……わたしには、無理ですね」

伊達は「自覚はないようですが」と言ってくれたが、結子には町民を愛するということの意味がわからないのだ。自分に敵意を向けてくる人を愛せるはずがない。

「でも新藤くんには、町民を愛する素質があると思いますよ」

「そうは思えませんけど」

「愛する素質があるからこそ、仲宗根先生がなにか企んでいると思いながらも、半年以上も取材を続けられたんじゃないですか」

「それは――」

自分でもなにを言いたいのかわからなくて、言葉が消えた。

伊達が、机に置いていた紙の束を手に取る。A3サイズのそれは、結子がつくっていた高南中プロジェクトの特集を印刷したものだった。

「残念ながら世に出すことはできませんが、よくできています。広報コンクールに出品したら上位は難しくても、確実に入賞していたことでしょう」

これって……もしかして、慰めてくれている？

「では、僕は仕事に戻ります。新藤くんは、少し休んでいくも帰るもご自由にどうぞ」

結子の視界が滲む直前のタイミングで、伊達はパソコンのディスプレイに顔を戻した。

「……もう少し、ここにいます」

「そうですか」

声を詰まらせる結子に素っ気なく応じ、伊達はキーボードを打ち始める。俯いた結子は瞼をきつく閉じ、あふれそうになる涙を押しつぶした。家に帰れば誰に遠慮することなく泣けるのに、しばらくここでこうしていたかった。

どうしてこんな人が広報紙のクオリティーを後任に引き継げなかったんだろう、と改めて疑問に思いながら。

エピローグ

高南中プロジェクトのページは急いでつくり直し、十二月号に二つ目の『今月のこだわり』という形で四ページだけ掲載した。仲宗根に関する記載は一切なし。取材した人たちには、紙面構成が変わったのでページ数が当初の予定より少なくなったと説明した。当然、「話が違う」と不満そうに言う人もいたが、平謝りするしかなかった——仲宗根が町長選挙出馬を目論んでいることには、一切触れずに。

伊達からは「話してもいいのでは」とアドバイスされたが、どうしてもそうする気にはなれなかった。

鬼庭には、さすがに仲宗根との間に起こったできごとを話した。最初は「先生が私に代わって町長になろうとするはずがない。さては新藤、お前が町長になりたいんだな」という、なんでそうなるんだよとしか言えない反論をしてきたものの、伊達も一緒に説明してくれたおかげで、どうにか納得させることができた。

高南中プロジェクトの特集が『こうほう日和』に掲載されず、仲宗根が知名度を上げることができなかったからだろう、鬼庭のリコールはひとまず回避されたようで、反鬼庭派に目立った動きはなかった。

一月。『こうほう日和』十二月号を、予定どおりL県広報コンクールに出品。

二月上旬、県コンで最優秀賞にあたる特選を受賞したというメールが届いた。思ったとおり、伊達が手がけた「継承」が高く評価されていた。全国広報コンクールへの出品も決まり、必要な書類を用意した。結果は、五月に出るらしい。

三月。

「来週から議会が始まる。ホール建設の是非が議論されるだろう。私を追い出したい連中は、そのタイミングでリコールを仕掛けてくるかもしれん。断固、戦う。もしリコールが成立しても出直し選挙で勝利する。仲宗根先生には負けん！」

鬼庭はそんな風に鼻息を荒くする一方、結子を町長室に呼び出し、「正式な人事はまだだが、来年度も『こうほう日和』を任せたい」と冷静な口調で告げてきた。引き続き『こうほう日和』をつくれるのなら、うれしい。やりたい企画だってたくさん残っている。

だから「わかりました」と答えたものの、町民を愛する自信を失った自分が『こうほう日和』をつくり続けていいのかわからなかった。

——愛する素質があるからこそ、仲宗根先生がなにか企んでいると思いながらも、半年以上も取材を続けられたんじゃないですか。

伊達のあの一言を支えに、表面上はそれまでと同じように『こうほう日和』をつくり続けているのだけれど。

今日だって、朝から広報課で原稿を書いている。四月号に掲載する、桜並木の特集の原稿だ。

去年の四月、ジェネレーションズの練習を取材しに行く途中で桜並木を目にしたときから、あたためていた企画だった。

「高宝小の卒業式を取材するんでしょ。いつだっけ?」

「議会開始の前の日だから、十四日だね」

茜ともこんな風に、変わることなく言葉を交わしている。

茜は、右手を頬に当てて息をついた。

「いいよねえ、卒業式って。大人になったら、なかなか参加する機会がないもん。結子がうらやましい」

「なら、代わりに行く?」

「無理。私はイラストで生きる女。写真なんて撮れない」

「なんでちょっと偉そうなの?」

結子は微苦笑しながら席を立った。

「じゃ、取材に行ってきます」

「今日はなんだっけ？」

「公民館に、来月から社会人になる人たちに集まってもらってるの。その人たちの座談会」

茜に手を振り、広報課を後にする。役場を出ると、鈍色《にびいろ》の空から雪片がいくつも舞い降りていた。身体が芯から一気に冷え込み、真紅のマフラーを巻き直す。

――来年のいまごろ、わたしはどんな気持ちでここにいるんだろう？

不意によぎった問いを、頭を大きく振って追い払った。いまは取材に集中しないと。足早に駐車場に向かう。

原稿の執筆に手間取って、出発が少し遅くなってしまった。取材は三時からだ。腕時計に視線を落とす。

午後二時四十六分。

日付は、三月十一日。

謝辞

執筆にあたっては、全国の自治体広報マンにお世話になりました。特に次の方々には、長時間にわたり取材をさせていただきました。この場を借りてお礼申し上げます。

岩手県一関市　畠山浩氏
新潟県燕市　楡井弘人氏
広島県大竹市　大知洋一朗氏
宮崎県三股町　新原正人氏

なお、この物語はフィクションです。作中の自治体広報紙が現実とかけ離れたものであっても、それは作者の誤解あるいは曲解であり、取材させていただいた方々にはなんら責任がないことを明記しておきます。

また、作中に登場する「高宝っ子」は作者の実体験から生まれた言葉で、こちらも取材させていただいた方々とは一切関係ありません。

この作品は書き下ろしです。

幻冬舎文庫

●好評既刊
破れ星、流れた
倉本　聰

防空壕の闇の中、家族で讃美歌を唄った。人生で一番、倖せな時間だった。姑息でナイーヴで、負けん気の強い少年が、戦前からの昭和の時代を逞しく生き抜いてきた。涙と笑いの倉本聰自伝。

●好評既刊
たんぽぽ球場の決戦
越谷オサム

元高校球児の大瀧鉄舟の元に集まったのは、野球で挫折経験ありの男女八人。すったもんだの果てに迎えた初の対外試合で、彼らはまさかの奇跡を起こすのか!?　読めば心が温かくなる傑作長編。

●好評既刊
怖ガラセ屋サン
澤村伊智

誰かを怖がらせて欲しい。戦慄させ、息の根を止めて欲しい。――そんな願いを叶えてくれる不思議な存在「怖ガラセ屋サン」が、あの手この手で、恐怖をナメた者たちを闇に引きずり込む！

●好評既刊
霧をはらう(上)(下)
雫井脩介

小児病棟で起きた点滴殺傷事件。物証がないまま逮捕されたのは、入院中の娘を懸命に看病していた母親だった。若手弁護士は無実を証明できるのか。感動と衝撃の結末に震える法廷サスペンス。

●好評既刊
もどかしいほど静かなオルゴール店
瀧羽麻子

誰もが、心震わす記憶をしまい込んでいる。音楽が〝その扉〟を開ける奇跡の瞬間を、あなたは7度、この小説で見ることになる！「お客様の心の曲」が聞こえる不思議な店主が起こす、感動の物語。

幻冬舎文庫

●好評既刊
作家刑事毒島の嘲笑
中山七里

右翼系雑誌を扱う出版社が放火された。思想犯のテロと見て現場に急行した公安の淡海は、作家兼業の刑事・毒島と事件を追うことに。テロは防げるのか？　毒舌刑事が社会の闇を斬るミステリー。

●好評既刊
考えごとしたい旅
フィンランドとシナモンロール
益田ミリ

暮らすとしたらどの家に住みたいかを想像しながら散歩したり、色々なカフェを訪れて名物のシナモンロールを食べ比べしたり。食べて、歩いて、考えるフィンランド一人旅を綴ったエッセイ。

●好評既刊
降格刑事
松嶋智左

元警視の司馬礼二は、不祥事で出世株から転落したダメ刑事。ある日、新米刑事の犬川椋と女子大生失踪案件を追うことになるが、彼女はある秘密を抱えていたようで――。傑作警察ミステリー。

●好評既刊
残照の頂
続・山女日記
湊　かなえ

「ここは、再生の場所――」。日々の思いを噛み締めながら、一歩一歩山を登る女たち。山頂から見える景色は過去を肯定し、これから行くべき道を教えてくれる。山々を舞台にした、感動連作。

●好評既刊
わかる直前
どくだみちゃんとふしばな10
吉本ばなな

耳に気持ちのいい会話が聞こえる時間こそ、心の養分。白シャツにおしっこをされても幸せだった、新しい子犬を迎えた日。日常に潜む疑問や喜びを再発見する大人気エッセイシリーズ第10弾。

謎《なぞ》解《と》き広《こう》報《ほう》課《か》

狙《ねら》います、コンクール優勝《ゆうしょう》！

天《あま》祢《ね》涼《りょう》

令和6年10月10日　初版発行

発行人——石原正康
編集人——高部真人
発行所——株式会社幻冬舎
〒151-0051東京都渋谷区千駄ヶ谷4-9-7
電話　03(5411)6222(営業)
　　　03(5411)6211(編集)
公式HP　https://www.gentosha.co.jp/
印刷・製本—中央精版印刷株式会社
装丁者——高橋雅之

検印廃止

幻冬舎文庫

ISBN978-4-344-43415-8　C0193　あ-67-2